生かさず、
殺さず
久坂部羊
Kusakabe Yō
朝日新聞出版

生かさず、殺さず

1

「むかしは〝医は仁術〞って言葉があったらしいですね。今は死語だけど」

ナースステーブルで看護記録を入力していた梅宮《うめみや》なつみが、だれに言うともなくつぶやいた。

「僕はそうは思いたくないね」

病棟医長の三杉洋一《みすぎよういち》が、それを聞きとがめて返した。前髪を垂らした童顔に、きまじめさと素朴さが同居している。

自席で頰杖をつきながら、勤務表をにらんでいた看護師長の大野江諒子《おおのえりょうこ》が、鼻眼鏡をずらして言った。

「〝医は算術〞って言われた時代もあったわね。今は当たり前すぎて、逆にだれも言わないけど」

「師長はまたそういう皮肉を言う」

三杉が苦い顔をすると、大野江は何かまちがってる？　とばかりに悪びれない目を向けた。三杉は背筋を伸ばして答える。

「少なくとも、僕は医は仁術でありたいと思ってますよ」

「へえ、嘘でも立派だわ」

「嘘じゃない。マジで」

「だけどドクターの中には、ぜったいに患者さんを見捨てないとか、最後まで治療をあきらめないとか言いながら、ちょっと状況が悪くなると、すぐ手のひらを返してやる気をなくすのがよくいるじゃない」

「口先だけで、愛とか平和とか言うタイプですね」

梅宮が納得したようにうなずく。

「梅ちゃん、すさんでるな。君は看護師二年目だろ。若いうちからそんな世間ずれした考えは持たないほうがいいんじゃないか」

「でもね、先生。この病棟にいたら、現実が圧倒的すぎて、純粋な気持なんて吹っ飛んじゃいますよ」

世田谷区にある伍代《ごだい》記念病院の北棟五階、通称「にんにん病棟」は、認知症の患者専用の病棟である。といっても、認知症を治療するところではない。いろいろな病気を抱えた認知症の患者を、まとめて収容する病棟なのだ。

ここ数年、伍代記念病院でも認知症の患者が増え、内科や外科、泌尿器科《ひにょうきか》などにバラバラに入院して、各科が対応に苦慮していた。当然だろう。一般の患者は病気を治してもらうために入院しているが、認知症の患者はなぜ自分がここにいるのか、わからない人も多いのだから。そこで三年前、認知症の患者をひとつに集めて、各科の医師が出向いて治療する方式が採用された。それがこのにんにん病棟である。

だからここに入っている患者には、それぞれの科の主治医がいる。それとは別に、「共観」という形で、この病棟全体の主治医になっているのが三杉だった。肩書きは医長だが、部下のいない一人医長で、ベッドは二十七床ある。

「ここで働いていると、なんだか空しいものを感じちゃいますね。いくら病気を治しても、本人はわからないんだもの」

梅宮が首からピンクの聴診器をはずして、指先でクルクルとまわした。

彼女は一年目に内科病棟に配属され、今年の四月からにんにん病棟に配置換えになって半年がたつ。垂れ気味の大きな目で、ふつうの表情でも笑顔に見える得な顔立ちだが、発言が率直すぎるのが玉にキズだ。それでも明るい性格なので、大野江をはじめとするスタッフにかわいがられている。

「たしかにね」と、大野江がアンニュイな声で応じた。「手術が無事に成功して、よかったわねって声をかけても、アサッテの方を向かれたら、ガックリしちゃうわよね」

「いやいや、師長がそんなこと言ったらダメでしょう」

三杉がたしなめても、大野江は意に介さない。三杉より年齢がひとまわり上ということもあるが、元々、大野江は権威に媚びない性格で、院長や部長に対しても遠慮するところがない。老眼の鼻眼鏡は愛嬌だが、けっこうな美人で、五十四歳の今もスタイルはいい。だが、どことなく崩れた雰囲気があるのは、若いころの挫折が影響しているのかもしれない。

大野江は暇なとき、自席でよく部下の看護師たちにこぼしていた。

――わたしは若いころ、フェミニズム運動に参加していたのよ。ところが、縁あって結婚したら、仲間から日和《ひよ》ったと批判された。それで二年後に離婚したら、今度は人の不幸を喜ぶみたいに歓迎されてね。バカらしくなって、運動から離れたのよ。あー、思い出しただけでイライラする。

そんなとき、大野江は「空気を吸ってくる」と称して、地下のボイラー室に下りていく。そこは院内の喫煙者の秘密のたまり場で、看護師長にあるまじきことだが、大野江は喫煙など些細なことと割り切って、日に何回か席をはずす。〝不良看護師長〟と陰口を叩かれても、いっさい気にするそぶりは見せない。

梅宮が、となりで検査予定を確認している主任の佃志織《つくだしおり》に話しかけた。

「佃主任。にんにん病棟のにんって、認知症の〝認〟かと思ってましたが、ちがいますよね。忍耐の〝忍〟ですね」

「そうね。たしかに認知症の看護には忍耐がいるわね」

佃は認知症看護の「認定看護師」の資格を持つ看護師で、三杉がもっとも信頼を寄せるスタッフだ。三杉と同じ四十二歳で、夫は家電関係の会社勤め、高校生の息子と中学生の娘の母親でもある。

「佃主任は我慢強いですもんね。感心しちゃうな。あたしなんかすぐキレそうになるし、いい加減にしてって怒鳴りたくなりますよ」

「わたしもイラッとするときはあるわよ。でも、仕事だから」

佃に向かって三杉が大きくうなずいた。

「えらいね。僕もこの病棟に三年勤めて、ようやく認知症対応のコツがわかってきたよ」

「コツって、どうするんですか」

梅宮が質問する。

「まずは心の準備だね。認知症の人はいろんなトラブルを起こすから、はじめからそのつもりで心の準備をしておくことだよ。その次は佃さんが言うように仕事と割り切ること。腹を立てても仕事は進まないからね。目の前のことをひとつひとつ片づけていくことだ」

「三年勤めてそれ？　単純だわね」

大野江が鼻で嗤《わら》う。三杉がムッとして言い返そうとすると、梅宮が先に口を開いた。

「ですよね。いくら心の準備をしてても、腕にオシッコをかけられたり、食事のときに味噌汁をベッドにぶちまけられたりしたら、頭に来て、安楽死させるよっ！　て言いたくなりますもんね」

「おいおい、物騒なことを言うなよ」

三杉がうろたえると、梅宮は肩をすくめて小さく舌を出した。

「じゃあ、あたし病室まわりに行ってきます」

梅宮が席を立ってナースステーションを出て行った。と、数秒後、「あーっ」と、甲高い声が廊下に響いた。

三杉と佃が素早くナースステーションを飛び出す。認知症のトラブルには一刻を争う場合があるから、悠長に構えていては間に合わない。見ると大部屋の前で、梅宮が患者につかみかかっていた。

「どうした」

「佐藤《さとう》さんが、大福餅を食べてるんです」

元理髪師でアルツハイマー型の認知症の佐藤政次《せいじ》は、重症の糖尿病で、内科の主治医から厳重に食事制限を指示されている。当然、間食はご法度だ。おそらく、さっき見舞いに来ていた妻が差し入れたのだろう。その大福餅を口にくわえて、ふらふらと廊下に出てきたようだ。

「佐藤さん。ダメ。それをこっちに渡してください」

「う、うぅ、ううーん」

小柄な梅宮が、佐藤にむしゃぶりつくようにして大福餅を取り上げようとする。佐藤は八十歳とは思えない俊敏な動きで身体を反らし、食べかけの大福餅を死守しようとする。そのまま後ろに倒れそうだ。

「危ない。梅ちゃん、無理をするな」

三杉はとっさに佐藤の後ろにまわり込んで身体を支えた。佃が梅宮を佐藤から引き離す。

「だって、佐藤さん食事制限中でしょう。大福餅なんか食べたら、治療がめちゃめちゃになるじゃないですか」

興奮する梅宮を佃がなだめる。三杉は佐藤の前にまわり、両手を前に出して落ち着くように説得した。

「大丈夫です、佐藤さん。大福餅を取ったりはしません。おいしそうですね。どなたが持ってきてくれたんですか」

佐藤は眉間に皺を寄せ、野生の小動物のような目で三杉をにらんでいる。食べかけの大福餅はしっかり胸に抱えたままだ。

「佐藤さんは大福餅が好きなんですね。ここじゃゆっくり食べられないでしょう。部屋にもどりましょうか」

笑顔で聞くが、佐藤は頑なな表情を崩さない。

「わかりました。じゃあ、ここでもいいです」

三杉が一歩下がると、佐藤は残りの大福餅を素早く口に入れた。

「あーっ、食べちゃだめ」

飛びかかろうとする梅宮を佃が止める。三杉は梅宮を背中に隠すようにして、佐藤に微笑みかけた。

「いいですよ。ゆっくり嚙んで食べてください。慌てて飲み込むと、のどに詰まりますよ。お茶を持ってきましょうか」

佐藤は懸命に咀嚼《そしゃく》しながら、警戒のまなざしで三杉を見ている。幸い、入れ歯ではないので、餅が歯にくっつくことはない。

「佃さん。お茶を持ってきてもらえますか」

「はい」

佃は梅宮を促して、給湯室に向かった。三杉は佐藤ののどから目を離さず、誤嚥《ごえん》しないかと注視する。

「お茶を持ってきました」

佃からプラスチックの湯飲みを受け取り、相手の目を見て差し出す。佐藤はまだ口をもぐもぐさせているが、おっかなびっくり湯飲みを受け取り、一口飲んだ。

「あぁー、うー」

さっきとは別人のように穏やかな笑顔を見せる。

「おいしかったですか。もう口の中に残ってませんか」

茶を飲んだあとも、口をクチャクチャ動かしている。完全に飲み込むまで油断はできない。待っていると、佐藤は残りの餅を飲み込み、もう一度、茶を飲んだ。のど仏が大きく上下し、大福餅は無事に胃に収まったようだ。

「じゃあ、部屋にもどりましょうか」

誘いかけるが、佐藤はその場で両脚を踏ん張っている。ここで急かしてはいけない。相手の気が向くまで待つのがコツだ。とはいえ、三杉もそれほど暇ではない。

「先生。あとはわたしが」

佃が気を利かせて、部屋への誘導を引き受けてくれた。

ナースステーションにもどると、梅宮がナースステーブルでむくれていた。

「佐藤さん、大福餅を食べてもいいんですか」

「よくはないけど、今の場合は仕方ないだろ。もう口に入れてたんだから」

「でも、一口で止めるのと、一個丸々食べてしまうのとではちがうと思うんですけど」

梅宮は垂れ目を精いっぱい吊り上げて、口を尖らせる。自分の努力を無にされたのが気にくわないようだ。

「たしかにな。でも、こんなことを言うと内科の先生に叱られるけど、大福餅を一個食べたからといって、糖尿病が急に悪化するわけでもないだろ。それより無理に取り上げるほうが、介護ではマイナス面が大きいよ。佐藤さんはなぜ大福餅を食べたらいけないのかわかっていないからね。こっちは相手のためを思ってやっていても、佐藤さんからすれば、イヤなことをする人間としか思えないんだ」

梅宮はまだ納得がいかないというように訴える。

「そもそも、佐藤さんの奥さんが大福餅を差し入れることに、問題があるんじゃないですか」

「そうだよな。前にも注意したんだけどね」

佐藤の妻が菓子の差し入れを持ってきたのは、今回がはじめてではない。妻も高齢だが、頭はしっかりしているから、説明は理解できているはずだ。それなのに同じことを繰り返す。思い当たる節はあった。前に説明したとき、彼女はこう抗弁したのだ。

——主人は甘いものが好きで、今は食べることだけが楽しみなんです。糖尿病に悪いのはわかってます。だけど、老い先短いのに、病院の決まった食事だけじゃかわいそうじゃないですか。せめて、おやつくらい好きなものを食べさせてやりたいんです。

か細い声でそう言われたら、三杉も無下には禁止できない。いわゆるＱＯＬ（生活の質）と、治療のどちらを優先すべきか。梅宮にも考えてもらおうと思って説明したら、意外な反応が返ってきた。

「だけど、ほんとうにご主人のことを思うなら、早く退院させてあげるべきじゃないですか。奥さんは、家で佐藤さんを介護するのがイヤなんですよ。ねえ、師長さん」

大野江が頬杖をついたまま、気怠《けだる》そうに応えた。

「そうねぇ。この前、内科の先生が、そろそろ退院できるかもって言ったら、奥さん慌ててたからね。入院を長引かせるために、わざと糖尿病を悪化させようとして、大福餅を差し入れた疑いは、なきにしもあらずね」

そうなのか。いったい、佐藤の妻は夫のことをどう思っているのか。

三杉は一筋縄ではいかない認知症患者のケアの困難さに、今さらながらため息を洩らした。

2

伍代記念病院の医局は、管理棟の二階にあり、医師たちはふだんそこの自席か控え室のソファでくつろいでいる。しかし、三杉は特別な用事がなくても、にんにん病棟のナースステーションにいることが多い。認知症の患者はいつトラブルを起こすかしれないし、すぐに駆けつけなければならないこともあるというのが表向きの理由だ。しかし、大野江に言わせるとこうなる。

――三杉先生は変わり者だから、ほかのドクターといっしょにいるのがイヤなのよ。

あんたに言われたくないと思うが、たしかに三杉は医師ばかりが集まる医局の雰囲気が苦手だった。伍代記念病院は私立病院ながら、地域医療の中核となる総合病院である。勤務する医師たちも、積極的な姿勢の者が多い。だから、どうも話が合わない。彼らが医療に熱心なのはわかるが、医学的判断に基づく前向きな医療一点張りでいいのかと疑問を感じる。しかし、三杉の考えに同調してくれそうな医師は、見つかりそうにないのだった。

窓際の席でぼんやり外を見ていると、ナースコールのスピーカーから梅宮の声が聞こえた。

「すみません。ちょっと三杉先生に来てもらえませんか」

ランプが灯っているのは個室の508号だ。入院しているのは、脳梗塞と脳血管障害性の認知症がある鈴木浩《すずきひろし》、七十四歳である。

「どうしたの」

主任の佃がマイクで問い合わせる。

「鈴木さんの奥さんが、三杉先生に来てほしいとおっしゃってるんです」

梅宮の声が沈んでいる。また鈴木の妻に難題をふっかけられたのだろう。

にんにん病棟には、いろいろ無理な要求を持ち出したり、業務に差し障るような応対をしたりする〝コマッタ家族〟が何人かいる。鈴木の妻富子《とみこ》もその一人である。

先月、鈴木が入院した直後にも、三杉に次のように語った。

――主人は今はこんなふうですけど、元々は仕事のできる人で、本社の常務取締役まで務めたんです。帝都エネルギーソリューション、ご存じでしょう。え、知らない？　一部上場企業ですよ。お医者さまって案外、世間が狭くてらっしゃるんですね。

三杉が頭を掻くと、富子は早口で続けた。

――主人は役員を終えたあと、請われて関連会社の社長になって、そこでも業績をV字回復させて、高い評価を受けておりましたの。それが六十九のときに、社長室で脳梗塞の発作で倒れて、右半身が利かなくなってしまったんです。主人は、いえ、わたくしもそうですけど、何かあるといつも東大病院にかかっておりましたの。ところが倒れたときに、会社の人が救急車を呼んだために、近くの病院に運ばれてしまって、どことは申しませんが、三流の医大病院に入院したんです。そこの手当てがまずかったために、麻痺が回復しないばかりか、言葉までおかしくなって、今さらクドクドとは申しませんが、あのとき無理にでも東大病院に運んでいたらと思うと、残念でなりませんわ。東大には懇意にしていただいている教授もいらっしゃるし、病院長にもご挨拶させていただいてますから、きっと最高の治療が受けられたにちがいないんです。最初の治療が下手クソだったために、こんなことになって、わたくしも懸命に看病してきたつもりですが、家族の愛情だけでは病気はよくなりませんわ。

言に反してクドクド言い募ったあと、香水のにおいを振りまきながら、ブランド品らしい大ぶりの老眼鏡を持ち上げて、さらにまくしたてた。

――でも、わたくしはあきらめておりませんの。だって、主人はまだ後期高齢者にもなっていないんですよ。このまま回復しないなんてあり得ないでしょう。幸い、ここは脳の機能を回復させる病棟だとうかがっております。今は医学も発展しているようですから、新しい治療法もございますでしょう。わたくしにできることがありましたら、何でもいたしますから、遠慮なさらずにおっしゃってください。

それならまず、その長話をやめてほしいと思ったが、三杉は曖昧に笑うしかなかった。今は東大病院だろうが、ほかの医大病院だろうが、医療情報は共有されているから、公立の総合病院ならどこでも治療にさほどの差はない。無理をして東大病院に運ぶより、近くの病院で少しでも早く手当てを受けたほうが、回復の見込みは高かっただろう。麻痺が回復しないのも、言葉がおかしくなったのも、治療のせいではなく、運動中枢と言語中枢に不可逆な障害が起こったからだ。そして何より重要なのは、このにんにん病棟は、脳の機能を回復させるところではなく、認知症のケアをするところであるということだ。

しかし、思い込みが強そうな富子には、この説明はとうてい受け入れてもらえそうになかった。

梅宮の要請を受けて、三杉が５０８号室に行くと、富子が大きなため息をついて、手のひらを突き出した。

「またこの人、お薬をのもうとしないんですの」

手には白と薄いオレンジ色の錠剤が一個ずつ載っている。ワーファリンという血液をサラサラにする薬で、白は1㎎、オレンジ色は0.5㎎だ。合わせて1.5㎎。これを一日三回、すなわち一日4.5㎎を処方している。

元々、鈴木は４㎎を朝夕に分けてのんでいた。ところが、富子はそれでは不十分とばかりに、三杉に増量を求めた。しかし、ワーファリンには出血傾向の副作用があり（血液をサラサラにすると、血が固まりにくくなるので、当然、出血しやすくなる）、鈴木は前に血尿が出たので、富子はそれを恐れて、一日あたり0.5mgという微妙な増量を求めたのだ。

三杉は実害がないかぎり、患者側の要望は受け入れることにしているので、希望通りに薬を増やした。すると、今までほかの薬も合わせて一日二回だったのが、ワーファリンだけ三回になったため、鈴木が昼食後の薬を拒むようになったのである。

「あなた、何のために薬をのんでると思ってるの。少しでも脳にたくさんの血が流れるように、わたしが先生に増やしてもらったのよ。あなたがそんなふうにぼーっとしてるのも、脳の働きが悪くなってるからでしょう。この薬をのんで脳がしっかり働くようになったら、いろんなことができるようになるのよ。そうなりたくないの」

富子が水の入ったコップと錠剤を鈴木の前に突き出す。鈴木は口を一文字に閉じ、じっと壁を見据えて動かない。頭頂部が禿《は》げあがり、目は灰色に濁り、涙袋が膨《ふく》れて、高い鼻は顔がやせてますます尖って見える。

「先生からも言ってやってくださいな。この薬がどれだけ大切か」

富子に求められるが、ワーファリンは予防的な投与なので、一回抜けたからといってそれほど問題はない。無理やり薬をのますほうがよくないが、富子の勢いを押しとどめるのは容易ではない。

「鈴木さん。お薬はきちんとのまないと、効果が出ませんよ」

ほんとうはそんなことはないので、強く言えない。それでも富子は我が意を得たりとばかりに声を高める。

「ほらね。先生がいい薬を出してくださっても、本人がのまなきゃ意味ないでしょう。どうしてわかってくれないの。薬が抜けたら次またいつ発作が起こるかしれないじゃない。そうなったら今度はきっと寝たきりよ。自分でトイレにも行けなくなるのよ。お風呂にも入れないのよ。ひとりで何もできなくなって、食事の世話も、着替えも、シモのお世話も、みんなだれかに頼らなければならなくなるのよ。世話をする者の身にもなってちょうだい。わたしは身体も弱いし、力もないのに、トイレくらいひとりで行ってくれなきゃ困るのよ。オムツの交換だって、わたしにはとてもできないし」

富子の心配は、徐々に自分に振りかかる介護の心配へとシフトしている。だが、それは指摘できない。

鈴木はベッドに座ったまま、妻のけたたましい説得などまるで耳に入らないかのように、超然と顔を上げている。焦《じ》れた富子がこれ以上待てないとばかり、無理やり錠剤をのまそうとした。唇の隙間に錠剤を押し込み、鼻をつまんでコップの水を傾ける。

「奥さん。それはよくない」

三杉が止めようとする間もなく、わずかに吸い込んだ水で鈴木がむせた。はずみで錠剤が二個とも飛び出す。

「あなたったら、もう」

富子が右手を振り上げたので、三杉はとっさにその太い腕を押さえた。

「暴力はいけません。虐待になりますよ」

「だってこの人、あんまりだもの」

富子は腕の力を抜き、すがるような目で三杉を見た。

「先生。何とかこの人に薬をのませる方法はないんですか。わたしがこんなに心配してるのに、本人がこの調子じゃどうしようもないじゃありませんか。薬をのませるためのリハビリとかありませんの。この前、新聞に出てましたわよ」

たまたまだが、その記事は三杉も見ていた。薬剤師と理学療法士が中心になって、服薬拒否をする認知症の患者に、うまく薬をのませる方法を紹介していた。まずは信頼関係を築き、相手の気持に寄り添い、目を見て名前を呼び、共感を呼び起こしてから、ゼリーなどに混ぜてのませるというのだ。鼻をつまんで無理やりのませるなどというのは、最悪とも書いてあったはずだが、富子は都合の悪いところは読み飛ばしたのだろう。

梅宮が錠剤を拾って、どうしましょうという顔で三杉を見る。首を横に振って富子に言った。

「今日のお昼の分はのまなくていいです。あとで調整しますから」

「大丈夫なんですか。今出していただいている以上に、もっといいお薬はないんですか。脳には眠ってる細胞がたくさんあるんでしょう。最近、脳の細胞も再生することがわかってきたらしいですね。パーキンソン病は、脳に神経を移植する治療も開発されているそうじゃありませんか。iPS細胞を使った治療とか、血管を新しく再生する方法とか、そういう治療は試していただけないんですか」

富子の情報は、新聞やネットから得たものだろう。実用化の見込みがほとんどない治療や予防を、今にも使えそうに書くメディアは、ほんとうに罪深い。きちんと読めば、実際にはまだ使えないことがわかるように書いてあるが、病苦に悩む患者や家族はワラにもすがる気持でいるのだ。冷静に読めというほうが無理だろう。

「ご主人にはできるかぎりの治療をしています。お気持はお察ししますが、どうかいい加減な情報に惑わされないようにしてください」

富子は小さなため息をつき、壁を見つめたままの夫に目をやった。

「この人は倒れてから、すっかり性格が変わってしまったんです。前は穏やかで、優しくて、家族を大事にしてくれる人でした。それが倒れたあと急に頑固になって、いつもしかめ面で、ほとんどしゃべらなくなって、わたしが着替えさせようとしても、ぐいと手で突いたりするんです。先生、どうしてなんでしょうか」

「それはやはり病気のせいでしょうね。脳梗塞で性格が変化することは、まれではありませんから」

「もう、元にはもどらないんでしょうか」

声を詰まらせながら聞く。三杉も答えに困る。

「今出している薬には、脳代謝改善剤とか、脳賦《のうふ》活剤《かつざい》とかも入れてますから、焦らず長い目でようすを見ていけば……」

梅宮が横目で三杉をにらむ。実際、鈴木が元の状態にもどる可能性はきわめて低い。だが、はっきりとは言いづらいので、つい希望を持たせるような言葉を添えてしまう。それがいいのか悪いのか、三杉には判断がつかない。

富子は空気が抜けるようなため息をつき、目線を床に落とした。

「何とか、少しでもよくなってくれないか、以前の優しい夫にもどってくれないかと、そればかり祈っているんです。でも、致し方ありませんわね。昼のお薬はあきらめます」

疲れたように夫に顔を近づけてささやく。

「あなた、無理にお薬をのまそうとして、ごめんなさいね」

鈴木は反応を示さない。シャドーとマスカラで固めた富子の目から涙がこぼれる。三杉は黙って一礼をして、梅宮とともに個室を出た。

3

「どうでした」

ナースステーションにもどると、佃が心配そうに三杉に訊ねた。梅宮が代わりに愚痴をこぼす。

「鈴木さんの奥さんて、ほんと、めんどくさい。自分でワーファリンを増やしといて、結局、ご主人はのまなくて量が減ってるんだから」

三杉はナースステーブルを迂回《うかい》して、窓際の椅子に向かいながら言った。

「あの奥さんは毎日見舞いに来て、昼間はずっとご主人の世話をしてるだろ。頭が下がるよ。なんとかよくなってほしい一心なんだ」

「だけど、もう無理なんでしょう。奥さんだって薄々気づいてるみたいじゃないですか。なのに先生ったら、変に希望を持たせるようなこと言っちゃって。あたし、ああいうのはよくないと思うんですけど」

「どんなこと?」

佃が聞くと、梅宮は口を尖らせて説明した。佃はうなずいてから静かに言った。

「やっぱり患者さんや家族には、希望が必要なんじゃない」

「そんなの蛇の生殺しですよ。治るか治らないかずっと気を揉んで、期待と失望を繰り返すんですよ。現実を受け入れたほうが、ご家族だって落ち着くに決まってますよ」

「まあ、そうとも言えるけど」

温厚な佃は敢えて反論しない。師長席で頬杖をついていた大野江が、独り言のように洩らした。

「引導を渡すってヤツね。三杉先生には無理かもね」

「そんなことないよ。僕だって言うべきときには言いますよ」

「どうかしらね」

大野江が疑わしそうな目を向ける。

その場にいたきまじめな看護師の細本沙由理《ほそもとさゆり》が、三杉に質問した。

「この前、世界アルツハイマーデーだったでしょう。あのとき、『認知症の予防は早めが肝心』とか、『新治療に期待』とかデジタル新聞に出てましたけど、少しは治るようになったんですか」

「いや、まだまだだ。認知症の本態がわかってないのに、予防も治療もできるはずがないからね」

「でも、アルツハイマー型とか、レビー小体型とか、いろいろ分類されてるじゃないですか」

「それは表面上のタイプ分けにすぎない。根本の部分は解明されていないんだ。たとえて言えば、結核という病気は、結核菌の感染が本態だろう。だから、結核菌が発見されてはじめて、抗結核剤が作られ、ＢＣＧで予防できるようになったんだ。それ以前は、日光浴とか転地療養とか、栄養をつけることが大事とか言われてた。多少の効果はあるけれど、本質的な治療や予防には程遠い。認知症も同じで、今、新聞なんかで報じられてる情報は、みんな確実な根拠がないんだ。その証拠に、世界中で認知症が治った人は一人もいない」

「フフフ。絶望的な答えね」

大野江が嗤うと、三杉は反射的につけ加えた。

「だけど、その現実を受け入れてこそ、道が拓けるんだよ」

細本は納得がいかないというように、三杉に訊ねた。

「じゃあ、どうして新聞はそんな不確かな記事を書くんですか」

「医者がそう言うからだろう。医者も取材されると、認知症は予防も治療もできませんなんて言えないからな。研究者もプライドがあるから、現時点でわかってることを最大限、それらしく言うだろうし」

「ひどいですね」

細本が顔をしかめると、佃が穏やかに言った。

「世間が答えを求めすぎるのかもしれないわね。専門家の先生も期待されたら、それに応えようとして背伸びをするでしょうし」

鈴木浩の看護記録を入力していた梅宮が、キーボードから顔を上げて言った。

「認知症が治んないなら、ほかの病気を治しても、治し甲斐がないんじゃないですか」

「またそれか。認知症の患者だって、すべてがわからなくなってるわけじゃないからな。ひとりの人間として尊重すべきだろ」

「えー。先生、それ本心から思ってます?」

もちろんだ、と言いかけて、とっさにそれは建前にすぎないという思いが交錯した。頑として薬をのもうとしない鈴木に、無理やりのますことは、相手を尊重していることになるのか。

「認知症の人をどこまで治療すればいいのかは、僕も悩むところだよ」

この三年間、多くの認知症の患者を治療してきて感じる疑問だ。

はじめは、認知症の人を一般の患者と区別するのはよくないと思っていた。しかし、大腸の内視鏡とか、腫瘍《しゅよう》の生検とか、苦痛のある検査をするために、患者を押さえつけ、ベッドに縛りつけることが正しいのか。大声の抵抗に耳を塞ぎ、苦痛と恐怖に歪む顔から目を背け、意味を理解しない相手に無理やり検査や治療をすることは、拷問、あるいは虐待にも等しいと感じる。病気を治すためとは言いながら、病気より苦しい目に遭わせていいのか。

強い鎮静剤で眠らせたり、朦朧《もうろう》状態にしたりしてすることもあるが、それとて何やらマッド・ドクターの人体実験めいた気がする。本人が治りたいと思っているかどうかを無視して、一方的に医療を押しつけることが、ほんとうに正しいのか。

「答えは先生が見つけるしかないわね」

大野江が頬杖のまま、投げ出すように言った。

「簡単には答えは出せないよ」

三杉が腕組みをして首を振ると、梅宮がまた唐突に聞いた。

「認知症が治んないことは、あたしも薄々知ってましたから、にんにん病棟に配置換えになったとき、すごくショックだったんです。だけど、三杉先生は、はじめから認知症の病棟勤務がわかってこの病院に来たんでしょう。どうしてですか」

佃もその答えは聞きたいという顔を向ける。三杉は額に垂れた前髪を掻き上げて、ぶっきらぼうに答えた。

「別に理由はないよ。医局から行けと言われたから来ただけさ。おかしいか」

「だって、先生は元外科医でしょう。四十代の働き盛りなんだから、バリバリ手術をしてるのがふつうじゃないですか。それがどうして認知症のケアなんて、地味な仕事をしてるんですか」

「たしかにな」

三杉は曖昧に答えて顔を背けた。それ以上は答えたくないという意思表示だ。それを察した佃が、静かに自分の仕事にもどる。大野江も素知らぬ顔で勤務表に視線を落とす。

「えー、意味がわかんない」

梅宮が左右を見まわすと、大野江が顔を上げずにつぶやいた。

「だから、先生は変わり者だと言ってるでしょ」

あんたに言われたくないよ。そう思いつつ、三杉は席を立った。

4

ナースステーションを出た三杉は、エレベーターで屋上に上がった。北棟の屋上はベンチもなく通気口があるだけなので、入院患者も来ることはない。ひとりになりたいときによく来る場所だ。

白いペンキ塗りの金網越しに、雑然とした町並みが見える。ビルの向こうに秋の陽射しを浴びた多摩川が光っている。その向こうは三杉の出身地である神奈川県だ。

三杉は一浪して地元の医学部に合格し、卒業後は大学病院で二年間の初期研修を受けた。その後、外科の医局に入って、横浜市内の総合病院で後期研修医として働き、三十歳のとき川崎市の川崎総合医療センターに外科のスタッフとして採用された。独立した主治医として、患者を任される立場である。

ただし、外科医としてはまだ一人前とはいえず、難易度の高い手術は医長や外科部長のアシストを受けなければならなかった。若い外科医はだれでもそうやって手術の腕を磨いていく。

三杉が専門としたのは消化器のがんで、手術の難易度は、胃がん、大腸がん、直腸がん、肝臓がん、食道がん、膵臓《すいぞう》がんの順で高くなる。膵臓がんの手術は、膵頭《すいとう》十二指腸切除術と呼ばれ、膵頭部のみならず、胃の半分、十二指腸、胆のう、胆管および空腸の一部まで切除する。腹部では最大の手術であり、難易度ももっとも高い。

川崎総合医療センターで、三杉は順調にキャリアを伸ばした。しかし、経験を積むに従って、ある根源的な疑問が浮かび上がった。

どの治療にも同じようにベストを尽くしているのに、なぜ助かる患者と助からない患者がいるのか。それは自分だけでなく、先輩の医師にも言えることだ。がんの進行度が同じでも、患者の生死が分かれる。その分かれ目は何なのか。

先輩の医師に訊ねたが、明確な答えは返ってこなかった。

――結局、助かる患者は助かるし、死ぬ患者は死ぬということだな。

それが手術がうまいと定評の外科部長の言葉だった。

患者は医師を頼りにするが、医師は自分たちが頼りにならないことを知っている。消化器外科の医局でも、医師本人やその配偶者が何人もがんで亡くなっていた。自分や家族を救えないのに、どうして他人の患者を救えるだろう。内心で忸怩《じくじ》たるものを感じながら、診察の場では権威があるように振る舞うのが医師である。

川崎総合医療センターでは、手術の腕が上がるに従い、三杉もむずかしい手術を執刀するようになった。だが、毎回うまくいくとはかぎらない。途中で外科部長にダメ出しを食らい、執刀医の交代を告げられることもあった。そんなときは落ち込む。次こそはと気持を奮い立たせるが、出血しやすい患者、癒着《ゆちゃく》のある患者、粘膜の薄い患者などもいて、なかなか思うような手術ができない。

さらには、術後管理のむずかしさもある。思いがけない合併症、術後出血や感染、縫合《ほうごう》不全。たとえ手術がうまくいっても、がんが再発する患者や、はじめから転移のある患者もいる。結果、自分の受け持ち患者が何人も亡くなる。

患者の死を、仕方のないものとして、さほど意識しない同僚もいた。いや、むしろそういう外科医が多かった。引きずっていては外科医など続けていられない。しかし、三杉は患者の死を簡単には忘れることができなかった。

がんの広がりを警戒して、臓器を大きく取り過ぎると、手術で患者が命を落とす。その危険を避けるため、小さく切除すると、がんが再発する。抗がん剤も、使いすぎると副作用で命を縮め、足りないと転移や再発を招く。治療のガイドラインに書いてあるのは、大まかな方針だけで、個別の患者に最適の治療が示されているわけではない。一人の患者に二つの治療は試せないから、どちらかに決める。その結果が悪かったとき、自分の判断ミスではないかと悩む。

悔やんでも悔やみ切れない症例もあった。思い出すのもつらい経験。ふとした拍子に患者の顔が脳裏をよぎる。いかにも教師らしいきまじめな笑顔。銀髪と言っていいほどの豊かな白髪。穏やかな口元の七十八歳……。

亡くなった患者はもどらない。いつまでも悔やんでいても仕方がない。多くの同僚は、忘れることでつらい症例を乗り越えていく。しかし、それでいいのか。

そんな思いを胸に抱え続けた挙げ句、三杉は耐えきれなくなって、三十四歳のときに現場から逃げ出すようにして病院をやめた。百人の患者を救っても、一人の患者をいつ死なせるかわからない場所で、これ以上、働き続けることができなかったのである。

そのあと彼が選んだのは、まったく畑ちがいの道だった。WHOの熱帯医療研究所に所属し、一年間の研修のあと、マラリア対策の支援でパプアニューギニアに渡ったのだ。三杉には妻と二人の娘がいたが、治安や衛生状況を考えて単身で赴任した。家族と離れるのはつらかったが、がん患者の医療から遠ざかりたいという気持のほうが強かった。

赴任地は、ニューギニア島東部のラエという町で、マラリア・リサーチセンターに所属し、オーストラリアやイギリスの研究者とともに四年間、ハマダラ蚊の防虫対策に従事した。

三杉が帰国を決めたのは、次女が小学校に上がる年齢になったからだ。休暇で家族と過ごすことはあったが、これ以上、父親不在の状況を続けるのは好ましくないと判断したのだ。それに五年も手術の現場を離れれば、もう外科医としては使い物にならないだろうという目算もあった。

果たして帰国後、次の就職先を大学の医局に相談すると、医局長が渋い顔で提示したのが、伍代記念病院に新設される医長のポストだった。

――医長と言っても外科じゃないぞ。認知症患者の病棟だ。いいか。

三杉に異存のあるはずもなかった。むしろ興味深いと思った。認知症の患者を診たがる医師は少ないだろうから、その分、未知の領域でもあるはずだ。

しかし、実際、赴任してみると、興味深いなどという生やさしいものではなかった。

5

病室からもどった梅宮が、同僚の細本に向けて顔をしかめた。

「高橋《たかはし》さんの娘さん、またお母さんに自家製のデトックスジュースを飲ませてた。どう思います、あの色」

整形外科から移ってきた高橋セツ子《こ》の娘が持ってくるジュースは、リンゴと人参をベースにヨモギや小松菜が入っているので、赤とも緑ともつかない毒々しい色に濁っている。

「色は悪いけど、身体にはいいんじゃないの」

細本は表情を変えずに答えた。彼女は風貌も性格も地味だが、決して患者や家族の悪口を言わない。

「でも、あんなジュースを飲ませるから、高橋さんは食欲が出ないんじゃないですか」

梅宮は不満そうに看護記録の食事摂取量をチェックした。

個室の５０７号にいる高橋セツ子は、二カ月前に自宅で転倒して、右大腿骨頸部を骨折した。年齢は九十二歳。手術は無事に終えたが、手術後に認知症が悪化して、にんにん病棟に移されてきた。

娘の真佐子《まさこ》は六十六歳で独身。年相応に肥えているが、色は白く、顔つきはどことなく子どもっぽい。父親を早くに亡くしたため、長らく母親と二人暮らしを続けてきたらしい。当人によれば

〝一卵性親子〟と揶揄《やゆ》されるくらい仲がよく、買い物も旅行も常にいっしょだったという。入院時の問診で、梅宮は不吉な予感を抱いたようだ。〝一卵性親子〟イコール〝母娘密着〟イコール〝過剰要求の家族〟という図式が浮かんだからだろう。

「娘さんが食事介助をやってくれるのはありがたいけど、無理に食べさせようとするから、逆に食べなくなるんじゃないですか。人間、無理強いされると、好きなものでも食べたくなくなるでしょう」

「かもしれないわね」

ナースステーションの奥で、看護師長の大野江が気怠げにつぶやいた。「昼に無理やり食べさせるから、夕食が食べられない。それを娘さんが心配して、明くる日も無理に昼食を食べさせるからまた夕食が入らない。悪循環ね」

細本が大野江に向き直り、真佐子を弁護するように言った。

「でも高橋さんの娘さんは、お母さんが自分のことをわからなくても、優しく話しかけたり、車椅子で散歩に連れ出したりして、甲斐甲斐しく介護されてますよ。ねえ、三杉先生」

「そうだね」

窓際の席で電子カルテに向き合っていた三杉が、同情するようにうなずいた。

真佐子は元々商社の総合職で、企画部の室長まで務めた優秀な女性のようだった。昨年、定年退職したあと、母親と二人で悠々自適に暮らすことを楽しみにしていたが、皮肉にもそのころからセツ子に認知症の症状が出はじめ、徐々に記憶力と見当識が衰えた。今回の骨折の手術でさらに悪化して、今は真佐子を娘と認識するのは三日に一度程度のようだ。それでも、真佐子は無理に自分を認識させようとはせず、ただひたすら母親が楽になるようにと世話をしている。それは見上げたことだが、困るのは母親の健康状態を過剰に心配して、あれこれ要求してくることだった。

——母は入院してから、どんどんやせてきたんです。入院前は四十八キロあったんですよ。今は四十キロを切ってますでしょう。体重を増やすいい方法はないんでしょうか。

骨折と手術の痛みでしばらく食事が摂れなかったし、身長も高くないのだから、四十キロを切っていてもおかしくないが、真佐子はなんとか母親を入院前の状態にもどしたいらしい。

「高橋さんの娘さん、点滴をしてくれとか言ってきてません？」

梅宮が三杉に聞いた。

「言ってきた。TPN（中心静脈栄養）をしてくれって頼まれた」

「あり得ないでしょう」

中心静脈栄養は、ふつうの点滴では入らない高カロリーの輸液を、カテーテルで鎖骨の下の静脈から心臓の近くまで入れる方法である。今はネットで患者側が医療情報に詳しくなり、専門的な用語も知るようになった。しかし、付け焼き刃なので、バランスに欠けることが少なくない。中心静脈栄養も、穿刺《せんし》時の気胸《ききょう》やカテーテルの位置異常、出血、静脈内血栓、感染による敗血症《はいけつしょう》などの合併症があり、単なる栄養補給の目的でするにはリスクが高すぎる。真佐子にそれを求められたとき、三杉はリスクを説明して、やんわりと断った。

「当然ですよね。TPNなんかしたらカロリーが入りすぎて、ますます食欲がなくなりますもんね」

「その件は片づいたんだけど、今、困ってるのは胸のX線検査だよ。高橋さんは咳が続いてるだろ。

娘さんが心配だから検査をしてほしいって言ってきてるんだ」

高橋セツ子が咳をしはじめてもう二週間ほどになる。熱はないし、痰が多いわけでもないので、三杉は経過を見るように勧めてきた。ところがいっこうに治まる気配がないので、真佐子が念のために調べてほしいと再三、求めていた。

「するんですか、胸部X線検査」

大野江が鼻眼鏡を下げて懐疑的な目を向けた。彼女もリスクをわかっているようだ。

三杉がすぐに検査をしなかったのは、咳の感じからして、よくない結果が予測されたからだ。しかし、それは言えない。だが、あまり誤魔化すようなことを言っていると、真佐子があらぬ疑いを抱きかねない。

「咳が止まってくれればいいんだけど、鎮咳剤《ちんがいざい》は効かないからな」

薬で止まる咳は放っておいても止まる。原因のある咳は、当たり前のことだが、原因を治さなければ止まらない。治せるものならすぐにも治すが……。

「もう少しようすを見て、状況が改善しなければ検査をするよ」

三杉はそう言ってお茶を濁したが、セツ子の咳はいっこうに治まらなかった。

6

結局、三杉が高橋セツ子の胸部X線検査を指示したのは、翌週の月曜日だった。

撮影のあと、放射線科から送られてきたデータをモニターに開いて、三杉は頭を抱えた。右肺の下葉《かよう》に親指の先ほどの白い影が写っていた。

「やっぱり出た？」

大野江が予想通りという表情で問う。

「娘さんへの説明、どうするんです」

「どうって、影があるとしか言えないでしょう」

「それで納得しますかね。わたしは知りませんよ」

席を立ち、黒革のポーチを手に「ちょっと空気を吸ってくる」とナースステーションを出て行った。肺に影があるという話をしているときに、よくタバコを吸う気になるなと、三杉はあきれる。

面談室に真佐子を呼んで説明すると、案の定、彼女は椅子から立ち上がらんばかりの勢いで声を高めた。

「影があるって肺がんですか。そんな、まさか。母もわたしもタバコはまったく吸わないんですよ。肺がんになるなんて、おかしいじゃないですか」

「いや、まだそうと決まったわけでは……」

中途半端に否定する。肺がんはタバコが原因と思っている人が多いが、肺がんの半分を占める腺《せん》がんというタイプは、喫煙とは関係がない。女性の非喫煙者の肺がんはたいていこれだ。タバコを吸わない妻が肺がんになったとき、喫煙者の夫を責めることがあるが、それは濡れ衣というものである。しかし、今、そんなことを説明しても、真佐子は納得しないだろう。

「すぐに詳しい検査をお願いします。ＣＴスキャンとか、ＭＲＩでわかるんでしょう」

「だいたいのことはわかりますが、確定診断をつけるためには、気管支鏡をしなければなりません」

「じゃあ、それをやってください。万一、肺がんだったとしても、手遅れにならないうちに」

真佐子は目が血走り、ファンデーションが汗で滲んでいる。

「気管支鏡は、気管に細めの胃カメラのようなものを入れるので苦しいんですよ。もちろん局所麻酔はしますが、それでもむせますし、嘔吐とか誤嚥の心配もありますから」

「それなら全身麻酔でお願いします。全身麻酔なら眠ってる間に終わるんでしょう」

「いや、気管支鏡にはいろいろリスクもあるので、全身麻酔はちょっと」

それならどうすればいいのかとばかり、真佐子は両手を揉みしだく。

三杉としては、できれば気管支鏡のようなつらい検査はやりたくない。しかし、真佐子は受け入れてくれるだろうか。説得する自信のない三杉は急場しのぎに提案した。

「気管支鏡は呼吸器内科の担当です。専門医に相談して、どうするのがよいか判断してもらいましょう」

「わかりました」

真佐子は不安そうだったが、取りあえず納得してくれた。

呼吸器内科の医長に連絡し、病棟に来てもらうのを待つ間、三杉はナースステーションにいる看護師に真佐子の言い分を伝えた。

「娘さんはどうしても気管支鏡をやってほしいみたいなんだ」

梅宮が即座に反対する。

「かわいそうじゃないですか。あんな苦しい検査を受けさせるくらいなら、安楽死させてあげたほうがよっぽど親切ですよ」

「君はまたそういうことを言う」

三杉がたしなめると、細本が地味な声で言った。

「検査はつらくても、診断をつけるためには仕方ないんじゃないでしょうか。娘さんは心底、心配なんだろうし」

「むずかしいところよね」と、主任の佃がため息を洩らすと、地下のボイラー室からもどった大野江は、「三杉先生がX線写真なんか撮るから、ややこしいことになるのよ」と顔をしかめた。

ほどなく、呼吸器内科の医長が現れた。三杉がX線の画像をモニターに出す。医長が唸るように言った。

「九十二歳で認知症ありか。そりゃ、このままようすを見るのが正解じゃないのか」

「僕もそう思いますが、娘さんが強硬に検査を求めるんです。うまく説得してもらえるとありがたいんですが」

ふたたび真佐子を面談室に呼び、呼吸器内科の医長とともに向き合った。

医長が自己紹介をしてから説明する。

「気管支鏡はかなり苦しい検査なので、ご高齢のお母さまには負担が重すぎるかもしれません。全身麻酔をご希望とうかがいましたが、気管支鏡は検査の途中で思わぬ出血があったり、気胸と言って、気管支から胸腔内に空気が洩れたりする危険があるため、患者さんにようすを訊ねながらする必要があるのです。全身麻酔で眠らせてしまうと、異変の発見が遅れて、命に関わることもありますので」

「だけど、その検査をしないと診断がつかないんでしょう。だったら、多少の危険があってもお願いします。でないと、治療のしようもないじゃないですか」

「まあ、そうですが、今すぐに検査をしなくても、しばらくようすを見るという選択肢もありますから」

「もしがんだったら、手遅れになるんじゃないですか。今ならまだ間に合うでしょう。咳が出はじめたのはほんの二週間ほど前なんですから」

　三杉が説得を交代する。

「その可能性はありますが、お母さまはご高齢だし、認知症もあるので、検査の意味もご理解されないと思うんですよね。途中で動かれたりすると危ないし、検査に協力していただけない心配もありますので……」

　言い淀むと、ふいに真佐子の顔色が変わった。

「先生は母が高齢で認知症があるから、検査しないとおっしゃるんですか。検査しても仕方がないと思ってらっしゃるんですか」

　感情的な声に、三杉は困惑する。

「いえ、決してそういうことでは」

「だってそうじゃないですか。さっきの説明でも悪い条件ばかり並べて、検査をしないほうがいいみたいな言い方だったでしょう。先生には多くの患者の一人かもしれませんが、わたしにはたった一人の大事な母なんです。とても見殺しになどできません」

　真佐子は分厚い胸を上下させて言い募る。呼吸器内科の医長が困った顔でなだめた。

「落ち着いてください。我々は決して検査に後ろ向きではありません。三杉先生もお母さまのことを思って迷っているんです。娘さんが希望されるのでしたら、すぐにも気管支鏡の予約を入れますよ。いいですよね」

問われた三杉が「もちろんです」と即答する。

結局、高橋セツ子は娘の強い要望で、気管支鏡の検査を受けることになった。三杉は本人に検査の内容を説明したが、セツ子は瞬《また》きを繰り返すばかりで、とても理解しているとは思えなかった。それでも「ありがとうございます。よろしくお願いします」と、か細い声で頭を下げた。なんだか高齢者をだましてつらい目に遭わせるようで、居たたまれなかったが、真佐子はたるんだ二重瞼に並々ならぬ決意をみなぎらせていた。

二日後、高橋セツ子は呼吸器内科の内視鏡室で気管支鏡の検査を受けた。幸い、ベテラン医長は手際もよく、スムーズに気管支鏡を挿入することができた。

付き添っていた三杉が聞く。

「腫瘍はかなり末梢ですが、到達できそうですか」

「むずかしいな。生検までは無理だろう」

気管支鏡は太さが五ミリメートル弱で、「亜区域《あくいき》気管支」と呼ばれる細い気管の枝までは挿入できる。病変がその途中にあれば、組織の一部を採取する生検が可能だが、それより先にある場合は、分泌液に含まれる細胞で検査をすることになる。

医長は気管支鏡の先端をX線透視で確認しながら、無理はせずに、分泌液の採取だけで検査を終えた。

「終わりましたよ。よくご辛抱されましたね」

あらかじめ鎮静剤を注射していたので、セツ子は朦朧としながら医長にうなずいた。気管支鏡を抜いたあとで見ると、セツ子の目尻に涙が流れていた。やはり検査はつらかったのだ。

ストレッチャーで病室にもどると、真佐子がパイプ椅子から立ち上がり、母親に駆け寄った。心配のあまりか、髪を振り乱している。

「よく頑張ったね、お母さん。これで何の病気かわかるよ。よかった、よかった」

たしかによかった。今は取りあえず無事に検査を終えたことを喜ぶべきだろう。

7

病理検査の結果が出るのは一週間後だった。セツ子の咳は続いている。どんな結果が出るのか、考えただけで三杉は気が重かった。しかし、一縷《いちる》の望みもないではなかった。

一週間後、送られてきた結果をモニターに開く。

『組織球、正常上皮細胞のみ』

がん細胞はないということだ。よかった、と喜ぶわけにはいかない。すぐに呼吸器内科医長に連絡する。

「どうしましょうか」

三杉が訊ねると、呼吸器内科の医長も「うーん」と唸った。今回の検査でがん細胞が見つからなかったからといって、がんでないとは言い切れない。分泌液に必ずがん細胞が含まれるとはかぎらないからだ。通常なら再検査をするところだ。

呼吸器内科の医長は、ふたたび高橋セツ子のX線写真をモニターで確認した。

「右下葉の陰影はやっぱりＬＣ（肺がん）っぽいけど、次の検査でもがん細胞が出るとはかぎらんしな」

医長も再検査には消極的のようだ。

「もし出たら出たで、あの娘さんは手術だ、抗がん剤だと求めてくるんじゃないか。母を見捨てないでくれとか言って」

「ですよね」

「それも本人には気の毒だよな。今回は、悪性の細胞は出ませんでしたという説明で止めておいたらどうだ。それは事実なんだから」

「わかりました」

呼吸器内科の医長は次の仕事があると言って、内科病棟にもどって行った。

三杉は真佐子を面談室に呼んで、検査の結果を説明した。がん細胞は見つからなかったと告げると、真佐子はぱっと表情を明るくした。

「よかった。三杉先生、ありがとうございます。やっぱり検査をしてもらって正解ですね。安心しました。これからも母をどうぞよろしくお願いします」

「はあ……」

三杉は複雑な思いで説明を終えた。

軽やかな足取りで病室に向かう真佐子の背中を見送りながら、自分の不誠実さを苦々しく思う。

嘘はついていない。しかし、肺の影は厳然として存在する。今回はたまたま悪性の細胞が出なかったが、がん以外にこんな影が写る可能性は少ない。事実のすべてを話さず、相手の誤解を故意に放置するのは、だましているのも同然ではないか。

だが、誠実に対応すれば、真佐子は心配を募らせ、またも母親に苦しい検査を受けさせるだろう。セツ子は意味もわからず、注射を打たれ、朦朧状態にさせられて、またのどに気管支鏡を突っ込まれる。一度目がスムーズだったからといって、二度目も同じとはかぎらない。それはほんとうに患者のためになるのか。

しかし、このまま放置すれば、いずれがんが増大し、症状を悪化させる危険性が高い。そうなれば真佐子は三杉を責めるだろう。それを防ぐためには、今、ありのままを説明するしかない。だが、それは自分の保身だ。そんなことで患者を苦しめていいのか。

欧米の病院なら、単純に事実を告げるだろう。マラリア・リサーチセンターにいたとき、がんの告知について、イギリス人やオーストラリア人の医師と話したことがある。彼らはいずれも率直に病名を告げると言った。事実なんだから仕方がない。悲しみや恐怖より、知る権利のほうが大事と判断しているようだった。しかし、日本ではどうか。

次の検査でがんの診断が確定し、積極的な治療をすることになれば、手術にせよ、抗がん剤にせよ、セツ子をさらにつらい目に遭わすことになる。認知症で必ずしも状況を理解できない九十二歳の女性に、それは適切なことだろうか。

治療を控えることになっても、今度は真佐子につらい思いを強いることになる。がんと知りながら放置するとなれば、彼女はとても心安らかではいられないだろう。

だったら、敢えて診断を確定しないことも、あながち悪くないのではないか。しかし、それを自分の一存で決めてしまっていいのか。

あちらを立てればこちらが立たず。ナースステーションの指定席にもどっても、三杉は重いため息を繰り返すばかりだった。

8

午後七時十分。

自宅マンションの前で腕時計を見る。病院ではまだ多くの医師が仕事に追われている時間だ。自分だけ早く帰宅する後ろめたさと、家族そろっての夕食への期待が交錯する。

三杉のマンションは世田谷区上野毛《かみのげ》にあり、病院からは徒歩と電車で三十分ほどの距離である。特別な仕事がないかぎり、帰宅はたいていこれくらいになる。

「ただいま」

扉を開けると、夕食の温かい香りが漂ってきた。

「お帰りなさい」

妻の亜紀《あき》がキッチンから声をかけ、リビングから「お帰りー」と、十歳の次女が駆け寄ってくる。十三歳の長女は顔を見せない。彼女は小学校を卒業したあたりから反抗期になり、食事の席でも目を合わさなくなった。そんなことはいっこうに気にならない。パプアニューギニアで単身赴任をしていたときのことを思えば、家族といっしょに暮らせるだけでありがたい。

部屋着に着替え、洗面所で手を洗ってからダイニングに入ると、夕食の準備が調《ととの》っていた。

「今日はロールキャベツか。いい香りがすると思った」

挽肉を包んだ薄緑色のキャベツが、トマト風味のスープに浸されている。副菜にはマカロニサラダとほうれん草の胡麻和え。ネギと豆腐の味噌汁がついて一汁三菜だ。

三杉が席に着くと長女が遅れて着席し、一家そろっての夕食がスタートした。

「今日ね、学校の帰りに、怪我をしてるすずめを見つけたんだよ」

次女が一日の出来事を三杉に報告する。亜紀と長女はすでに聞いた話らしく、特に反応しない。

「道に落ちてて、死んでるのかなと思って、指で触ったらまだ生きてたの」

「へえ。で、どうした」

「植え込みの下に置いてあげたの。道だと車に轢《ひ》かれるでしょ」

「そうだな。また元気になるといいね」

三杉が微笑むと、亜紀が箸を持つ手を止めずに言った。

「鳥とか動物は無闇に触っちゃだめよ。病気がうつることもあるんだから」

「鳥インフルエンザ?」

長女が不安げに母親を見る。

平和な食卓だ。ありがたいと思う半面、医師として働き盛りなのに、これでいいのかと不甲斐なさもよぎる。しかし、もう第一線の外科医にもどるつもりはない。それに、にんにん病棟の仕事だって重要な役割のはずだ。治らない病気を相手にするのは、だれもやりたがらない仕事なんだから
と、軽く自嘲する。

「今度、むかしの教え子がジャズセッションで演奏するんだけど、聴きに行かない？　来週の土曜日だけど」

亜紀に言われ、三杉はスマートフォンでスケジュールを確認する。

「だめだ。当直が入ってる」

亜紀は元エレクトーンの教師で、大手楽器メーカーの音楽教室で教えていた。その関係で今もライブやコンサートの誘いがかかる。二歳下の彼女とは、大学時代に知り合い、長い春を経て、三杉が二十八歳のときに結婚した。はじめは横浜市内の賃貸マンションに住んでいたが、続いて川崎市内に移り、今の伍代記念病院に就職が決まったときに、この分譲マンションを中古で買った。

食事が終わり、娘たちが自分の部屋に引き揚げると、亜紀がほうじ茶をいれてくれた。

「今日は病院、どうだった？」

「おかげさまで、特に変わりなし、と言いたいところだけど」

三杉は湯飲みを両手で包むように持ち、ため息をついた。家ではあまり仕事の話はしないが、ときどき亜紀の意見を聞く。

「九十二歳の患者さんの検査結果が出てね」

高橋セツ子の気管支鏡検査の経緯を、かいつまんで説明した。

「娘さんが心配性で、ようす見を受け入れられないんだ。だから、肺がんの可能性は高いんだけど、そのことは言わなかった」

「つまり、かりそめの安心を与えたってわけね。わたしは医者が勝手に相手の気持を忖度《そんたく》するのはよくないと思うな」

「だけど、事実を告げると、九十二歳のお母さんはつらい検査を受けさせられるし、娘さんの心配も増えるんだよ」

再検査で肺がんが確定した場合のあれこれも説明した。

「手術に耐えられるかどうかもわからないし」

「だったら、そのことも含めて率直に説明したら。わかるかぎりのことをていねいに説明するのが医者の務めなんじゃないの」

「それは正論だけど、あの娘さんが納得してくれるかなぁ」

三杉の口からまたため息が洩れる。

「だって事実はそうなんでしょう。仕方ないじゃない」

亜紀はドライな調子で言ったが、それは彼女が当事者ではないからだろう。自分や家族ががんに直面しても、同じように言えるのか。考えても答えは出そうになかった。

ただ、心配なのは今後のことだ。セツ子の肺がんが悪化してきたら、どう説明すればいいのか。

9

月曜日の朝、三杉が院内用メールの受信トレイを開くと、泌尿器科の部長から共観依頼のメールが届いていた。

『田《た》中《なか》松《まつ》太《た》郎《ろう》、八十四歳。前立腺がんの疑い』と書いてある。経過を読むと、およそ次のようなことがわかった。

田中は先週の木曜日に、血尿が出て緊急入院し、導尿カテーテルを留置したあと、原因を調べるために血液検査を受けた。ＰＳＡ（前立腺がんの腫瘍マーカー）が98（正常値は4.0以下）と出たので、前立腺がんはほぼまちがいないが、家族が確定診断のための検査と、その後の治療を拒んでいるという。本人は認知症に加え、すぐに怒る性格なので、とても検査や治療に協力できないというのだ。しかし、全身状態から考えて、手術で治癒する見込みが高いので、泌尿器科としてはなんとか手術に持っていきたい。ついては、家族を説得してもらえないかというのだ。なお、認知症の症状としては、介護への抵抗、暴言、徘徊云々とある。

厄介そうな患者だが、引き受けないわけにはいかない。『了解しました』と返信すると、さっそくその日の午後に、にんにん病棟に転室してくることになった。

ナースステーションで待っていると、田中は泌尿器科の看護師に付き添われてやってきた。ブルーの患者衣で、導尿カテーテルにつないだ尿バッグを点滴台にぶらさげ、しっかりとした足取りで歩いてくる。かなり猫背だが、顔は正面を向き、髪は薄いが立派な長寿眉は黒々としている。眉間の開いた小さな目は警戒心に満ちており、なるほど気むずかしそうな風貌だ。

申し送りのときに看護師に聞くと、田中は妻と長男家族と同居だったが、入院当日に長男が付き添ってきた以外、土日にもだれも見舞いに来なかったという。

「検査や治療を拒んでいる家族というのは？」

「長男さんです。入院のときに部長が説明すると、考えさせてほしいと言って帰り、あとで電話で断ってきたんです」

それを聞いただけでも、やりにくそうな家族だと想像がつく。

看護師が病室に案内して落ち着いたあと、田中に面談室に来てもらった。新しい入院患者に、認知症の程度を調べる「長谷川式認知症スケール」というテストをするためだ。

「この病棟の主治医をしています三杉です。よろしくお願いします」

「そうですか。まあ、よろしく」

田中はぶっきらぼうに応じる。

「どなたでも年を取ると、脳の老化現象がはじまります。人によってその程度がちがうので、田中さんにどれくらいの変化があるか、調べさせてもらっていいですか」

「どうぞ」

不機嫌ではあるが、初対面の遠慮もあるのか了承してくれる。

まずは年齢を訊ねる。

「八十三です。いや、数えだと五かな」

二年の誤差までは許容されるので正解とする。

次に今日の日付と曜日を聞くと、混乱してうまく答えられない。一気に表情が険しくなった。

続いて、「私たちが今いるところはどこですか」と訊ねると、田中は怪訝な顔で考えていたが、はっと気づいたように答えた。

「今いるところは、ここです」

意外な答えに三杉のほうが戸惑う。そのあとも迷答が続いた。

「100から7を順番に引いてください」

「なんでそんなことをしなきゃならん」

「これから言う数字を逆から言ってください。6、8、2」

「6、8、2か。クロ、チハ、ニ……」

「いえ、順番を逆に言うのです」

「なんでそんなことをしなきゃならん」

「では、これから五つの品物を見せます。それを隠しますので何があったか言ってください」

「隠す？　なんでそんな意地の悪いことをする」

「いえ、では、最後の質問です。知っている野菜をできるだけ多く言ってください」

「野菜か……。野菜は、できるだけ多く食べるようにしとる」

「いや、知っている野菜の名前を言うのです」

「知ってる野菜か。白菜、大根、ほうれん草、おひたし、ゴマ和え、卵とじ……」

得点は30点満点の8点。21／20点がカットオフポイントだから、立派な認知症である。

電子カルテに入力したあと、田中の長男に電話をかけた。認知症専門の病棟に移ったことを告げ、説明したいことがあるので、一度、病院に来てもらえないかと頼む。

「わかりました。私も仕事がありますので、伺えるのは土日か、平日でしたら夜になりますが」

病気の説明をするのに、家族の都合で時間外の対応を要求されるのは、常識の範囲内なのだろうか。しかし、最近はどんなことで批判されるかわからないので、迂闊《うかつ》に反論できない。

「申し訳ありませんが、できれば平日の夕方あたりに来ていただけると、ありがたいのですが」

下手に出ると、田中の長男は不満そうな息を洩らし、「では、午後五時に伺います」と答えた。

ほかの家族のことを聞くと、田中には長女と次男がいるらしかったが、父親のことは長男の自分に一任されているとのことだった。

約束の日、田中の長男は高齢の母親を伴ってやって来た。長男は五十代前半で、髪はかなり後退し、父親そっくりの仏頂面だ。母親のほうは小柄で弱々しく、消え入りそうなようすで息子の後ろに付き従っている。

「泌尿器科の部長から、ご家族が田中さんの検査と治療を希望されていないと伺いましたが」

三杉が確認すると、長男は硬い声で答えた。

「がんかどうか調べるのに、お尻の穴から器械を入れて、何カ所も針で突くのでしょう。そんな検査を父に受けさせるのはかわいそうです。手術の後も痛そうだし、徘徊もあるので、手術後にじっとしているのもつらいでしょうから」

泌尿器科から申し送られた理由と少しちがうようだ。

「このまま放っておくと、骨に転移することもありますし、最悪の場合は命にも関わります。今なら手術で治る見込みが高いと、泌尿器科の部長は考えているようですが」

「父も高齢ですし、認知症もあるので、無理に長生きさせるのも考えものだと思ってるんです。以前から延命治療は受けたくないと申してましたし」

「それは器械で無理やり生かすような延命治療でしょう。前立腺がんの手術は病気を治すためのものですから、状況はちがうと思いますが」

「いえ、父はもう十分長生きをしたので、これ以上、つらい検査や治療は望まないと思うんです。そうだよな、母さん」

長男に強く聞かれて、田中の妻は無言でうなずく。

どうも長男は頑なようだった。たしかに無理な長生きは考えものだが、助かる命をみすみす放置するのもどうか。もしかして、長男は治療にかかる費用を気にしているのか。

「お父さまは医療保険で一割負担ですから、医療費もそれほど高額にはなりませんが」

「お金の問題ではありません」

長男はきっぱりと否定した。

「では、副作用とか合併症とかをご心配なさっているのですか」

「いいえ。とにかく、父をこれ以上つらい目に遭わせたくないのです」

親孝行のように聞こえるが、その割に口調が苛立っている。長男の本心はどこにあるのか。

三杉は少し考えてから、探るように言った。

「検査も治療も希望されないのでしたら、入院も必要ありませんから、明日にでも退院していただいてけっこうですが」

「えっ」と、長男の顔色が変わった。

「父は前立腺がんがあるのに、退院させるんですか」

「だって検査も治療もしないのなら、こちらにいていただく意味がありませんから」

「でも、認知症もあるじゃないですか」

「ここは認知症を治療するところではありません。認知症以外の病気の治療のために、入院のお世話をする病棟なのです」

長男は唇をへの字に曲げ、むずかしい手を指された棋士のような顔で押し黙った。徐々に魂胆が見えてきた。三杉が口を開かずにいると、長男は観念したように本音を話した。

「実は、父の認知症がひどくて、家で面倒を見切れなくなってたんです。妹は遠方に暮らしてますし、弟も官舎暮らしで父を看る余裕がありません。父は元々中学校の校長をしていたせいか、家でも威張りちらして、ちょっとしたことですぐに怒鳴るんです。母は介護疲れで寝込むし、私も介護を手伝っていますが、しょっちゅう喧嘩になります。ケアマネージャーさんに施設をさがしてもらっているのですが、なかなか適当なところがなくて困っていたとき、血尿が出て、こちらの病院に入院したのは我々にはありがたいことだったのです。このまま家に帰ってこられたら、またもめるのは目に見えています。どうか施設が見つかるまで、ここに置いていただくわけにはいかないでしょうか」

神妙な顔で頭を下げる。長男は父親を思いやるふりをして、実際は父親の長生きを望んでいなかったのだ。

世間的にはひどい息子だと思われるだろうが、現実を知る三杉は、長男にも同情の余地はあると感じる。認知症の介護はとにかく過酷なのだ。

「わかりました。じゃあ当面は入院していただきます。施設が見つかり次第、退院ということでよろしいですね。この病棟は地域包括ケア病棟と言って、本来、患者さんを在宅にもどすための病棟ですから、できれば六十日以内にお願いします」

「わかりました。ありがとうございます」

長男はほっとしたような面持ちで頭を下げ、母親といっしょに帰っていった。

10

泌尿器科から申し送られた田中の徘徊は、にんにん病棟に移った翌日からはじまった。尿バッグを吊した点滴台を押しながら、さまざまな理由をつけて、病棟から出て行こうとする。

「弟が来たので帰る」「校長会で司会をしなきゃならん」「地震で家が心配だから、ようすを見に行く」「こんなところにはもうおれん。今日だけは黙って帰らせてくれ」等々。

これに対し、看護師たちもあの手この手でなだめにかかる。

「もうお帰りですか。用意しますから少しお待ちください」「外は雨ですよ。間もなく止むそうですから待ちましょう」「帰りのタクシーを呼びました。今、運転手が出払っているらしくて、少し時間がかかるそうです」

そうやって気を紛らせると、素直に病室にもどることもあるが、うまくいかないときもある。風呂の日に看護師が、「もうすぐ入浴ですよ」と言うと、田中が急に怒りだした。

「あんたは嘘を言っとる」

「嘘じゃありませんよ。今日は入浴の日です」

「そんなはずないだろ。ここは東京だ。ニューヨークのわけがない」

思わず笑うと、「人がまじめに言っとるのに、ふざけるのもいい加減にしろ」と怒鳴る。

看護師が「用があったら、いつでもナースコールで呼んでください」と言うと、「いつでもとはいつだ」と絡んでくる。

「いつでもはいつでもです。今でも後でも、明日でも」

「そういうことははっきり言ってもらわんと困る。以後、気をつけるように」

これに「はい、はい」と返事をすると、「はい、は一度でいい」と指導が飛ぶ。看護師が廊下を小走りに通ると、「廊下を走るな」と、病室から怒鳴る。元が中学校の校長だからか、規則にうるさく、老化と認知症で怒りっぽくなっているのだ。家でも同じだろうから、これでは長男と喧嘩になるのも無理はない。

通常の方法で徘徊を抑えようとするとすぐ怒るので、認知症看護の認定看護師の資格を持つ佃が、いい方法を見つけ出した。田中が徘徊しはじめたら、腕時計のことを話題にすると、機嫌がよくなることに気づいたのだ。

「その腕時計いいですね。どうしたんですか」

そう訊ねると、田中は自慢げに説明する。

「これはな、ワシが校長を定年退職したとき、記念に商店街の時計屋で買ったんだ。そこの主人が、時計が売れんと言って嘆いとったから、人助けだと思って、八万円を奮発した。そしたら主人が喜んで、ただで磨いてくれるんだ。もう十年以上使っとるが、一秒たりとも狂ったことはない」

「すごいですね。人助けでそんな高価な時計を買うなんて、さすが校長先生ですね」

「うん。まあ、それくらいはせにゃいかんと思っとる」

「じゃあ、お部屋にもどりましょうか」

この会話で気分が落ち着くのか、田中はまんざらでもない顔で部屋にもどる。だれにこの話をしたかを忘れるので、梅宮も何度かこの手を使った。ところが、忙しいときに田中がまた帰ると言いだしたので、つい、おざなりな感じで「いい腕時計ですね。お話を聞かせてください」と頼んだ。するとムッとした顔でにらまれた。

「おまえは、また腕時計の話でワシの気を引こうとしてるな。いつもいつもその手に乗るか。帰る！」

腕時計作戦は、とっくにバレていたのだ。

田中の徘徊には三杉も手を焼いた。にんにん病棟では、徘徊防止のためにナースステーションの手前に自動扉が設置してある。あるとき、田中が看護師の説得に応じず、興奮して危ないので三杉が呼ばれた。同行した佃は三杉が通ったあと自動扉のスイッチを切った。

田中は看護師が制止するのも構わず、ずんずん扉に近づいてくる。三杉は笑顔で話しかけた。

「おや、田中さんじゃないですか。どちらへ行かれるんですか」

「どこでもいい。ワシは帰る。そこをどいてくれ」

「今、自動扉が故障して、開かないんですよ」

「嘘をつけ。今、あんたが通ってきたじゃないか」

「嘘じゃありません。ほら、前に立っても開かないでしょう」

認知症でもこういうところは目ざとく見ている。

実演して見せると、納得するかと思いきや、田中は壁のランプに目をやって言う。

「スイッチが切れとるじゃないか。スイッチを入れろ」

「いや、これは扉のスイッチじゃないんです」

「じゃあ、何のスイッチだ」

「壁の照明ですよ」

「どの明かりだ。つけてみろ」

認知症とは思えない理詰めで来られ、返答に窮する。

「ワシは電気に関しては、あんたなんかよりよっぽど詳しい。そのワシがスイッチもわからんあんたの言うことを、なんで聞かんならん」

高圧的に言われ、三杉はムッとして言い返す。

「僕は田中さんの主治医です。だから言うことを聞いてください」

「ワシは校長だ。学校では校長がいちばん偉い」

「むかしは校長だったかもしれませんが、今はちがうでしょう」

「いや、今でも校長だ。それを知らん人はおらんはずだ」

長寿眉を吊り上げ、ぐいと顔を突き出す。三杉はその自信満々の口ぶりに感情を乱され、つい禁じ手を使ってしまう。

「じゃあ、今日の日付を言ってください。言えないでしょう。日付もわからない人が校長のわけがない」

それで降参するかと思えば、田中は思わぬ反撃に出た。

「日付ぐらい知っとる。あんたはそんなこともわからんのか」

「僕はわかってますよ」

「わかっとったらいいじゃないか。それを人に聞くのは失礼だろ」

ふたたび答えに詰まる。黙れ、このボケ老人！　と口走りそうになったところで佃が割って入った。

「三杉先生、落ち着いてください。田中さん、尿のバッグは洩れてませんか。あ、交換したほうがいいですね。興奮すると脳出血の心配がありますから血圧を測りましょう。胸は苦しくないですか。大丈夫？　よかった。心配しましたよ」

尿バッグを調べたり症状を聞いたりしながら、上手に方向変換させる。田中は混乱しながらも、いろいろ聞かれて答えるうちに病室に誘導される。三杉はそれを見送り、我を忘れかけたことを恥じた。

11

田中のトラブルは徘徊ばかりではなかった。

血尿が続いているので導尿カテーテルを留置しているが、田中はときどきその意味がわからなくなるようだった。患者衣のズボンから出ているシリコンチューブを、不思議そうにひねくりまわす。捻ったり折り曲げたりするのはいいが、ときにぐいっと引っ張って、尿バッグにつながるコネクターをはずしてしまう。すると、尿はシリコンチューブから洩れっぱなしになって、患者衣はもちろん、ベッドの敷布や毛布までベチョベチョになる。

「きゃあ、田中さん。またコネクターをはずしてる」

廊下に梅宮の悲鳴が響く。

「下のマットレスまで浸みてる。もー、いやっ」

「こらっ。大きな声を出すな。みんな驚いてるじゃないか」

田中の叱責の声を聞いて、三杉と佃が駆けつける。四人部屋に血尿の独特のにおいが漂い、敷布にオレンジ色のシミが南極大陸のように広がっている。

「田中さん。大丈夫ですよ。はい、きれいにしましょうね」

佃が田中を立たせ、手早くはずれたコネクターをつなぐ。

「梅ちゃんはベッドのほうをお願い。わたしは田中さんを着替えさせるから」

佃が田中をトイレに誘導しながら言う。梅宮を田中から離したほうがいいという判断だ。

「僕も手伝うよ」

三杉も知らん顔はできず、梅宮といっしょに汚れた毛布と敷布をはずす。マットレスは看護助手に頼んで予備を持ってきてもらう。

一通り処置が終わったあと、事態を重く見た大野江が、臨時のカンファレンスを招集した。

「田中さんがコネクターをはずしたのは、これで三回目？　どうにかしないといけないわね。敷布の交換だけならまだしも、マットレスまで汚されると、予備もそんなにないんだから」

「コネクターをはずすのはけっこう力がいるんですけどね」

佃がため息まじりに洩らす。

「コネクターの部分にガムテープを巻いたらどうですか」

きまじめな細本が提案すると、佃が首を振った。

「それは前にやったのよ。テープを巻いたら、ていねいにそれを剝がしてはずしたの。何だろうと思うんでしょうね」

「ミトン形の手袋をはめて、手が使えないようにする方法もあるけど、はめっぱなしはかわいそうだし」

別の看護師が言うと、梅宮が垂れ気味の目に怒りを込めて反論した。

「かわいそうなことなんかないですよ。あたし、青酸カリがいいと思う」

三杉が苦笑すると、大野江が眼鏡をはずしてたしなめる。

「あなた、看護師なら青酸カリなんて、素人みたいなことを言っちゃだめ。安楽死なら筋弛緩剤か塩化カリウムでしょ」

三杉が大野江を二度見するが、当人は平気な顔でレンズを拭いている。

「コネクターに手が触れないように、つなぎの患者衣にしたらどうでしょう。あ、でもそれだと、トイレで大をするときに困るか」

提案した看護師が、自分で取り下げる。

「導尿カテーテルを背中側に出して、尿バッグも背中に吊したらいいんじゃないですか」

これには佃が反対した。

「背中に吊したら高さの関係で尿がバッグに流れないし、低くすると座るときに邪魔になるわ。何かいい方法はないかしら」

看護師たちが首を傾げたり、互いに顔を見合わせたりしていると、三杉がふと思いついて言った。

「尿バッグをつなぎっぱなしにしておく必要はないだろ。はずしてカテーテルの先端をクリップで留めておけばいいんじゃないか。それで二時間おきくらいにクリップをはずせば、排尿と同じように尿が出せるだろう」

「三杉先生にしてはいいアイデアね」

大野江が皮肉っぽくうなずく。

「カテーテルの先端を腰の後ろに止めておけば、田中さんも気にならないでしょうしね」

佃が改良案を追加して、方策が決定した。

早速、梅宮と佃が田中の病室に行って、尿バッグをはずす。梅宮がもどってきて、小気味よさそうに言った。

「三杉先生。田中さんが珍しく神妙な顔をしてましたよ。ベッドを汚したこと、わかってるんじゃないですか」

三杉がようすを見に行くと、田中はベッドに座り、背中を丸くしてうなだれていた。薄い前髪が乱れている。

「気分はいかがですか」

「ああ、先生……。ワシは何か、ご迷惑をおかけしたようですな」

虚ろな眼差しで唇を震わせる。

「大丈夫ですよ。どうぞお気遣いなく」

「みなさんに世話になっているので、できるだけ迷惑をかけんようにと思っとるんです。なのに、どうしてこんなふうになったのか、自分でもわからんのです」

気の毒なことに、田中はときどき正気になるようだった。悲しげに首を傾げる。興奮しているときの田中とはまるで別人だ。さらに肩を落としてつぶやく。

「ワシは家族に嫌われとるんです。厄介者扱いされて、だれも近寄ろうとはしません。トイレを汚しては息子に怒られるし、何べんも同じ話をしては嫌がられる。トイレは汚さんようにして、同じ話もせんようにと、いつも注意しとるんですが、自分でわからんようになるんです。いつ息子に怒られるかと思うと、ヒヤヒヤして生きている気がしません。自分でも情けない。しかし、どうしようもないんです」

三杉は思わず田中の肩に手を当てた。

「田中さんが悪いんじゃないです。年を取ればだれだってそうなるんです。だから、どうぞ悔やまないでください」

顔を上げた田中の小さな目から、涙がこぼれた。

「そんなふうに言ってもらったのははじめてです。ありがとう。おたくは先生ですか。お名前を聞かせていただけますか」

「三杉です。三杉洋一と言います」

「三杉先生。いいお名前ですな。先生のことは一生忘れません。一生ったって、もうあとわずかでしょうが」

はにかむように言う。

「そんなことないですよ。田中さんはお元気だから、まだまだ長生きされますよ」

「そうですかな。それならまあ、頑張りますか」

田中の顔がようやくほころび、照れくさそうに笑った。

…………

翌朝、三杉が出勤すると、またも田中が廊下で大声でもめていた。興奮して看護師につかみかかろうとしている。

「ワシは帰ると言っとるんだ。そこをどけ」

看護師は両手を広げ、必死に通せんぼをしている。三杉は自動扉を開けて足早に近寄り、笑顔でなだめた。

「田中さん。落ち着いてください。どうされたんですか」

三杉を見ると、田中は「あっ」と声を上げて立ちすくんだ。三杉がうなずく。

「そうです。僕です。三杉です。昨日いろいろお話をしたでしょう」

田中は小さい目を瞬きながら眉間に皺を寄せた。そして三杉に怒鳴った。

「あんたはいったいだれなんだ」

12

その日も忙しく働いて、帰宅して家族で夕食を摂ったあと、三杉は〝書斎〟と称する部屋にこもった。二畳半ほどの納戸だが、窓があるのを幸い、机と本棚を運び込んで自分の部屋にしている。3LDKの間取りでは、寝室と子ども部屋を優先せざるを得ない。

パソコンを起動してメールボックスを開くと、珍しい相手からの受信があった。

坂崎甲志郎《さかざきこうしろう》。

医学部の元同級生で、川崎総合医療センターの外科でも一時期いっしょだった男だ。変わり者で、あまり仕事に熱心でなく、患者や上司の評判も芳《かんば》しくなかった。一年遅れで三杉と同じ職場に来た彼が、医療に全力投球しなかったのは、ほかにやりたいことがあったからのようだ。

彼は密かに小説を書いていて、三杉が川崎総合医療センターをやめたのと同じときに、作家業に専念すると言って病院をやめた。その少し前に、文芸誌の新人賞を受賞したのがきっかけだった。

――お互い進む道はちがうが、頑張ってみんなをあっと言わせてやろうぜ。

合同の送別会で力強く握手をする坂崎に、三杉は同じ強さで握り返せなかった。かたや自分の目指す道で華々しくのし上がっていこうとする者、かたや外科医の道に挫折し、逃げるように現場を離れていく者で、互いのベクトルは向きがちがいすぎた。

その後、坂崎は何冊か本を出したらしいが、三杉が日本を離れたあとは、必ずしも実績を上げられなかったようだ。

メールの内容は、久しぶりに会えないかというもので、旧交を温めることに加え、相談したいことがあると書かれていた。

三杉は文面を読み返して、マウスを持つ手を止めた。すぐには『喜んで』とは書けなかった。坂崎に関してはあまりいい噂を聞かなかったからだ。

坂崎は医学生時代から一匹狼的な存在で、講義をサボることはしょっちゅうだし、実習を休んで三週間ほども北海道を放浪する旅に出たりした。あとから聞くと、当時から小説家を目指していたので、医師になるための勉強に身が入らなかったとのことだった。

卒業後も、内科、麻酔科と渡り歩き、通常より三年遅れで外科の医局に入ってきた。川崎総合医療センターで顔を合わせたとき、外科医としてのキャリアは三杉がかなり先行していた。坂崎は人付き合いが悪く、院内の飲み会や看護師たちとのバーベキュー大会にも参加しなかった。

噂によると、坂崎は川崎総合医療センターをやめたあと、しばらくは執筆に専念していたが、一年あまりで生活に困り、横浜市内でクリニックの非常勤の勤務をはじめたらしかった。しかし、遅刻や無断欠勤を繰り返し、半年もたたずクビになったとのことだった。その後も、フリーの麻酔科医や、当直のアルバイトなどで食いつないでいたが、どれも長続きしなかったようだ。

肝心の小説も、無断で友人をモデルにして怒らせたり、大学病院の権力争いをおもしろおかしく書いて医局に迷惑をかけたり、患者のプライバシー侵害で、あわや訴えられそうになったりしたとのことだった。

メールを見ながら、三杉はどう返信しようかと迷った。文面はごくふつうで、特に押しつけがましい感じはなかった。再会を断るには何か理由を書かねばならないが、友人を相手に嘘を書くのは心苦しい。このまま放置する手もあるが、それも冷たいように思われた。

結局、彼は坂崎と再会することを承諾した。そうと決めたら、明るく返信したほうがいい。三杉は一抹の不安を感じながらも、次のように書いた。

『久しぶりの再会を楽しみにしているよ！』

13

坂崎が指定したのは、二子《ふたこ》玉川《たまがわ》の駅近くにある居酒屋だった。

時間の少し前に行くと、坂崎はすでに来て掘り炬燵式の個室で待っていた。上座を三杉のために空けている。

「八年ぶりだな。僕が奥の席でいいのかい」

「もちろんさ。よく来てくれた」

坂崎は三杉を奥に通し、嬉しそうに笑った。その風貌の変化に三杉は驚いた。以前の坂崎は、獲物を狙う猛禽類のようなきつい三白眼で、いかにも抜け目がなさそうだった。薄い唇は緩く開かれ、どこか酷薄な印象もあった。それが今は全体に穏やかになり、むしろ覇気に欠けるようにさえ見えた。

ビールで乾杯すると、坂崎は遠慮がちにメニューを差し出し、三杉に料理の選択を任せた。

注文した料理が並ぶと、彼は何気ない調子で言った。

「三杉はパプアニューギニアから帰って、三年になるのか。今は認知症の専門病棟にいるらしいな。最先端じゃないか」

「そんなことはないさ。だけどよく知ってるな。だれに聞いたんだ」

「新聞で見たんだよ。東日新聞の『ヒューマン』の欄」

三カ月ほど前に出た記事だ。カラー写真でいろいろな人物を取り上げる欄で、三杉はマラリアの研究者から認知症専門の病棟勤務になった医師として紹介されていた。

「新聞で紹介されるなんて、同級生の中でも三杉だけだろう。俺は嬉しくて、まわりの人間に自慢したんだ。これは俺の友だちだってな」

坂崎は明るく言って、料理に箸をのばした。

「坂崎は、今どうしてるんだ。相変わらず小説は書いてるのか」

「まあ、ぼちぼちな。医者の仕事も少しはしてるよ。外来のバイトだが、生活費を稼がんといかんからな」

自嘲するように言ってビールを飲み干し、二杯目から焼酎のお湯割りに替えた。しばらく近況を話し合ったあと、三杉が病院をやめたころの話を持ち出すと、坂崎はグラスを置いて、小さく嘆息した。

「俺はあのころの自分を思うと、恥ずかしくて我ながらいやになるよ」

「そんなことはないだろう」

「いや、今だから言うが、新人賞をもらったあと、編集者がずいぶん俺を持ち上げてくれてな。笑うなよ。君は天才だとまで言われたんだ。プロの編集者がまじめな顔で言うんだから、俺もその気になってさ。すぐにもベストセラー作家になれると思ったよ。でなきゃいきなり病院をやめたりしないさ。ところが、受賞後第一作がなかなか書けなくてな。たいして貯金もない上に、賞金もすぐ使い果たしたから、また非常勤で働かざるを得なくなった。一応、本は何冊か出たけど、とてもベストセラーには及ばなかった」

「だけど、編集者には期待されてたんだろ」

「最初はな。しかし、今から思うと、あれは俺に原稿を書かせるための策略だったのかもしれんな。俺は思い上がってたから、結局、その編集者とも喧嘩して、他社に原稿を持ち込んだりした。そしたら別の編集者が近づいてきて、またおだてるようなことを言うんだ。けれど、今度は好きなようには書かせてもらえなかった。売れるモノを書けと言われて、医者の友だちをモデルにしたり、患者のプライバシーに関わる小説とか、医局の内情を暴露するような話を書かされた。おかげでずいぶんあちこちで顰蹙《ひんしゅく》を買ったよ」

おまえも知ってるだろというように、情けなさそうな上目遣いをする。たしかに噂で聞いてはいたが、坂崎が評判を落とすような小説を書いた裏には、そんな事情があったのか。

三杉が苦笑いで応じると、坂崎はテーブルに視線を落として、見えない何かを見つめるように続けた。

「だがな、俺の本心は医療が孕む矛盾や不条理を描くことだったんだ。学生のとき、医学の勉強なんて興味はないと思ってたが、それはまちがっていた。医療は人の生き死にに関わる大事な営為で、患者も医者もある意味、非日常の空間に置かれる。場合によっては極限状態にも追い込まれる。だから、葛藤もあるし、ドラマも発生する。俺はそこに浮かび上がる真実を書きたかったんだよ」

思いがけない告白に、三杉は戸惑いつつも共感した。医療の矛盾や不条理は、自分も常々感じていることだ。不遇が坂崎を精神的に成長させたのかもしれない。以前の偏屈で驕慢な眼差しは、すっかり影を潜めたように見えた。

「僕は君がプロの作家になって、華々しい生活を送っているものとばかり思っていたよ」

「とんでもない」

坂崎は自分を蔑むように歪んだ笑いを浮かべた。そのことにも、三杉は好感を持った。

「だけど、こんな言い方をすると失礼かもしれないが、君の苦労はいつか報われるんじゃないか」

「そうかな」

「無責任なことを言うようだけど、きっとそうなると思うね」

三杉は何杯目かのビールに顔を赤らめ、希望的観測を述べた。

「ところで、僕に相談があるみたいなことが、メールに書いてあったけど」

水を向けると、坂崎は少し間を置き、改めて姿勢を正した。

「実は、そろそろ俺は自分の才能に白黒をつけたいと思ってるんだ。ここまで鳴かず飛ばずで来たからには、今までのやり方ではだめだと思ってる。もう一度、デビュー前の気持にもどって、乾坤《けんこん》一擲《いってき》の作品を書きたい。そのために、認知症をテーマにした長編を考えてるんだ」

「ほう」

酔眼で応じると、坂崎は前のめりになって声に力を込めた。

「認知症は今の超高齢社会の日本で、必ず大きな問題になる。いや、もうすでに困難な状況にぶち当たっている人も多いだろう。メディアは認知症の治療や介護ばかり取り沙汰してるが、これからは認知症の患者がいろんな病気になって、それをどう治療するかが問題になるだろう。たとえば、認知症の人ががんになったら、どこまで治療すべきか。副作用のある治療や苦痛を伴う検査は、やるべきか控えるべきか。本人が十分な意思決定ができないとき、家族や医療者がどこまで決めることを許されるか」

思いがけない発言に、三杉は目をしばたたいた。坂崎の指摘は、まさに今、三杉が直面していることだったからだ。

坂崎はさらに続ける。

「こういう問題は、なかなか世間に伝わらない。話がややこしいし、専門的な要素もあるからな。論文はもちろん、評論やノンフィクションでも受け入れられにくいだろう。だけど、小説なら理解を得やすい。かつて、『恍惚の人』が認知症の問題を一気に世間に知らしめたようにな。もちろん、そんな名作を目論むのはおこがましいが、俺は今度の作品に自分のすべてを賭けるつもりだ。そのために、現場のリアルな状況を知りたい。認知症患者の専門病棟にいる君なら、いろんな症例を見てるだろう。それを取材させてもらいたいんだ」

それが坂崎の相談事なのか。医師には守秘義務があるから、患者のことを軽々に話すわけにはいかない。ただでさえ坂崎には悪い噂もあるし、患者のプライバシー侵害で訴えられかけた前科もあるようだ。不用意なことを書かれると、病院にも迷惑がかかりかねない。三杉が返答に迷っていると、坂崎はテーブルに両手をついて、ひれ伏すように頭を下げた。

「三杉。俺は追い詰められてるんだ。次の作品で結果が出なければ、どの出版社も相手にしてくれなくなる。だから俺は、この作品に作家生命のすべてを賭けるつもりなんだ。だから、頼む。この通りだ」

額をテーブルにこすりつけて懇願する。

「やめてくれ。頭を上げろよ」

「いや、頼みを聞いてもらえるまで上げない。おまえだけが頼りなんだ」

なおも頭を下げ続ける。三杉は戸惑いながら半ば酔った頭で考えた。坂崎が顰蹙を買うような小説を書いたのは、編集者に売れるモノを求められたからだという側面があるらしい。彼だけが悪いわけではないのだ。そう思うと、少し哀れに思えた。

「わかったよ。僕でよければ、できるだけの協力はするよ」

「ほんとうか。ありがとう。恩に着るよ」

顔を上げた坂崎は、かすかに目を潤ませながら握手を求めてきた。三杉はそれに応えながら、釘を刺すように言った。

「だけどわかってると思うが、患者のプライバシーには十分配慮をしてくれよ。守秘義務の問題もあるんだから」

「もちろんだ。それは約束する。同じ過ちは繰り返さない」

そこまで言うのなら信用してもいいだろう。三杉は晴れやかな気持になり、坂崎との再会を拒まなくてよかったと思った。

14

昼食を終えたあと、三杉が医局で調べ物をしていると、院内PHSで大野江に呼ばれた。ナースステーションに行くと、看護師は出払っていて、大野江と佃だけが憂うつそうな顔で座っていた。三杉を見て大野江がため息を洩らす。

「伊藤俊文《いとうとしふみ》さんの件なんだけど」

それは午前中に片がついたはずだと思いながら、三杉も声をひそめる。

「あれからまた家族が何か言ってきた？」

この日の未明、大部屋の505号に入院している伊藤俊文が、転倒して左手首を骨折した。深夜勤務の看護師が当直医に連絡し、取り敢えず仮固定したあと、朝一番で整形外科でギプスを巻いた。朝の申し送りのときに、深夜勤務だった看護師の辻井恵美《つじいえみ》から報告があり、三杉もその場で聞いていた。

伊藤は八十五歳で、重症の認知症に加え、パーキンソン病で歩行がおぼつかないので、転倒予防のためにベッドサイドにセンサーマットを敷いていた。ベッドから下りるとナースステーションでアラームが鳴る仕掛けだ。アラームが鳴ると、看護師は何もかも放り出して伊藤の病室に駆けつける。転倒する前に支えなければならないからだ。

同様の仕掛けは、転倒の危険性が高い数人の患者に備えてあり、それぞれにアラームの音色を変えてある。昼間はスタッフも多いのでさほどでもないが、準夜帯や深夜帯にあちこちでアラームが鳴ると、看護師は息せき切って病棟を走りまわることになる。

ポポピポパポ　ポポピポパポ。

伊藤は調子が悪いと、深夜にかぎってこのアラームを何度も鳴らす。昨夜も伊藤は午後十一時ごろから、頻繁にベッドから下りては甲高い電子音を鳴らしたらしい。

「ベッドに寝かしてもまたすぐ柵をはずして下りるから、ほんとに困ってたんです」

申し送りのとき、辻井が泣きそうな顔で大野江に訴えた。

辻井は三年目の看護師で、梅宮と同じく今年からにんにん病棟に配属されてきた新人スタッフだ。彼女によると、何度目かのアラームで駆けつけると、伊藤が床に手を突いて四つん這いになっていた。倒れたときに手の突き方が悪かったのだろう。左手首が妙な曲がり方をしていたので骨折を疑い、当直医に連絡した。高齢者は骨折した直後にはそれほど痛みを感じないことがあるので、伊藤もさほど苦痛を訴えなかったようだ。

朝の申し送りで骨折の報告を受けた大野江は、すぐに伊藤の家族に連絡し、謝罪と状況説明のため病院に来てもらうよう依頼した。

午前十時すぎにやって来たのは伊藤の息子で、説明は大野江といっしょに三杉が行った。

「この度はお父さまの転倒を防ぐことができず、誠に申し訳ございませんでした」

ていねいに頭を下げたが、息子は不満そうだった。

「父が転倒しやすいのは、はじめからわかっていたことでしょう」

「ですからベッドに柵をつけて、自分では下りにくいようにしていたのですが、伊藤さんはご自分ではずされるんです。ベッドの下にはセンサーマットを敷いて、下りたらアラームが鳴るようにしていました。それで夜中に何度も看護師が駆けつけたのですが、最後は間に合わなかったようなんです」

「つまり、そのマットが役に立たなかったということですね」

これには大野江が反論した。

「センサーマットは百パーセント転倒を防ぐものではありません。転倒したとき、いち早く対応するためのものなのです。転倒の危険をゼロにしようと思えば、身体拘束をするか、ベッド柵を高くして檻のようにするしかありません。それはあまりにも忍びないので、センサーマットにしているのです。今回もこれがあるおかげで発見が早まったのですから、決して役に立たないわけではありません」

息子は納得するどころか、さらに不満の色を濃くしたので、三杉がフォローした。

「いずれにせよ、お父さまに怪我をさせてしまったことはたいへん申し訳なく思っています。今後は同じような事故が起こらないように、精いっぱい努めますので、どうかご理解いただけますようお願いいたします」

こんなふうに言ってしまうと、次にまた伊藤が転倒したとき、いっそう激しく責められる。それはわかっているが、相手を納得させるためには致し方ない。

「まあ、起こってしまったものは仕方ありませんがね。今後は十分に注意してくださいよ。よろしくお願いします」

息子は捨てゼリフのように言って帰って行った。

大野江が憤懣やる方ないようすで三杉に言う。

「自分の親を人任せにしてるくせに、文句ばっかり言って、うちの看護師がどれだけ頑張ってるかわかってないのよ。アラームが鳴る度に、みんな病室にダッシュしてるのよ。それで役に立たなかったなんて言われたら、アタマに来るわよ」

「ほんと、そうだね」

息子の次は、大野江をなだめなければならなかった。

「あー、イライラする。わたし、ちょっと空気吸ってくるから」

そう言い残して、地下のボイラー室に下りて行った。

その大野江が今、困った表情で三杉に声をひそめる。

「あの息子が帰ったあとで佃が同室者に聞いたんだけど、伊藤さんは看護師に突き飛ばされて転倒したっていうのよ」

「えっ」

三杉は思わず声を上げた。

大野江が言うには、佃が病室の巡回をしたとき、伊藤と同じ505号に入院している渡辺真也《わたなべしんや》という患者がこう言ったらしい。

――そのベッドの爺さん、看護婦に突き飛ばされたんだよ。黙っていきなり。俺、見てたから。

七十八歳の渡辺は肝硬変の患者で、元々は新聞記者らしいが、今は幻覚が出やすいレビー小体型の認知症なので、必ずしも証言は信用できない。

「突き飛ばした看護師というのは辻井さんか。伊藤さん自身は何て言ってるの」

「それが覚えてないのよ。転倒したことも骨折したことも。なんで左手が動かないんだって、ギプスを不思議そうに見てるんだから」

認知症では体験を丸ごと忘れることがよくある。つらい記憶が消えるのはいいが、この状況では判断に困る。

三杉が佃に訊ねた。

「同室の渡辺さんはどうしてそんなことを言ったんだろう」

「わかりませんけど、巡回でお変わりありませんかって聞きに行ったら、おっしゃったんです」

佃は主任看護師として患者の信頼も厚いので、渡辺は彼女が来るのを待っていたのかもしれない。

「で、渡辺さんの話には信憑性があるの？」

「どうでしょう。大部屋はベッドの周囲にはカーテンを引いてますから、なんで見えたのかと思って聞いたら、隙間から見えたんだって。時間は覚えてないようでしたが、伊藤さんが倒れたあと、辻井さんはいったん大部屋を出て行って、すぐまたもどってきて、伊藤さんにどうして倒れたんだと聞いてたそうです。自分で突き飛ばしておきながら、白々しいと渡辺さんは言ってました」

看護師が倒れた患者をそのままにして、部屋を出て行ったりするだろうか。腑に落ちない思いで三杉が聞く。

「渡辺さん以外の同室者は見てないの」

「直接は確かめてませんけど、ほかの患者さんからは申告はありません」

三杉は大野江に向き直って聞いた。

「辻井さんには話を聞いたの？」

「その前に、状況を確認したほうがいいと思って、いっしょに深夜勤をしていた高原《たかはら》に電話で聞いてみたのよ。そしたら、アラームが鳴って辻井が駆けつけてから、伊藤さんが倒れたという連絡があるまでに少し時間があったって言うの。それでおかしいと思ったって。もし、駆けつけたときに倒れてたのを見つけたら、すぐに報せるでしょう」

辻井の報告では、駆けつけたときには伊藤は四つん這いになっていたとのことだった。それなら介抱したとしても、先輩格の高原に報告するまでにさほど時間はかからないはずだ。

「で、辻井さんにはいつ聞くの」

「今、呼んでるから、もうすぐ来ると思う」

深夜勤務明けで気の毒だが、事情が事情だから致し方ない。辻井は病院に隣接した寮に住んでいるから、それほどの手間ではないだろう。

そうこうするうちに、辻井が私服でナースステーションに現れた。大野江は佃に現場を任せて、辻井を面談室に促した。三杉は二人の後についていきながら、もしかしたらこういうエピソードも、坂崎の小説の題材になるかもしれないと、ちらりと思った。

15

「夜勤明けに呼び出して悪かったわね。昨夜の伊藤さんのことで、ちょっと確認したいことがあってね」

大野江が切り出すと、辻井はスッピンのくすんだ顔で瞬きを繰り返した。改めて呼び出されたことで動揺しているようすだ。この時点で、大野江はすでに辻井の嘘を見抜いていたのかもしれない。

「伊藤さんが転倒したときのことを、もう一度、聞かせてくれる」

大野江に求められて、辻井は申し送りでしたのと同じ説明をした。しかし、たどたどしい話し方で、声に力もなければ視線も定まらない。もし、辻井が伊藤を突き飛ばしたのなら重大問題だ。午前中に伊藤の息子に事故だと説明したのに、実は看護師の暴行があったなどと打ち明ければ、当然、厄介なことになる。このまま頰かむりをして、万一、事実が洩れたら、今度は病院ぐるみの隠蔽を疑われる。マスコミに嗅ぎつけられたら、テレビや新聞に出るかもしれない。

話を聞き終えたあと、大野江が辻井に言った。

「あのあと、別の情報が寄せられてね。高原に確認したら、あんたが伊藤さんの部屋に行ってから、転倒の報告までに時間があったって言ってるのよ。もし、部屋に行った時点で倒れているのを見つけたら、すぐに連絡するでしょう。連絡するまでに何かしてたの？」

辻井の顔が強ばり、さっき以上に激しい瞬きを繰り返した。口元がもどかしげに動いている。やがて顔を伏せると、辻井はふいに勢いよく頭を下げて、「すみません」と謝った。

「わたし、嘘をついてました」

大野江がため息を洩らし、三杉も最悪の状況を覚悟した。あの不平顔の息子を相手に、謝罪、賠償、今後の対策と、長く鬱陶しい交渉の日々が続くのか。

ところが、辻井の告白は予想したものとはちがった。

「アラームが鳴って、わたしが505号に駆けつけたら、伊藤さんがベッドの横に立ってたんです。もう七、八回目だったんで、わたし、腹が立って伊藤さんをにらみつけました。そしたら、同じ部屋の山本《やまもと》さんがうーんて唸りだしたので、トイレかと思って、ようすを見に行ったんです。伊藤さんをちゃんとベッドに寝かせてから行けばよかったんですが、すぐ横になってくれないし、先に山本さんの世話をしたほうがいいと判断して、その場を離れました。山本さんのお世話をしていたら、突然、伊藤さんがよろめいて、そのまま四つん這いになったんです。伊藤さんのそばにいなかったわたしの判断ミスです。申し訳ありません」

ふたたび深々と頭を下げる。大野江と三杉が顔を見合わせた。大野江が辻井に聞く。

「あんたが世話をしたのは山本さんじゃなくて、渡辺さんじゃないの」

「いいえ」

「渡辺さんはそのときどうしてた」

「……寝てたと思いますけど」

ふたたび顔を見合わせてから、今度は三杉が訊ねた。

「伊藤さんが倒れたあと、君は部屋を出て行かなかった?」

「行きませんよ。すぐ駆け寄って起こしたんですから。そのとき、伊藤さんの左手首がフォーク状に変形していたので、骨折したのがわかったんです。たいへんなことになったと思ったけど、わたしが目を離したのが悪かったと言いだせなくて、高原さんには部屋に来たときに伊藤さんが倒れていたみたいに報告したんです」

それなら結果は重大だけれど、転倒は事故だったと言えなくもない。少なくとも、暴行して転倒させたよりははるかにましだ。三杉は気を緩めかけたが、大野江は厳しい表情のまま問うた。

「伊藤さんが転倒したのは、あんたが突き飛ばしたからだと言う人がいるの。それについてはどう」

辻井の顔に一瞬、驚愕が走り、続いて首を小刻みに振った。

「そんなこと、してません。わたしが伊藤さんを突き飛ばしただなんて、ひどい。だれがそんなことを言ってるんですか」

大野江が黙っていると、辻井はさらに興奮した声で大野江に詰め寄った。

「それなら伊藤さんに確かめてみてください。いくら認知症でも、突き飛ばされたりしたら覚えているでしょう」

「そうね。たしかに伊藤さんは何も言ってないわ」

大野江はもう一度、三杉に視線を送ってから辻井に向き直った。

「わかりました。悪かったわね。疑うようなことを聞いて」

「いえ……。わたしも嘘の報告をしたことは反省してます。でも、患者さんを突き飛ばしたりはぜったいにしませんから」

辻井から事情を聞くのはここまでだった。

彼女が帰ったあと、二人でナースステーションにもどり、大野江はどさりと椅子に座った。佃が不安そうに聞く。

「どうでした」

「渡辺さんの話はガセだったみたい。ヤレヤレよ」

「じゃあ、辻井さんは手を出してなかったんですね。よかったわ」

「もしも看護師が突き飛ばしたなんてことになったら、あの息子が何て言って怒るかしれないからね。まったく人騒がせな話よ」

大野江は安堵と怒りのまじったため息をついた。三杉が窓際の席に腰を下ろして大野江に聞いた。

「伊藤さんの息子さんに、実は看護師が目を離した隙に転倒したんだと、説明しなおさなくていいかな」

「いいでしょ、それくらい。あんまり細かいことまでバカ正直に対応してたら、現場はやってられないわよ。看護師はみんな疲弊しきってるんだから」

たしかにそうかもしれない。このまま放置すると、看護師のストレスがいつ暴発するかしれない危険もある。三杉は危機感を抱いて大野江に言った。

「イライラが募ると、看護師もついカッとなることもあるんじゃないかな。ここらでちょっと、ガス抜きをしたほうがいいと思うけど」

「どうするのよ」

「明日、臨時のカンファレンスを開いてもらえませんか。そこで日ごろの不満や鬱憤を言い合うんです。完全オフレコにして、何を言ってもお咎めなしで言いたい放題やれば、少しはストレス発散になるんじゃない？」

「どうかな」

皮肉な言い方ながら、まんざらでもないようすだ。佃も「いいかもしれないですね」と賛同する。

明日は辻井も日勤だから、センサーマットに振りまわされた恨みを言えるだろう。

「ま、伊藤さんの件はこれでひと安心ということで、わたしはちょっと空気を吸ってくるから」

そう言うと、大野江はまたも地下のボイラー室に下りて行った。

16

翌日の夕方、準夜勤との申し送りが終わったあと、三十分の予定でカンファレンスが開かれた。ナースステーブルの奥に座った三杉が、最初に発言する。

「にんにん病棟の看護師さんは、認知症の患者さんが相手なので、ほかの病棟にはない苦労があると思います。ストレスを溜め込んでいると、ついイラッとして、言葉遣いが荒くなったり、乱暴な看護になったりしかねません。だから今日は、みんなに存分に苦労話を披露してもらって、互いの経験を共有する会にしたいと思っています。完全オフレコで、言いたい放題でかまわないので遠慮なく話してください」

十人余りの看護師を見渡すが、簡単に声はあがらない。

「腹の立つこと、厄介なこと、何でもいいです。話せばストレスも軽減されるので、タブーなしでしゃべってください。大野江師長も聞かないふりをしてくれますから、勤務評定には影響しません。

なんなら、この際、患者さんの悪口、個人攻撃もOKです」

看護師たちは半分うつむきながら、チラチラと互いの顔を見合っている。だれかが口火を切らないと話しにくいのかと思っていると、「それじゃ」と、佃が話しだした。

「個人名はよくないから、イニシャルで言うわね。大部屋のKさん。あの人、口が臭いのよね。話しているとき、息を吹きかけられたりしたら、鼻が曲がりそうになるわ。クシャミをすると、部屋中に臭い唾が飛んで、息もできないでしょう。思わず消臭スプレーを撒きたくなるよね」

まじめな佃が意外な発言をしたので、看護師たちが笑った。大野江が皮肉な調子でつけ加える。

「あの人は歯槽膿漏《しそうのうろう》なのよ。残ってる歯を全部抜いて、総入れ歯にすればちょっとはましになるかもしれないけどね」

不穏当な発言だが、三杉も笑ってスルーする。それを見て梅宮が遠慮がちに言った。

「臭いと言えば、個室のYさんも化粧のにおいがすごいです。何のために化粧するのかわかりませんけど、すっごく変なにおいの香水をつけてるので、部屋に入るときは口でしか息ができません」

「あれは便失禁をごまかすためなのよ。便臭と香水がまざって、ひどいにおいになってるでしょ」

「師長さん、あの部屋で鼻呼吸したんですか。すごーい」

梅宮が妙な感心をするので場の空気が緩み、看護師たちが次々に口を開いた。

「肝硬変のSさんは、わたしが背中を向けるとすぐお尻を触るんです。ボケたふりをしてるけど、あれはぜったいわかってやってます」

「わたしもSさんに太腿をつかまれました。虫がいたと弁解してたけど、もちろん虫なんかいません。幻覚かなってとぼけてましたけど、あの人はアルツハイマー病だから幻覚なんかあるはずないんです」

「大部屋のWさんは、トイレに入ってなかなか出て来ないから、ようすを見に行ったら、前をはだけたままホレホレって腰を突き出すのよ。何勘ちがいしてるのって、思い切りズボンを上げたら、はさまったみたいで、呻《うめ》きながらニヤニヤしてるの。あれは変態性認知症だわ」

「わたしもWさんにトイレの個室で抱きつかれました。とっさに肘鉄を食らわしたら、鳩尾《みぞおち》に入ったみたいで、本気で呻いてましたけど」

「セクハラ行為にはそれくらいしてもいいかもね。ただし、家族に見えるところには、青あざとかが残らないように」

大野江がまたも不穏当なコメントをはさむ。

「個室のFさんは、いつもオシッコをこぼすから、もう少し前に立ってくださいって言ったら、逆ギレして、おまえなんかクビにしてやる、不細工な顔しよってって怒るんです。顔は関係ないでしょって言い返したら、いや、おまえほど不細工だと迷惑だって言うのよ」

笑い声が上がり、場が活気づく。

「わたしなんか、Wさんに泥棒扱いされたわよ。病棟にお金を持ってきたらだめなんですって言ってるのに、引き出しに入れた、あんたが盗ったんだろ、ワシの金で服をクリーニングしただろうって言って。そのあと、同室の患者さんに、この女は泥棒です、お金は隠しときなさい、油断していると盗まれますよって大声で言うんです」

「わたしも言われた。タオルがない、あんたが盗ったんだろって。だれがあんな汚い爺さんのタオルなんか盗るかよと思ったけど、笑顔でやり過ごしました」

「大部屋のTさんは点滴が入りにくいでしょう。せっかく入っても、固定するときに動いて洩れたり、固定していてもルートを引っ張って抜いたりして、やり直すとヘタクソ、鈍くさい、何やってんだって罵るのよ。その上、あんたは怖い、もっと優しい看護師を呼べって言うの。だれが優しくしてやるかって思うわよね」

「Tさんはしょっちゅうナースコールで呼ぶけど、何ですかって駆けつけたら、用事はない、あんたが勝手に来たんだって言うの。それでほったらかしにしてると、廊下まで響く声で早く来いって言うから、ようすを見に行くと、何をしに来た、早く帰れって言うのよ。忙しいときに無意味に呼ばれると、アタマに来るわよ」

「そんな人は安楽死させてやればいいのよ」

梅宮が得意のセリフを吐き、みんなを笑わせる。タブーなしでと言った手前、三杉も苦笑いだけで聞き流す。

別の看護師が言う。

「実際、こんな患者、死んだらいいのにって思うことあるわよね。こっちは忙しくて走りまわってるのに、同じ話を何度も聞かされたり、わざわざオムツをはずして床に放尿されたり、毛布の下にウンコを隠されたりしたら、思わず殺意を覚えるわ」

「みんな長生きしすぎなのよ。アタマが壊れてるのに、身体が達者だから徘徊はするわ、暴力は振るうわ、セクハラはするわ、もううんざりよ。老人は適当なところで死なせるべきよね」

話がだんだん過激になる。とても外部には洩らせないと困惑しつつも、三杉はふと、こういう現場の声も坂崎の小説の題材になるかもしれないと、密かに耳を傾ける。

きまじめな細本が遠慮がちに声を上げた。

「この前、新聞に認知症患者の身体拘束について書いてあったんです。点滴や胃ろうのチューブを抜く人とか、転倒の危険性の高い人は、拘束するしかないのに、記事には現場は安易な拘束に頼る傾向があるなんて書いてあるんです。汚れたオムツに手を突っ込んで、あちこちになすりつける人に、つなぎの服やミトン型の手袋を使うのも、発想が乏しいとか書いてあって、わたし、すごく暗い気持になりました」

この発言には大野江が憤然と応じた。

「新聞なんかきれい事を書いてるだけよ。現場の苦労なんかぜんぜんわかっちゃいないんだから。だいたいメディアが甘っちょろいことばっかり書くから、世間の期待がどんどん膨らんで、文句を言う家族が増えるのよ。認知症でも人間らしく扱ってほしいとか、親が拘束されているのを見ると悲しくなるとか言うけど、その大事な親を人任せにしてるのは家族じゃない」

佃も続く。

「事故の危険性を考えたら、身体拘束は致し方ない側面があるのはたしかね。患者さんが怪我をしたら、賠償責任を問われることもあるし、人手が足りない中で、安全を確保するには身体拘束に頼るしかないのが現実だと思う」

事故の危険が話題になったのを捉えて、三杉が辻井に聞いた。

「昨日の伊藤さん、いや、大部屋のIさんも、拘束しとけば転倒もなかったはずだけど、辻井さんはセンサーマットで大分、苦しめられたんじゃないの」

「……そうですね。深夜で忙しい最中に、何度もアラームが鳴って、駆けつけるとよろめきながら立ってるので困りました」

「あのアラーム音、耳につくわよね。幻聴みたいに頭の中で鳴り響くもの」

佃が同情を示し、梅宮も続く。

「あたしも忙しいときにあの音が鳴ると、キィーッてなります。センサーマットを置いてる患者さんの耳にイヤホンをつけて、アラームが鳴ったら本人にも大音量で聞こえるようにしたらどうでしょう。ベッドから下りるたびにうるさい音が鳴るので、もう下りなくなるんじゃないですか」

「パブロフの犬だな」

三杉が失笑すると、辻井といっしょに深夜勤務をしていた高原が控えめな声で言った。

「みんなも知ってると思いますけど、Iさんの介護はほんとにたいへんなんです。とにかく指示が通らないから、ベッドから下りたらダメって言ってもぜんぜん聞かないし、寝てもらおうと思っても抵抗して、すぐに大声を上げるでしょう。パーキンソン病で足元が覚束ないのに、歩いて転倒しかけるから、目も手も離せないんです。あの人の世話だけに十分も二十分もかかり切りになってると、ほかの仕事が進まなくて、もういい加減にしてって言いたくなります」

高原の発言は、明らかに辻井をかばうものだった。同じ深夜勤務だったことで、彼女も責任を感じているのだろう。そんなふうに言われて、辻井はうつむき、じっと唇を噛んでいる。別の何人かがさらに続く。

「Iさんは異食もすごいんですよ。食事はなかなか飲み込まないのに、ティッシュはムシャムシャ食べちゃうし、刺身の醬油も一気飲みしちゃうし」

「この前なんか、作業療法で習字をやってたら、あっという間に墨汁を飲んじゃったのよ。慌ててうがいさせたら、ガラガラーってやって、ペッて出してと言ったのに、ゴックンて飲んだの。明くる日の便は真っ黒だったわ」

また笑いが起こる。みんなが落ち込んでいる辻井を励ますために、伊藤俊文の問題行動をあげつらっているようだった。高原もそれを感じてか、三杉と大野江に向かって改まった調子で言った。

「この前の深夜勤では、Ｉさんのセンサーマットがほんとうに何度も鳴ったんです。そのたびに辻井さんがダッシュで駆けつけて、苦労して寝かしつけてました。それ以外にもナースコールで呼ぶ人や、大きな声を出す人もいて、わたしもヘトヘトでした。だから、Ｉさんには申し訳ないけど、転倒して骨折したのは仕方ないと思います。だれのせいでもないんです」

「わかってるわよ、そんなこと。当然でしょ」

大野江がぶっきらぼうに答えた。それは優しさの裏返しだろう。辻井はたまたま運悪く事故の発見者になっただけなのだ。それを同僚の看護師たちがみんなでかばおうとしている。いい話だ。辻井もいい仲間に恵まれて喜んでいるだろう。

そう思って当人を見ると、辻井はなぜかうつむいたまま、思い詰めたような表情でかすかに唇を震わせていた。

17

二日後、三杉が朝いちばんにナースステーションに行くと、大野江が深刻な顔で三杉を呼び止めた。

・

「昨日、辻井が辞表を出したわよ」

思いがけない話に、三杉は言葉を失いかける。

「どういうこと」

大野江は半ばふて腐れたように首を振った。

「事情を聞いても、泣くばっかりで理由を言わないのよ。わたしの勘ではどうやら伊藤さんの件が絡んでるようなんだけど」

「でも、伊藤さんは自分で転倒したんだろ。目を離した隙に倒れたって言ってたじゃないか」

「そうなんだけど、何か言えないことがあるみたい」

とすれば、やはり同室の渡辺が言った通り、辻井は伊藤を突き飛ばしたのだろうか。しかし、それなら伊藤が覚えている可能性もあるから、呼び出して説明を求めたとき、伊藤に聞いてくれとは言わないはずだ。

「とにかく、自分がいたらみんなに迷惑をかけるから、やめたいの一点張りなの」

「で、辞表はどうするの。受理する？」

「保留にしてるけど、たぶん慰留はできないと思う」

一昨日のカンファレンスでは、彼女を責める者はだれもいなかったし、むしろみんなでかばおうとしていたのに、なぜやめなければならないのか。そう考えたとき、三杉の胸に、ふと自分ながらいやな計算がよぎった。

万一、辻井が伊藤に手を出したのだったら、病院の責任問題になる。それはきちんと追及すべきだが、暴行が明らかになれば、家族にも説明しなければならないし、賠償その他の厄介事に向き合わなければならなくなる。このまま辻井が黙って辞職してくれれば、事情を聞こうにも聞けなかったという言い訳が立つ。それは病院側にとっては好都合なことだ。

三杉の思いを見透かすように、大野江が低くつぶやく。

「彼女にもいろいろ事情があるんじゃないの。本人がやめると言ってるんだから、あんまり詮索しないほうがいいと思うんだけど」

釈然としないが、それがいちばん楽な道ではある。大人の対応、臭いものにはフタ、寝た子を起こすな、事なかれ主義。いやなフレーズが次々と思い浮かぶ。

看護師の暴行で患者が怪我をした可能性があるなら、当然、事実を明らかにして、説明と謝罪をすべきだ。現場の責任者として、強くそう思う。だが、疑いの出所は、妄想の症状もある認知症患者の話だけで、骨折した本人の証言もない。さらに、大野江も三杉も今は現場で次々起こるトラブルの対応に追われ、とても新たな問題に向き合う余裕はない。それが公正でないことも、明るみに出たときのリスクがあることも重々承知しているが、今は祈るような気持で、伊藤の骨折の件はスルーしたい。

批判する者はまず実践せよ。

そんな言葉も三杉の脳裏をかすめた。同時に、それもただの逃げなのかと、己を責める思いも浮かぶ。

とにかく、この話は今は自分の胸に納めておくしかない。正義感に駆られて追及などすれば、どんな面倒なことになるかしれない。患者の側からすれば許しがたいことかもしれないが、疲弊しきっている現場では、頬被りも致し方ない。過ちを認めろと言うなら、認められるだけの余裕をまず与えてくれと言いたい。

そう考えながら、別の思いもよぎった。はじめは坂崎の小説のエピソードに使えるかとも思ったが、こんなヤバイ一件は、とても坂崎には話せない。

18

その坂崎からまたメールが来た。

小説の参考にしたいので、三杉の勤務している病棟を見学させてくれないかという。三杉は迷ったが、協力すると言った手前、いきなりノーとは言いにくかった。モデル問題と個人情報に十分配慮してくれるよう念押しをすると、『それはもちろん』と請け合うので了承した。

大野江にも許可を求めなければならないので、知人の小説家に病棟を見せたいと言うと、案の定、難色を示された。

「小説家なんかに病棟を見せて大丈夫ですか。妙なことを書かれるんじゃないかしら」

「心配ないよ。彼も医師だから」

「よけいに怪しいじゃないの。医者なのに物書きになるなんて、まじめに医療に取り組んでない証拠よ。患者さんのプライバシーもあるし、認知症はデリケートな病気なんだから、家族への配慮も必要ですよ」

「わかってる。川崎総合医療センターで僕といっしょだった男で、まじめなやつなんだ。坂崎甲志郎っていうんだけど知らないかな」

「知りませんよ。どんな小説を書いてるんです」

「『仁術』とか、大分前だけど賞も取ってる」

「知りません」

大野江の返事はそっけなかった。当然だろう。坂崎が「仁術」でデビューしたのはもう八年も前だし、もらった賞も「小説べム新人賞」という一般にはほとんど知られていない雑誌のものだった。その後も特に話題になった作品もなく、三杉自身も今回の連絡があるまで、坂崎の小説は読んだことがなかった。

しかし、坂崎は次の作品に賭けているようだし、先日会った印象では、周囲の噂ほど悪い人間とも思えなかった。責任はすべて自分が持つからと頼むと、大野江は「先生がそう言うなら」と、了解してくれた。

約束した日、坂崎は時間通りに伍代記念病院の北棟五階にやってきた。褐色のジャケットに、ノーネクタイのカッターシャツという地味な出で立ちだ。

ナースステーションに招き入れて大野江に紹介すると、坂崎は殊勝な物腰で、「今日はお世話になります」と頭を下げた。大野江は身体を横に向けたまま、坂崎の風体を確かめるように視線を上げ下げした。歓迎していないのは丸わかりだったが、坂崎は別段、気分を害したようすも見せなかった。

「じゃあ、病室を案内するよ」

三杉が自動扉を通ると、坂崎はさっそく立ち止まって聞いた。

「ふつうの病棟には自動扉なんてないよな。やっぱり徘徊を防止するための対策か」

「そうさ。必要に応じて、中からも外からもスイッチが切れるようになってる」

以前、田中松太郎の徘徊を止めようとして、言い負かされそうになった話を披露すると、「おもしろいな。そんな話をどんどん聞かせてくれ」と、取材用らしい小ぶりのノートにメモを書きつけた。

病室の廊下に入ると、坂崎は顔を上げて二、三度、鼻を利かすように息を吸った。

「どうした」

「いや、思ったほど尿臭とかはないなと思って」

独り暮らしの認知症の人の場合は、家中に強烈な尿臭が漂っていることもある。だが、にんにん病棟は看護師が厳重に世話をしているから、それほどにおいはない。

「大部屋は四人部屋で男女別だ。ここは男性の大部屋だよ」

三杉が部屋に入りかけると、坂崎のほうが立ち止まって、「いいのか」と遠慮がちに聞いた。そう言われると、逆に勧めたくなる。

「病室の見学くらいいいよ。患者さんをそのまま小説にするわけじゃないだろ」

「それはもちろん」

坂崎が自粛モードなので、三杉はむしろ大胆に患者に声をかけた。坂崎が会釈すると、ていねいにお辞儀を返す者もいれば、不審そうに眉をひそめる者もいる。

いったん廊下に出て、次の部屋の前で三杉は声を低くした。

「女性の部屋も見てみるか。重度の認知症の人ばかりだから、ほとんど反応はないと思うけど」

三杉が部屋に入ると、坂崎は身をすくめるようにしてついてきた。

「こんにちは。今日は調子、どうですか」

ベッドで仰向けのまま、じっと天井を見つめている白髪の女性に三杉が話しかけた。返事がないばかりか、声をかけられたことも認識していないようすだ。

三杉は患者に聞こえないよう注意して、小声で言う。

「九十六歳で脳出血、無言無動。家族も見舞いに来ない。来てもまったく反応しない」

「食事はどうしてるんだ」

「胃ろうだよ。家族の希望でつけたんだけど、胃ろうにすると死なないんだよ。家族も今は後悔してる」

「何とも言えない現実だな」

坂崎が真剣な表情で唇を噛む。

次に三杉は、奥のベッドで背もたれを起こして座っている女性に挨拶をした。

「中村《なかむら》さん。こんにちは。ご気分はどうですか」

「アハハハ。先生。あたしの頭、パーになったから、主人に怒られるんです。ホラッ、しっかりしろって」

自分の顔を平手でバシバシと殴りはじめる。

「おい、止めないのか」

坂崎が慌てるが、三杉は首を振るばかりだ。

「前頭側頭型の認知症だから仕方ないんだ。止めたらもっと暴力的になる」

前頭側頭型の認知症は、人格の変化や非常識な行動が見られるので、対応に苦慮することも少なくない。

「中村さん、わかりました。ごめんね」

三杉が会釈してベッドの前を離れると、中村彰子《あきこ》は顔を叩くのをやめ、大きな声で「ドナドナ」を歌いだした。

〽ドナドナ、ドーナ、ドォーナー
「彼女、この歌が好きなんだ」

三杉が声をひそめる。奥の向かいにはベッドに横向きに座って、少女のように足をブラブラさせている女性がいた。三杉が近づくと、満面の笑顔で三杉と坂崎を交互に見る。

「こんにちは。気分はどう」

三杉の問いかけに、無言のまま何度もうなずいて見せる。続いてびっくりしたような顔になり、おどけるように肩をすくめた。さらに自分の両目を覆い、いないいないバアのように開いて見せる。

「この人は重度のアルツハイマー病で、多幸症なんだ」

「多幸症か。それはいいな。本人も楽しそうだし」

「でも、娘さんは嘆いてるよ。娘さんのことをまったく認識しないからな」

最後の一人はベッドに横向きで、三杉たちが近づくと、反対向きに寝返りを打った。

「この人は脳血管性の認知症で、ずっと重度のうつ状態なんだ。麻痺はないけど、呼びかけにもほとんど反応しない。しょっちゅうシクシク泣いてるよ」

声は聞こえていないはずだが、女性は毛布を引き上げ、完全に顔を隠してしまった。

「行こうか」

坂崎を促して廊下に出る。手首を骨折した伊藤俊文のいる部屋は意図的に素通りした。ナースステーションにもどると、準夜勤への申し送りがはじまっていた。三杉は坂崎を面談室に案内した。看護師にも取材させてほしいと頼まれていたので、申し送りが終わるまで待つためだ。

「どうだった。少しは参考になったかな」

「もちろんだよ。いや、思った以上の収穫だった。やっぱり現場で取材させてもらうと、見る目が変わるね」

坂崎は興奮した面持ちで答えた。

19

少し待つと申し送りを終えた看護師が数人、面談室に入ってきた。佃と大野江も入室する。坂崎が妙なことを聞かないか、監視するためのようだ。

佃が「認知症看護・認定看護師の佃です」と名乗ると、坂崎はいい取材相手が来てくれたとばかり、まず彼女に質問した。

「認知症の患者さんの看護で、いちばん苦労することは何ですか」

「いろいろありますが、困るのは指示が通らないことでしょうか。動かないでと言っても歩きまわるし、検査で絶食の指示が出ていても、手持ちのお菓子を食べるし、採血も簡単にはさせてくれませんから」

「なるほど。徘徊とか、トイレの失敗とかもあるんじゃないですか」

「それはもちろんありますが、看護師の仕事としては困るほどではないです」

「もっとたいへんなことがあるということですね」

坂崎は感心するようにノートにメモを書きつける。ボールペンを構えたまま、さらに聞く。

「具体的にはどんなことがありますか」

佃が答えに詰まると、梅宮が横から問いかけるように答えた。

「この前の伊藤さんのことがあるじゃないですか。夜勤の間中、センサーマットのアラームを鳴らして」

「センサーマット?」

坂崎が興味津々のようすで聞くと、梅宮が説明する。

「転倒する危険性の高い患者さんが、ベッドから下りたらわかるように、床にセンサーマットが敷いてあるんです。その患者さんは夜中に何度もアラームを鳴らして、挙げ句の果てに転倒しちゃって手首を……」

「その話はいいでしょう」

大野江が遮った。「個人情報なんだから」

師長ににらまれると、梅宮ははっとしたように口に手を当て、「すみません」と肩をすくめた。

「結構です。差し障りのあることはうかがいませんから」

坂崎は大野江の意図を汲み取ったように、ボールペンを置いて話を変えた。

「ところで、みなさんは三杉先生のことはどう思われていますか。私は以前、三杉先生と同じ職場にいて、彼が外科医から認知症病棟のドクターに転身したと聞いて、ちょっと驚いたんです」

「何の取材をしてるんだよ。僕のことはいいだろ」

三杉が照れくさそうに言うと、坂崎はぞんざいな言葉遣いで返した。

「いや、俺は興味があるんだよ。ふつう、外科の第一線で手術をしていた者が、認知症を専門に診る医者にはならんだろう。しかも、三杉は若手のホープとして部長にも期待されていたし、年齢だってまだ四十二じゃないか。メスを置くには早すぎるよ」

坂崎の言葉に続いて、梅宮が失言を取り返すように言った。

「わたしも前に同じことを聞いたんです。そしたら三杉先生は、別に理由はない、医局から行けと言われたからって言ってましたけど、ほんとなんですか」

「ほんとうさ。この病院に来る前に、ＷＨＯの仕事でパプアニューギニアに四年もいたから、外科医としては使いものにならないんだよ」

「そんなことはないと思うがな。まあいいや。この病棟では三杉先生はどんな感じですか」

坂崎が看護師たちに水を向けると、梅宮以外の看護師が順に口を開いた。

「三杉先生は熱心ですよ。優しいから患者さんにも人気があるし」

「それに忍耐強いです。忙しいときでも、患者さんにはゆっくり話しかけますから」

「そうね。三杉先生は元外科医にしては、人柄は温厚なほうね」

大野江が無難な話題を歓迎するかのようにフォローした。坂崎はふたたびくだけた調子で言う。

「おまえ、現場の信頼度は抜群じゃないか」

「そんなことないよ。いいスタッフに恵まれてるだけだよ」

「まあ、本人を目の前にして悪口は言えないもんな」

坂崎が茶化すと看護師たちは笑ったが、大野江は硬い表情のままだった。

佃が思いついたように最初の話題にもどる。

「認知症の患者さんの看護で苦労することといえば、治療を理解してくれないことですね。点滴の針を勝手に抜く人とか、胃ろうや導尿のカテーテルを触る人がいたり、胃カメラの途中で立ち上がろうとしたり」

坂崎がまじめな顔で佃に応える。

「認知症の患者さんへの医療でいちばんむずかしい問題ですね。つまり、認知症の患者さんはどこまで治療すべきかということでしょう」

これこそ自分のメインテーマだとばかりに、坂崎は熱の籠もった調子で語りだした。

「一般の患者さんは治療の意味がわかっているから、協力的な対応をするでしょうけど、認知症の人はわからないから、単にいやなことをされてるとしか思わない。当然、指示も守らないし、説明も理解しない。インフォームド・コンセントが成り立たないんですよね」

「そうなんです」

「かたや、家族には治療を望む人が多いんじゃないですか。入院していれば治療するのは当然だし、それが本人のためになると思い込んでいますからね。うまく検査できなかったり、治療が滞ったりすると、不満を表す家族もいるでしょう。病院のやり方が悪いみたいに言ったり、専門家ならうまくできて当然と思ってたりもしますから」

坂崎は巧みに話を進め、佃以下、看護師たちの共感を引き出していく。

「しかし、場合によっては、つらい治療を受けさせるより、穏やかに見守るほうがいいケースもあるのじゃないですか。いわゆる無益な延命治療になる場合ですね。もちろん、認知症だから治療しなくてもいいというわけではありませんが、何でもかんでも治療すればいいというものでもない。そのあたりの線引きが、認知症の患者さんでは一般の高齢者とはまた別の葛藤があるように思うのですが」

「たしかにそうね。そういうことの理解は、まだまだ世間には広まっていないわね」

大野江が改まった調子で言う。坂崎の問題意識に少し理解を示したようだ。

「坂崎が小説で伝えたいテーマもそういうことなんですよ。だから、僕も協力する気になったんです」

三杉が弁解口調で言うと、大野江もまんざらでもないようすでうなずいた。すかさず坂崎が恐縮しつつつけ加える。

「大それた小説は書けませんが、少しでも現場のみなさんのご苦労とか、世間に知られない奮闘ぶりを描ければと思っています。そのためにこうしてお忙しい中、時間を取っていただきました。今日はいろいろ参考になりました。ありがとうございます」

好印象を与えたところで、さっと取材を切り上げた。少々あざといようにも思えるが、それも坂崎の要領のよさだろう。

面談室での取材は三十分ほどで終了した。看護師たちが席を立ちかけたとき、坂崎が思いついたように引き留めた。

「すみません。あとで質問が出てきたとき答えていただけるように、どなたかのメールアドレスを教えていただけませんか」

ノートを受け取ると、坂崎は満足そうな笑顔で看護師たちを見送った。

三杉は不安を感じたが、ここは坂崎を信用するしかない。

出した。梅宮は戸惑いつつ大野江を見たが、師長がうなずくと、佃の下に自分のアドレスを書いた。

看護師たちが顔を見合わせると、坂崎は「もしよかったら、あなたに」と、梅宮にノートを差し

「もう一人くらい、どなたか」

佃が代表するように、ノートに自分のアドレスを書いた。

「じゃあ、わたしが」

20

取材のあと、お礼の代わりにと、坂崎はこの前とは別の串揚げの店に三杉を誘った。客がストップをかけるまで凝った具材を出すカウンター席の店である。

「いや、今日はありがとう。素晴らしい取材をさせてもらったよ」

中ジョッキで乾杯してから、坂崎がまじめくさった口調で言った。

「お役に立てたのなら、僕も嬉しい」

三杉はなお漠然とした不安を感じていたが、それを抑えて屈託のない笑顔を向けた。不安の理由は、やはり坂崎にまつわる過去のよからぬ噂である。何か病院が困るようなことを書くのではないか。しかし、今日の取材でも、彼は不用意な質問はしなかったし、患者のプライバシーに踏み込むようなことも聞かなかった。梅宮が伊藤の骨折のことを言いかけて、大野江に止められたときも、

自分から話題を変えたではないか。三杉は自分をたしなめるように不安を打ち消した。

「酔う前に聞いてほしいんだが、実は三杉に頼みたいことがあるんだ」

ビールを二口ほど飲んだあと、坂崎が改まった調子でジョッキを置いた。三杉は何のことかと身構えたが、坂崎が語りだしたのは彼の小説の中身だった。

「今考えている小説は、認知症の患者の治療に悩む医師を主人公にしようと思ってる。その医師は元外科医で、がんの手術を専門にしていたが、末期がん患者の治療に行き詰まって、悩んだ挙げ句に病院をやめる。そしてアフリカで医療活動をするＮＰＯに参加して、スーダンの無医村に行く。四年間、現地の医療に取り組んだあと帰国するが、ある事情があって外科医にはもどらず、認知症の患者の専門病棟に勤務する。そこではじめて認知症の現実に直面し、さまざまな困難や葛藤を経て、望ましい医療を目指すというプロットを考えてるんだ」

途中から、三杉は自分が主人公のモデルになっているのではないかと感じた。坂崎もそれを前提に話していたようだ。

「もうわかったと思うが、主人公のモデルにはおまえをイメージしてる。むろん、年齢や勤務地を変えて、三杉とは明らかにちがう設定を入れるつもりだ。しかし、あとでモデル問題が起こるといけないから、先に話を通しておこうと思ってな」

三杉は面談室での取材を思い出して苦笑した。

「さっき看護師に僕のことを聞いたのは、そういう理由だったのか」

「まあな。どうだろう。この小説を書くことを認めてもらえないだろうか」

坂崎は筋を通して許可を求めている。モデル問題が起こるとしても、他人に迷惑が及ぶよりはましだ。三杉はそう感じて答えた。

「もちろんオーケーだよ。小説のモデルになるなんてはじめてだけれど、光栄なことだな」

「そうか、許可してくれるか。ああ、よかった」

坂崎は大袈裟に安堵してみせ、逆に三杉を驚かせた。その反応を照れるように弁解する。

「いや、もしも断られたらどうしようかと思ってたんだ。自分なりに手応えのあるプロットを練り上げたものの、肝心のモデルにストップをかけられたら、動きが取れなくなるからな。俺みたいな医療小説書きは、多かれ少なかれ事実をモデルにすることが多いんだ。これまで書いた小説は、けっこうデリケートな問題を扱ってたから、モデルに了解が取りにくかった。編集者に相談したら、許可を求めて断られたら書けなくなる、小説は書いた者勝ちだから、まず作品を完成させろと言われて、悪いとは思いながら書いてしまったものもあるんだ。幸か不幸か、たいして売れなかったから、問題にはならなかったがね。だけど、俺はずっと後ろめたい気持でいたんだ。現場で苦労している同業者を裏切るようなものだからな」

坂崎の作品をほとんど読んでいない三杉にはよくわからなかったが、一部で顰蹙を買ったのはそういう作品だったのだろう。しかし、今回はここまで言うのだから、彼なりに誠意を尽くしている。三杉は不振から脱しようとしている友人を励ますつもりで言った。

「僕は坂崎を信用してるよ。だから、好きなようにモデルにしてくれたらいい。落ちこぼれ医者でも、変人医者でも」

「まさか。三杉みたいにまじめで熱心な医者はいないよ。主人公は誠実で善意にあふれた医師にするつもりだ。俺はその善意が背負い込む苦悩みたいなものを書きたいんだ」

坂崎は虚空をにらむようにして言った。彼の頭の中にはすでに完成作に近いプロットができあがっているかのようだった。

21

ナースコールが鳴り、５０７号室のランプが灯る。

「どうされました」

佃が聞くと、スピーカーから高橋真佐子の切羽詰まった声が飛び出した。

「三杉先生にすぐ来てもらってください。母が苦しそうなんです」

ナースステーションの奥で、三杉がこめかみを掻きながら、ヤレヤレというふうに立ち上がった。

真佐子の「すぐ来て」はすでにオオカミ少年になっていて、一刻を争うようなことは滅多になかった。

スライド扉を開けて病室に入ると、真佐子がベッドに覆い被さるようにして、母親のセツ子に話しかけていた。

「お母さん。大丈夫？　しっかりして。あっ、先生がいらした。先生、母がさっきから突然、苦しみだしたんです」

素早く三杉に場所を空ける。セツ子は天井を見つめたまま、口で荒い呼吸を繰り返している。

「高橋さん。わかりますか」

呼びかけても返事がない。胸をはだけて聴診器を当てると、肺の中でバリバリと錆びた金網をこするような音がした。額に手を当てると茹でたての卵のように熱い。

「誤嚥《ごえん》性肺炎を起こしたようですね」

三杉が言うと、真佐子は「そんな!」と、悲痛な叫び声をあげた。取り乱しながら続ける。

「誤嚥性肺炎って、食べたものが気管に入って起こるんでしょう。お昼ご飯はわたしが食べさせましたけど、誤嚥なんかさせませんでしたよ。それとも朝ご飯の誤嚥ですか。朝に食べたもので肺炎を起こしたんですか」

「いや、食べ物だけでなく、唾液を誤嚥しても肺炎になるんです」

「でも、唾でも誤嚥したらむせるでしょう。母は一度もむせたりしていません」

「高齢者は反射が落ちてますから、誤嚥してもむせないことが多いんです。だから食べたものや唾液が気管に入って、肺炎になるんです」

中途半端に医学に詳しい真佐子には、説明しなければならないことが多くて困る。

「熱も高いようですから、すぐ解熱剤の座薬と抗生剤の点滴をします」

「お願いします」

深々と頭を下げる真佐子を背に、三杉はナースステーションにもどった。

「どうでした」

佃が心配そうに聞く。

「誤嚥性肺炎みたいだ。熱も高いから解熱剤と抗生剤を用意して。それから酸素マスクも」

抗生剤のメニューを聞くと、佃は速やかに準備室に立った。

「それから、胸のX線写真もポータブルでオーダーして」

近くにいた看護師に指示すると、奥の師長席で頬杖をついていた大野江が、不服そうな声をあげた。

「X線写真も撮るんですか」

大野江の言いたいことはわかる。九十二歳の誤嚥性肺炎なら、X線写真を撮るまでもなく、聴診で診断はできるだろう。ポータブル撮影は病室で行うから、安易にオーダーすると、看護師の被曝量が増えてしまう。しかし、X線写真を撮らずにいたら、いずれ真佐子から求められるに決まっている。

「仕方ないだろ。撮らなきゃ娘さんが納得しないんだから」

「娘さんの念晴らしに撮るわけね。肺がんが大きくなっていても知りませんよ。どうせ肺は真っ白だから、バレないでしょうけど」

大野江が見透かすように言った。そう言えば、セツ子はX線検査で肺に影が見つかり、気管支鏡の検査でがん細胞は見つからなかったので、そのままようすを見ていたのだった。その後、不思議に咳は治まり、真佐子は喜んでいたが、そうかと言って肺がんでなかったとは言い切れない。

佃が抗生剤の点滴をして、ナースステーションにもどってきた。レントゲン技師がポータブルの撮影機を運んできて、セツ子の病室に入る。しばらくして、できあがった画像を見ると、大野江の予想通り、肺は右も左も猛吹雪のような白さで、腫瘍はほとんど見分けがつかなかった。しかし、肺炎はかなりの重症だ。

「これはちょっと、ヤバイかもな」

三杉が画像を見ながら洩らした。

「娘さんに面談室に来てもらってくれる？　説明するから」

佃に頼んで、先に面談室に行き、説明用のモニターに今撮ったX線写真を表示した。

待っていると、佃に付き添われて真佐子が入ってきた。

「これが今、撮った胸のX線写真です。白い部分が炎症を起こして空気の入っていないところです」

ほとんど真っ白の写真を見せながら、状況を理解してもらえるように話を進める。

「肺炎としてはかなりの重症です。場合によっては、命に関わる危険性もあります」

そう言った瞬間、真佐子がバネ仕掛けのように立ち上がった。

「命に関わるですって？　まさか、嘘でしょう。がんや心筋梗塞なら仕方ないけど、今の日本で肺炎で死ぬなんてことがあるんですか。信じられない」

そう言われても、現実は現実だ。

「高橋さん、落ち着いてください。若い人なら肺炎ではまず亡くなりませんが、高齢者は抗生剤の効きも悪いし、元々の体力が落ちてますから、肺炎で亡くなることは決して珍しくないのです」

「でも、母はまだ九十二ですよ。人生百年時代って言うじゃないですか。まだ八年もあるのに早すぎます。母はずっと健康に気をつけて、これまで大きな病気もせずに来たんです。健康診断もきっちり受けて、十年前にわたしといっしょに人間ドックを受けたときも、お母さんは百まで大丈夫だと太鼓判を押してもらったんですよ」

だれがそんな無責任なことを言ったのか。三杉は沈黙するしかない。真佐子は崩れるように腰を下ろし、うつむいて首を振った。落ち着くのを待っていると、目元を押さえ、嗚咽をこらえるようにして聞いた。

「じゃあ、もう母はダメなんですか。もう治療法はないんですか」

「いえ、治療の方法はまったくないというわけではありません」

ここからがむずかしい説明だ。

「このままだと命の危険は高いでしょう。気管にチューブを挿入して、人工呼吸器につなげば、少しは延命できる可能性があります」

「じゃあ、それをお願いします。それをしないと危ないんなら」

求めながら、かすかな躊躇《ちゅうちょ》が感じられる。延命治療の悲惨さを、彼女もある程度は知っているのだろう。

「しかし、延命治療はお母さんを苦しめる危険性もあります。口から太いチューブを入れて、器械に生かされるような状況にするのですからね。もちろん、苦痛を感じないように鎮静剤で意識を取ります。そうなると話もできないし、目を開けることもなくなります。そのままお亡くなりになる可能性も高いと思います。お母さまの最後を、そのような形で終えることになってもよろしいでしょうか」

「でも、人工呼吸器をつけたら助かる見込みもあるんでしょう」

「ゼロとは言いませんが、可能性は高くはないでしょうね」

つらい説明だが、ここで安易な希望を持たせるわけにはいかない。真佐子はハンカチを握りしめ、机の上の何かを追いかけるように目線を動かしている。やがて消え入りそうな声で言った。

「少し、考えさせてください」

佃に付き添われて真佐子は病室に向かい、三杉はナースステーションにもどった。

「どうなりました」

梅宮が三杉に聞く。

「人工呼吸器をつけるかどうか、今、娘さんに考えてもらってる」

「あり得ないでしょう、この状況で人工呼吸器なんて。もしつけることになったら、セツ子さんがかわいそうすぎる」

横にいたきまじめな細本も同意する。

「高齢者の誤嚥性肺炎は、治療しない選択肢もあるって、呼吸器学会のガイドラインに盛り込まれていますよね。それって、学会が治療は患者さんを苦しめるだけだと認めたってことでしょう」

「そうなんだけどね」

三杉はため息をつく以外にない。医療者はこういう状況を何度も経験して知っているが、家族はたいていはじめてだから、どうしても治療にすがりたくなる。

しばらくして、真佐子が佃に案内されてナースステーションにやって来た。目を伏せて、低くつぶやく。

「人工呼吸器は、つけないでください。母も望まないと思いますから」

佃がうまく説得したのだろう。さすが、頼りになる主任看護師だ。三杉は佃と交代して、真佐子といっしょに病室に行った。

ベッドを見ると、セツ子が酸素マスクをはずしていた。

「お母さん。それはしとかないとダメよ」

真佐子が慌ててマスクのゴム紐をセツ子の耳にかけようとする。しかし、セツ子はいやがって激しく首を振る。

「どうして、お母さん。これは酸素マスクよ。つけないと苦しくなるのよ。お願い。つけてちょうだい」

懇願する真佐子を三杉が後ろから制した。

「無理につけなくても大丈夫です。つけたほうが苦しい場合もあるんです。酸素が必要なら、本人がいやがりませんから」

「じゃあ、こうするわ」

真佐子は酸素マスクのゴムをはずし、セツ子の顔に接しないようにマスクを保持して、酸素が口元に流れるようにした。治療上あまり意味はないが、真佐子の精いっぱいの気持だと思うと痛々しかった。

その晩、三杉は亜紀に「今日は帰れない」と電話して、予備の当直室に泊まった。セツ子の容態がいつ急変するかわからないし、当直医に看取りを任せてもよかったが、真佐子の気持を思うと、自分が最期まで診たほうがいいように思われたからだ。

二時間おきにようすを見に行ったが、変化はないので日付が変わるころにベッドに入った。それからしばらくして、午前四時十分すぎに院内ＰＨＳが鳴った。白衣のまま寝ていた三杉は飛び起きて病室に駆けつけた。セツ子はすでに下顎《かがく》呼吸になっていた。

「お母さん、しっかりして」

真佐子がセツ子のやせた手を両手で握っている。下顎呼吸は死の直前に現れる呼吸で、本人は昏睡状態だから苦しくはないと、昨夜のうちに説明しておいた。だから、真佐子も対応を求めない。

下顎を突き上げる回数が減り、徐々に動きが緩慢になる。ふつうは十分以上続くことの多い下顎呼吸が、ほんの数分で終わった。それはつまり、セツ子が寿命のぎりぎりまで生きたことの証《あかし》だ。

三杉はペンライトで瞳孔の散大を確かめ、聴診器で心停止と呼吸停止を確認して言った。

「午前四時十六分。残念ですが、ご臨終です」

真佐子は放心状態で母親を見下ろしていた。病室には連絡を受けたらしい真佐子の従兄夫婦が来ていた。真佐子のあとの世話は彼らがしてくれるだろう。

三杉は夜勤の看護師に死後処置を頼み、自分はナースステーションで死亡診断書を作成した。

その日、帰宅してから夕食後に亜紀に言った。

「昨日、誤嚥性肺炎を起こした人、今朝方、亡くなったよ」

「早かったわね。肺炎になって一日ももたなかったなんて、あんまり急じゃない」

「九十二歳ならそういうこともあるさ。寿命だよ。苦しむ時間が短かったと考えれば、決して悪い最期じゃない」

亜紀が食後の紅茶を持ってきて、ソファに座った。三杉が続ける。

「なんとか人工呼吸器をつけずにすんだんだけど、はじめの説明では、肺炎で死ぬなんて信じられないって取り乱してたんだ。九十二歳の母親の死が受け入れられないなんて、どうかしてるよな」

「親が死ぬことをイメージできない人もいるみたいね。今は活き活きシルバーライフとか、超高齢になっても自分らしくみたいな、いい加減なキャッチフレーズがあふれているから」

たしかにと、三杉は苦々しくうなずく。紅茶を口元に運ぶと、亜紀が気分を変えるように言った。

「でも、悪いことばかりじゃないじゃない。その患者さん、肺がんの検査を先延ばしにしていた人でしょう。がんが進行してじわじわ悪くなるよりはよかったと思うけど。検査の件もチャラになったし」

「それもそうだな」

「説明が後手にまわってもめることもあるけど、いやな話は急がないほうが、結果オーライのこともあるってことね」

皮肉か単なる感想か、見極めがつかずにいると亜紀が続けて言った。

「あなたはたいへんな仕事を選んじゃったみたいだけど、ま、頑張って」

亜紀がバシッと三杉の背中を叩いた。おまえは気楽でいいよな。あきれながらも、三杉は妻の明るさに少しだけ癒やされる気がした。

22

次の日、昼食を終えてナースステーションに行くと、大野江が深刻な調子で三杉に告げた。

「伊藤俊文さんの件だけど、またおかしなことになってきたわよ」

「どうしたの」

「本人が、手の骨を折ったのは看護師に突き飛ばされたからだって言いだしたの」

「ちょっと待ってよ。伊藤さんは怪我をしたことを忘れてたんじゃないのか」

「前はそうだったけど、思い出したんじゃないの。知らないわよ」

大野江が横を向いて大きなため息を洩らした。

この話を持ち込んだのは、疋田《ひきた》康子《やすこ》という三杉とはあまり折り合いのよくない看護師らしかった。疋田は三十六歳の中堅看護師で、ネクラな性格で仕事もイマイチできない。三杉との関係が悪化したのは、回診のとき、疋田が患者の酸素飽和度を、七八パーセントと報告したことがきっかけだった。正常値は九六パーセント以上だから、七八パーセントならそうとう息苦しいはずだ。しかし、その患者はふつうの呼吸だった。

――測定値をそのまま読むだけなら素人でもできるよ。看護師なら全身状態から判断しないとダメだろう。

測り直させると、案の定、九六パーセントあった。

特に厳しく注意したつもりはなかったが、疋田はプライドを傷つけられたのか、それから三杉と目を合わせなくなった。機嫌を取る必要もないので放置していたが、今回の報告は、まさか三杉を困らせようとしたのでもないだろう。

大野江が佃を呼んで、いつもの三者協議となった。佃が冷静に状況を整理する。

「伊藤さんが骨折したのは、今から二週間前ですね。朝の申し送りでは深夜勤の辻井さんが、センサーマットのアラームが鳴ったので見に行くと、伊藤さんが倒れていたと報告しました。そのあとで同室の渡辺さんが、伊藤さんは看護師に突き飛ばされたと言いだしたので、改めて辻井さんに聞くと、伊藤さんが倒れたのは彼女が目を離したときだったと報告を変えたんでしたね。でも、突き飛ばしたりはぜったいしていない、本人に聞いてもらえばわかるとも言っていました。伊藤さん自身は倒れたことも忘れていて、どうして手首を骨折したのかもわからない状態でした。それなのに、なぜ今ごろになって急に突き飛ばされたと言いだしたのかしら」

「疋田さんは何て言ってるんだ」

三杉が聞くと、大野江が投げ遣りな表情で答えた。

「部屋まわりに行ったとき、伊藤さんが手首を見ながら、ひどい目に遭ったってこぼしてたらしいのよ。理由を聞くと、看護師に突き飛ばされてこんなことになったと言うから、倒れたときのことは覚えてないんじゃないのと疋田が聞いたら、こんな怪我をさせられて忘れるわけないだろって怒ったらしいわ。忘れてたことを忘れてるのよ」

「もう一度、本人に確かめてみようか」

「今はやめておいたほうがいい。騒ぎだしたら困るから」

三人の頭上に重苦しい空気がのしかかった。それにしても、重症の認知症である伊藤が、二週間も前のことを急に思い出したりするだろうか。

三杉が考えていると、佃が説明を付け加えた。

「目撃者の渡辺さんは、伊藤さんが倒れた現場をカーテンの隙間から見たと言ってました。伊藤さんを突き飛ばした看護師は、いったん病室を出て行って、そのあとで伊藤さんにどうして倒れたのかと聞いたとも話してました」

レビー小体型の認知症は幻覚もあるので、渡辺の証言は必ずしも信用できない。加えて、辻井が伊藤本人に確かめてくれと言ったので、暴行はなかったという判断に落ち着いたのだ。もし手を出していたのなら、本人に聞いてくれとは言えないだろう。そのあと、辻井が急に辞表を出したので困惑したが、三杉たちは日々の忙しさにかまけて、それ以上の追及をしていなかった。

しかし、今、伊藤自身が突き飛ばされたと言いだしたとあっては、事態を放置するわけにはいかない。

「気になるのは、辻井さんがあのあと急に辞表を出したことだな。カンファレンスでも彼女を責める者はいなかったし、やめる理由はないと思うんだけど。師長はどう思う？」

「わかんないわよ。わたしも理由を聞いたけど、自分がいたらみんなに迷惑がかかるって泣くばっかりで」

三杉と佃が不安げな視線を交わす。迷惑がかかるというのは、やはり辻井が伊藤を突き飛ばしたということではないのか。しかし、それならなぜ、本人に確かめてくれとまで言えたのか。

佃も同じことを考えているようだった。三杉の脳裏に突然、推理が浮かんだ。

「もしかしたら、こういうことじゃないか。辻井さんは伊藤さんを突き飛ばして、それを言いつくろうために、いったん部屋を出て、別人のような顔をしてもどり、伊藤さんにどうしたのかと聞いた。すると伊藤さんがわからんと答えたので、混乱して状況を理解していないと思ったんだ。それで本人に確かめてくれと言えたんじゃないか」

「でも、伊藤さんがすぐに思い出す可能性もあるでしょう」

「そうだとしても、先に堂々と本人に確かめてくれと言っておけば、無実の心証を与えることにもなるだろう。それに相手は認知症なんだから、証言は必ずしも信用できないとも言えるし」

「それならどうして病院をやめたわけ？」

大野江が納得いかないようすで聞いた。

「それは、カンファレンスでみんなが辻井さんをかばうように言ったからだよ。あのとき、辻井さんがみんなに礼を言うかと思ったら、妙に不安そうにしてただろ。僕はおかしいと思ったんだ。きっと、自責の念に苛まれてたんだよ。これからずっと嘘をつき通す自信もなくて、やめざるを得なかったんじゃないか」

大野江と佃が沈黙で応じる。反論もできないが、同意もできないという表情だ。

「で、これからどうすればいいの」

大野江が倦《う》んだように二人を見た。

「とにかく一刻も早く事実関係をはっきりさせることが必要だな。あやふやな状況で情報が洩れたら、どんな騒ぎになるか考えただけでも恐ろしいよ」

大野江が憂うつなため息で三杉に応じる。幸い、伊藤の家族はあまり見舞いに来ないから、すぐに話が伝わる心配はなさそうだった。

「本人の口から突き飛ばされたなんてことが家族に伝わったら、それこそ一大事だわね。そうかと言って、本人が変なことを言うかもしれませんが、それは錯覚ですからと先まわりして言うのもおかしいし」

「もう一度、辻井さんに話を聞くべきじゃないでしょうか」

佃が提案するが、今さら確認しても辻井は以前の証言を繰り返すだけだろうと、三杉は思う。佃自身もわかっているらしく、そのまま口をつぐむ。

「とにかく、家族に話が伝わる前に、きちんと説明できる材料をそろえておかなきゃな。５０５号のほかの患者さんは何も言ってないんだよな」

三杉が確認すると、大野江と佃がうなずいた。

三人が途方に暮れかけたとき、部屋まわりからもどった梅宮が、遠慮がちに近づいてきた。

「あの、今問題になってるのって、伊藤さんの件ですよね。５０５号室に行ったら、渡辺さんが伊藤さんの横で、あんたは看護師に突き飛ばされたんだ、ひどいね、師長さんに言ってやりなよって、教え込むように話してました」

「何だよ、それ」

三杉が頓狂な声をあげた。

「なるほど、そういうことか。元凶は渡辺さんだ」

「困った人だね」

大野江も納得したようにうなずき、佃も眉を八の字に寄せる。

「梅宮、報告ありがとう。これで話が見えたわ」

師長にほめられ、梅宮は嬉しそうに一礼して仕事にもどった。

「つまり、こういうことね。伊藤さんは骨折した理由を忘れていたけど、渡辺さんに入れ知恵されて、看護師に突き飛ばされたと言いだした。渡辺さんの証言は当てにならないし、看護師自身は暴行を否定していて、ほかの同室者も看護師の暴行は見ていないので、当院としては暴行の事実はなかったと考える」

大野江が総括するように言うと、三杉も「そういうことだね」と同意した。

ただ、問題はなぜ辻井が病院をやめたかだ。その理由をはっきりさせないと、家族に知られたときに説明できない。そう思ったが、今はこれ以上、問題を蒸し返す余力は残っていなかった。

23

午前八時二十分。駅から病院に向かって歩いていると、突然、後ろから呼び止められた。

「三杉先生ですよね」

振り返ると、くたびれたレインコートにショルダーバッグを肩にかけた中年男が、スマートフォンを構えていた。何事かと思う間もなく、写真を撮りだす。しかも連写で、せわしないシャッター音が響く。

「ちょっと、何なんですか。やめてください」

手のひらをかざして顔を背けると、男はスマートフォンをしまい、愛想よく近寄ってきて首だけで会釈をした。

「失礼しました。私、『バッカス』の川尻《かわじり》と申します」

むさくるしい髪を手で掻き上げながら、ショルダーバッグから名刺を取り出す。

『現栄《げんえい》出版　写真週刊誌バッカス　記者　川尻順《じゅん》』

週刊誌名のロゴが派手に強調されている。暴露記事やスキャンダルが売り物のあまり上品とは言えない雑誌だ。

「いくら写真週刊誌でも、断りもなしにいきなり写真を撮るなんてあり得ないでしょう。どういうつもりなんですか」

「いや、失礼しました。実は三杉先生に取材させていただきたいことがありまして。先生は以前、パプアニューギニアでお仕事をされていましたよね。マラリアのご研究をされていたとうかがっていますが」

パプアニューギニアにいたのは、もう三年も前だ。いったい何を聞きたいのか。考えかけたが、いきなり写真を撮られたことの不快さが先に立った。

「取材をしたいのなら、きちんとアポを取ってください」

「もちろんです。申し訳ありません。先生のご連絡先がわからなかったものですから、ご無礼をいたしました。どうぞお許しください」

今度は腰を折っていねいに謝罪する。そのあとで顔を半分だけ上げて聞いた。

「アポをいただくには、どちらへ連絡を差し上げればよろしいでしょうか」

厚かましいのか低姿勢なのかわからない男だ。三杉はどうしようかと思ったが、職場の連絡先ならいいだろうと思い、「伍代記念病院の老年神経科に連絡してください。そうすればつながります」と告げた。

「ありがとうございます」

馬鹿ていねいに頭を下げる男に背を向けて、三杉は病院への道を急いだ。

白衣に着替えて病棟に上がると、その日の仕事に追われ、男のことは忘れてしまった。

午後二時半、院内ＰＨＳが鳴って、総合受付から外線電話だと知らされた。川尻という名を聞いても、とっさにだれかわからなかったが、つないでもらう途中で今朝の男だと思い出した。

「今朝方はたいへん失礼いたしました。先生がパプアニューギニアでされていたご研究について、ぜひお話を聞かせていただきたいのです」

「話って何の話ですか」

「マラリアのご研究についてです。詳しいことはお目にかかったときにご説明いたします」

取材はできるだけ早くと言うので、午後六時に病院の地下にある喫茶室で待ち合わせすることにした。取材を受ける条件として、今朝、写した写真はすべて削除することを申し入れた。川尻は「了解いたしました」と、案外素直に受け入れた。

約束の五分前に白衣姿のまま喫茶室に下りて行くと、通路から見える席に川尻が座っていた。レインコートは脱いでいるが、灰色のジャケットも型の崩れた年代ものだ。

向き合って座ると、川尻は「さっそくですが」とスマートフォンを取り出し、今朝写した八枚ほどの写真をすべて選択して削除をタップした。ディスプレイを見せ、画像が消えたことを確認させる。約束はきちんと守る男のようだ。

「三杉先生のことは、東日新聞の『ヒューマン』の欄で拝見して、おもしろい経歴の方だなと思っていたのです。外科医からマラリア研究、そして今は認知症の専門病棟にご勤務と。実にユニークな道を歩んでおられますね」

川尻は朝同様、伸び放題の髪を掻き上げながら、三杉を持ち上げた。

「で、川尻さんはマラリア研究の何を取材されたいのですか」

やや気を許して聞くと、川尻はICレコーダーを取り出して、「念のために録音させていただいてよろしいですか」と許可を求めた。

「三杉先生はWHOのマラリア・リサーチセンターでご研究されていたんですよね。私どもの情報では、その施設で人体実験のようなことが行われていたようなのですが、事実でしょうか」

「人体実験？」

思わず三杉が声を高めた。

「何のことです。そんなこと、するはずがないでしょう」

この時間、喫茶室にはほとんど客はいないが、わずかに残った見舞い客らしい男女がこちらを見た。三杉はきまり悪そうに咳払いをして、平静を取りつくろう。

川尻は寝不足のような血走った目を三杉に据えて、早口に言った。

「先生はマラリアの予防のために防虫剤の研究もなさっていましたよね。その効果を確かめるために、現地のボランティアの脚を露出させて、そこに薬を塗ってハマダラ蚊が吸血を開始する夕刻に、彼らを野外に座らせていたんじゃないですか。防虫剤を塗っているとはいえ、実際に蚊に刺される人もいるわけで、当然、その中には実験のためにマラリアを発症する人もいるでしょう。人間を使って実験しているわけですから、これは取りも直さず人体実験じゃありませんか」

たしかに、そんな調査もしていた。三杉も問題だと思っていたが、研究所が主導していた実験なので口出ししなかったのだ。

しかし、人体実験などと書かれると、印象が悪くなりすぎる。

「あの実験は現地の被験者にきちんと説明して、手当も出し、本人の同意を得て行ったものです。人権的な配慮もしていましたから、問題はないはずです」

「ほう。人権的な配慮をねぇ。しかし、私どもの情報では、この実験で蚊に刺されてマラリアになっても、治療費の補償もないし、公休扱いにもならなかったそうじゃありませんか。実験でマラリアになったという証拠がないという理由で。身を挺して実験に協力しているのに、発病しても知らん顔というのはあまりに理不尽じゃないですか」

「たしかにそうかもしれません。しかし、現地の人は実験以外でも、しょっちゅう蚊に刺されているんです」

三杉の説明はいかにも苦しかった。川尻が余裕の笑みを浮かべて攻勢に出る。

「実験で蚊に刺されているのは事実ですよね。ほかの場所で蚊に刺された事実は明らかでない。なのにほかで感染した可能性があるからと、補償を回避しているのは、明らかに人道上問題ではありませんか。三杉先生、あなたもこの実験に関わっていたのでしょう。私どもはその事実を重視しているのです」

「実験にはほかに日本人のスタッフも関わっていたし、主導していたのはイギリス人のボスです。僕だけが当事者みたいな言い方はおかしいでしょう」

「たしかに先生以外にも関係者はいるようですね。しかし、私はそのことだけで取材をはじめたんじゃないんです。三杉先生には現在のお仕事でも、トラブルを抱えていらっしゃるんじゃありませんか」

「何のことです。妙な言いがかりはやめてください」

三杉はわざと顔を背けて、相手にしないふうを装った。だが、それは一瞬だった。川尻が薄笑いを浮かべてこう言ったからだ。

「先生が勤務されている病棟で、患者さんへの虐待が疑われる事例があったのではないですか。しかも、病院ぐるみでそれを隠蔽しようとしている」

「じょ、冗談じゃない」

憤然と返したが、声が裏返りそうだった。まさか、伊藤俊文の手首の骨折を知っているのか。それが看護師の暴行による可能性があることも。いや、そんなはずはない。箝口令《かんこうれい》こそ敷いていないが、病棟のスタッフでマスコミに話を洩らすような者などいないはずだ。坂崎にも知らせていないのだから、外部に洩れるわけがない。

三杉が考えを巡らせている間、川尻は捕らえた獲物を眺めるような目でこちらを見ていた。やがて落ち着き払った声で聞く。

「どうしました」

「どうもしませんよ。患者さんへの虐待って、具体的にどんな事例を指しているんですか。誤解ならきちんと説明します」

「今は具体的には申せません。でも、心当たりがあるならお話はうかがいますよ」

相手の弱気がチラリと見えた気がした。三杉は反撃に出た。

「あなたは僕にカマをかけてるんだな。その手には乗らないぞ。ほんとうは情報なんてないんだろ」

「情報がなかったら、わざわざ取材に来たりしませんよ。フェアな報道をするために、当事者側にも話を聞きに来てるんじゃないか。それとも、一方的な記事になってもいいのか」

急にぞんざいな口調になった。もしかして、伊藤の息子がタレ込んだのか。いや、息子には父親は自分で転倒したと説明しただけだ。虐待の疑いを持ったのなら、まず病院に問い合わせてくるだろう。

いずれにせよ、これ以上、取材に応じるのは時間の無駄以外の何物でもない。

「言っておきますが、いい加減な記事を書いたら、こちらも相応の対応をしますよ。場合によっては名誉毀損で訴えます」

「こちらには報道の自由がありますからね。それに、事実を書いても名誉毀損にはなりませんよ。今の時代、隠蔽ほどリスクを高めるものはないとだけ申し上げておきます」

そう言って、川尻はＩＣレコーダーのスイッチを切り、「それでは」と勝ち誇ったような顔で会釈をした。

川尻の猫背の後ろ姿を見ながら、三杉は動揺を抑えられなかった。

24

「じゃあ、行ってくる」

翌日、三杉が玄関で靴をはいていると、見送りに来た亜紀が両手を腰に当てて言った。

「今日も坂崎先生と会うのね。大丈夫？」

「大丈夫って何がさ。あいつ、今は小説で頑張ってるから応援してやりたいんだよ。前みたいなことはもうしないだろうし」

坂崎の過去の噂は亜紀にも話していた。そのせいか彼女は三杉が坂崎と会うことをあまり歓迎しないようすだった。三杉も若干、警戒はしていたが、今のところ坂崎の言動に首を傾げるような点はない。

三日前、坂崎から聞いてもらいたいことがあるというメールが来たとき、いつも坂崎の奢りだから、今回は自分が払うと返信して、店も三杉が予約した。と言っても、さして上等の店ではない。創作和食の居酒屋で、こぢんまりした個室があるので、話をするにはちょうどいいと思ったのだ。

約束より早めに行くと、坂崎もすぐあとからやってきた。

「やあ、いい店じゃないか。俺の用件なのに、予約までしてもらって申し訳ない」

この前と同じく、どこか腰の低いところがあるのは、取材に協力してもらっているという遠慮があるせいだろう。

ビールで乾杯したあとで、さっそく三杉が本題に話を向けた。

「聞いてもらいたいというのは何だい」

坂崎はいきなりかという顔でやや言い淀み、意を決したように姿勢を正した。

「ちょっと照れくさいんだが、いよいよ小説の執筆に取りかかってるんだ。材料もいろいろ集まったからな」

ジョッキも箸も置いて語りだす。

「主人公はこの前も話した通り、おまえをモデルにした医師だ。オープニングは認知症の病棟で、看護師と会話するところからはじまる。主人公は優秀だけれどきまじめで、ちょっと素朴なところもある。医は仁術という言葉を今も本気で信じていて、若い看護師に笑われたりするんだ」

聞きながら、三杉はふとデジャブを感じた。実際にそんな会話をしたような気がした。しかし、坂崎には話していないはずだ。これも作家の想像力かと、三杉は素直に感心した。

「で、その病棟の看護師長は、美人だが鼻眼鏡をかけたアンニュイな雰囲気の中年女性で、投げ遣りなように見えて、けっこうガードが堅い」

「それってうちの大野江師長そのままじゃないか」

「まだ下書きだからな。あとで適当に変えるよ。それで小説にはさまざまな認知症患者が出てきて、主人公と看護師がてんてこ舞いをするという形で進む。笑いあり、涙あり、考えさせられるところもあって、現実の認知症の介護にも役立つ情報小説にしようと思ってる」

「いいんじゃないか。坂崎は医師として専門知識もあるから、読者にも参考になるだろう。僕も頑張ってネタの提供に協力するよ」

「ありがとう。よろしく頼むよ」

拝むように手を合わせる。そのあとでビールを一口あおり、長い息を吐いて声を落とした。

「調子よく書きだしたんだが、ひとつ問題があるんだ。このプロットだと、小説が単なるエピソードの羅列になってしまうだろ。小説にはメインのストーリーが必要なんだ。この先、どうなるのかと思わせる状況とか、読者が答えを知りたくなるような仕掛けだ。それがないと、先を読んでもらえない。俺が書こうとしている小説には、主人公の葛藤が必要だと思ってる。つまり、主人公の医師が窮地に陥るということだ」

「窮地って、どんなことさ」

「たとえば、何かの事件に巻き込まれるとか、のっぴきならない立場に追い込まれて、進退が窮まるとかだな。おかしな言い方だが、主人公がヤバイ状況になればなるほど、小説はおもしろくなるんだ」

「うえー、それは悪趣味だな」

三杉は飲みかけていたビールを置き、半ば茶化すように口元を歪めた。自分がその主人公のモデルなのだから、当然の反応だろう。ところが坂崎は、愛想笑いもせずに畳みかけた。

「三杉。現場で何か困ったことはないか。もし、何かまずいことがあったら聞かせてほしいんだ」

「ないよ、そんなこと。あるわけないだろ」

「どんな小さなことでもいい。もちろんそのままは書かない。デフォルメして当事者にもわからないように書くから、参考になるような事例を教えてほしいんだ。頼む、この通りだ」

またも芝居がかって両手を合わせる。ふと、三杉の胸に不安がよぎった。もしかして、坂崎は伊藤俊文の骨折の件を知っているのか。それが看護師の暴行によるものなら、たしかに自分は窮地に陥る。しかし、坂崎が何らかの情報を手に入れているなら、正面から聞いてくるか、それでなくても状況を仄《ほの》めかすくらいはするだろう。

警戒していると、坂崎はさらにすがるように言った。

「過去の事例でもいい。おまえ自身の話でなくてもいい。先輩とか同僚とかで、ヤバイ状況に陥った人はいないか」

話は骨折から離れたようだ。やはり坂崎は知らないのか。

「すぐには思い当たらないな。小説の中なら僕はいくら窮地に陥ってもいいけど、その状況は坂崎が考えたほうがいいんじゃないのか。そういうところに書き手の個性が表れるだろう」

「いや、俺の想像力には限界がある。リアルな状況が必要なんだ。体験者か現場にいる人間の話を聞きたい。おまえは三年も今の病棟にいるんだから、何かあるだろう。患者の家族ともめたり、理不尽な要求を突きつけられたりとか」

「そうだな」

伊藤の骨折のことは話せないが、先日亡くなった高橋セツ子と娘の真佐子のことならいいかもしれない。そう考えて、三杉は一連の経緯を説明した。

坂崎は取材モードで耳を傾け、聞き終わってから自分なりの要点を抜き出した。

「つまり、母親が九十歳を超えているにもかかわらず、死を受け入れられない娘がいるということだな。その背景にあるのが、今の無責任な長寿礼賛というわけか」

「そうさ。だけどその娘さんに心の準備をさせることができなかったのは、僕の怠慢だとも思ってる。いずれその日が来るのは、明らかだったからな。医師として、母親の死を受け入れる気持に誘導できていれば、彼女もあれほど嘆き悲しまなかったんじゃないかと思う」

「なるほど」

坂崎は感心してうなずき、二杯目から替えた焼酎のお湯割りを口に運んだ。

「三杉。おまえはほんとうに善意の医師だな。そこまで親身になって、家族のことまで思ってることには敬服するよ。だけど、俺が求めてるのはもっとヤバイ状況なんだよ。冗談ではすまないような深刻な事態というか、そういうのはないか」

「ないよ」

三杉は言下に突っぱねた。いい加減にしてくれと、拒絶の意思を含ませたつもりだ。坂崎も察したらしく、前のめりだった上体を引き、改めて料理に箸を伸ばした。

冷えたレンコンまんじゅうを頬張りながら、取り繕うように言う。

「俺、これが好きなんだ」

「うまいだろう。ここは元々神楽坂《かぐらざか》の料亭にいた人がはじめた店なんだ」

三杉も店の来歴に話題をシフトした。坂崎もしきりに素材や味付けをほめる。

「ほんとうにうまい店は、案外、知られていないんだな。編集者は穴場だとか言って、打ち合わせでご馳走してくれるけど、どこも似たり寄ったりだもんな」

「編集者と行くのなら、きっと高級な店だろう」

「そんなところに行けるのは、売れてる作家だけだよ。俺クラスだと打ち合わせは喫茶店かファミレスさ。ハハハ」

自虐的に笑ったあとで、自分に言い聞かせるように言う。

「だがな、俺は今度の小説でもう一度這い上がってみせるつもりだ。俺を見捨てた編集者や出版社を見返してやりたいんだ。幸い、今度の小説に興味を持ってくれる編集者もいる。それも大手の出版社だ。辣腕《らつわん》の編集者で、これまでにも何本もベストセラーを出している。小田桐達哉《おだぎりたつや》というんだが、知らないか」

「さあ」

「出版界ではレジェンドと言われてる編集者だよ。小田桐さんがその気になってくれたから、俺も覚悟を決めてるんだ」

なりふり構わない決意表明のようだった。彼は背水の陣を敷いている。それなら精いっぱい応援してやろう。三杉は励ましの気持を込めて言った。

「そんな編集者がついてくれてるんなら、あとは坂崎が頑張るしかないな。ありがたいことじゃないか。で、どこの出版社なんだ？」

「現栄出版さ。知ってるだろ」

もちろんだ、と言いかけて、三杉はのどに鉛玉を撃ち込まれたような気分になった。現栄出版は、写真週刊誌バッカスの版元だったからだ。

25

坂崎と別れたあと、三杉は川尻のことを思い出さずにはいられなかった。

小田桐という編集者と、怪しげな取材をしかけてきた川尻が、同じ会社というのは単なる偶然だろうか。出版社のことはよく知らないが、坂崎の本を出すのは文芸部とか書籍部で、川尻の所属は雑誌部だろうから、まったく別の部署かもしれない。しかし、気になる。

もしかして、川尻の情報源は坂崎ではないのか。坂崎がどこかからマラリア・リサーチセンターの問題を聞きつけ、それを川尻に洩らしたのではないか。

――主人公がヤバイ状況になればなるほど、小説はおもしろくなるんだ。

坂崎が主人公のモデルである自分を窮地に陥れるために、川尻を動かしたとは考えられないか。いや、と三杉は首を振る。無闇に友人を疑うのはよくない。第一、坂崎はどこからマラリア・リサーチセンターの情報を手に入れることができるだろう。三杉の二年あとで赴任してきて、今もラエにいる桜田修《さくらだおさむ》という研究者もいるが、坂崎が桜田と面識があるとも思えない。ほかに情報源になるようなものはあるだろうか。

三杉は三年前までいたパプアニューギニアの生活に思いを馳せた。リサーチセンターは平屋のバラックのような建物で、クーラーがよく故障した。そんなときは冷蔵庫で作った氷柱を扇風機の前に置いたが、とても仕事ができる環境にはならなかった。

――ドクター。ワタシは蚊に刺されやすい体質なんだ。だから、防虫用の薬をもっとたくさん塗ってくれ。

実験のボランティアに参加してくれたドライバーのナンゴは、防虫剤を多めに使用することを求めた。もちろん、そんなことはできない。実験には既定の量が決められているからだ。それでも防虫剤の増量を求めたのは、やはりマラリアになりたくないからだろう。

たしかにあの実験には問題があった。協力金は渡していたものの、川尻が指摘した通り、マラリアを発症しても治療費は出さず、公休扱いにもしなかった。しかし、それには理由がある。当時、現地のマラリアのＩＲ（incidence rate＝罹患率。人口一〇〇〇人が一年間にその病気になる回数）は一二〇〇を超えていた。ＩＲが三〇から四〇になると流行病と見なされるから、ラエではマラリアは大流行していたとも言えるし、だれもが年に一・二回はかかるということで、日本人にとっての風邪のような感覚でもあった。

だからといって補償しないでいいというわけではないが、当のボランティアたちが改善を求めなかった。文句を言ってクビになるより、おとなしく協力金をもらったほうがいいというのが正直なところだったろう。

当時、研究所の責任者はイギリス人の昆虫学者で、研究にしか興味がない男だった。ハマダラ蚊の解剖が専門で、吸血に使う針は人間でいうと、上顎と下顎、舌、咽頭の一部と上下の唇など、七つのパートからできているとか、吸血するときのポンプは蚊の頭の中にあって、一秒間に二十回から三十回も動くとか、マニア丸出しの話を嬉々として語っていた。現地ではマラリアはありふれた病気で、自身も何度も罹患しており、ボランティアに対する人道上の問題にはまるで関心がないようだった。

いくらありふれた病気とはいえ、マラリアになれば高熱と悪寒に苦しめられるし、場合によっては脳症を起こして死ぬ危険もある。それなのに、なぜ彼らは実験に参加したのか。ただ協力金ほしさに改善を求めなかったのか。ちがう。彼らのメンタリティとして、何事も受け入れるという素地があったからだと、三杉は思う。

三杉がパプアニューギニア保健省に挨拶に行ったとき、面会した事務次官がそのことを教えてくれた。事務次官はマイケル・テムといい、まだ四十代はじめの物静かな男性だった。三杉ががんの治療に挫折してマラリアの研究に転じたことを話すと、テム次官はこう言ったのだ。

——がんはわが国でも大きな問題です。しかし、我々は比較的死を受け入れやすい国民性なのです。多くの人間はがんになれば、病院には行かず故郷に帰ります。生まれた家で、人生の最後の時間を家族とともにすごすのです。

——治療を求めないのですか。

——日本やオーストラリアに行けば、進んだ治療が受けられることは、みんな知っています。しかし、それは自分たちの選択肢ではない。お金の問題だけでなく、さまざまな手続きや煩わしさを考えると、家に留まっているほうがいい。そのほうが心の平安が得られるからです。

テム次官自身はシドニーの大学で学んだインテリで、当然、先進医療も熟知していた。しかし、自らの国にそれを早急に持ち込もうとはしていなかった。

心の平安……。

パプアニューギニアの人々にも、当然、さまざまな悩みはあるだろう。しかし、日本人のような健康不安はない。日本は医療が進みすぎて、人々の不安が増大している。発がん物質、放射能、認知症、がんノイローゼ、血圧強迫神経症、コレステロール恐怖症、うつ病、適応障害、発達障害、エトセトラ、エトセトラ。

医療が進歩すれば、安心が増えなければならないのに、逆になっている。今のにんにん病棟でも同じだ。本人が病気を理解していないのに、苦痛のある検査や治療をすることに意味はあるのか。家族が求めるからと言って、本人が希望しない医療行為をすることに、正当性はあるのか……。

川尻は、にんにん病棟での虐待疑惑にも言及していた。その情報はどこから得たのだろう。やはり、坂崎が疑わしいのかもしれない。しかし、伊藤の骨折の話は、この前、梅宮が言いかけたときには大野江が遮り、もちろん、三杉も話していない。

どこから情報が洩れたかわからない今は、下手に動かないほうがいい。

三杉はそう考えて、しばらく静観することにした。

26

梅宮がナースステーションにもどってきて、大野江に報告した。

「渡辺さんがまた505号に行ってました。伊藤さんのベッドに近づこうとしてたから、呼び止めて部屋にもどってもらいましたけど」

大野江はうんざりしたようすで、三杉にため息を洩らした。

「同じことの繰り返しね。まるで賽の河原の石積みよ」

渡辺が伊藤俊文によけいな入れ知恵をしたことが判明してから、大野江は渡辺を505号からいちばん離れた501号に部屋替えした。にもかかわらず、渡辺はしつこく伊藤のところに行き、手首の骨折のことを話しているらしかった。ただし、伊藤自身はあれから苦情めいたことを訴えたりしていない。うまく忘れてくれたのかもしれないが、このまま渡辺を放置していると、またあらぬ記憶を創り出しかねない。

「渡辺さんをどうにかしてよ、主治医の先生」

大野江はこんなときだけ主治医を持ち出す。責任を押しつけられて、三杉は渋々腰を上げた。

「渡辺さんを面談室に連れてきてくれるかな」

梅宮に頼んでから、重い足どりで面談室に向かう。それにしても、渡辺はなぜそんなに他人の怪我にこだわるのか。もしかすると、彼が元新聞記者だからかもしれない。渡辺真也は全国紙の論説委員まで務めたらしく、新聞記者としては満足のいく経歴と言えるが、家庭はボロボロだったようだ。入院のとき、辛うじて連絡のついた娘が、あまり関わりを持ちたくないという雰囲気を露わにしながら話した。

――父は、わたしが高校二年生のときに母と離婚して、その後はほとんど音信不通でした。仕事には熱心でしたが、父親としても夫としても最低でした。高圧的で身勝手で、毎晩、お酒を飲んでは大声で怒鳴り、母とわたしには今で言うパワハラのし放題でしたから。

小学校の教諭をしているという娘は、父親をかなり手厳しく見ているようだった。

渡辺にレビー小体型の認知症がはじまったのは七十代に入ってからで、今はかなり進行している。

しかし、いわゆるまだらボケで、ときにしっかりしたことも言うから、対応がむずかしい。

「渡辺さんをお連れしました」

梅宮に案内されて入ってきた渡辺は、呼び出しは自分にも好都合だとばかりに、自ら進んでパイプ椅子に腰を下ろした。

三杉が穏やかな調子で訊ねる。

「看護師から聞いたのですが、渡辺さんは今、505号に行ってらしたそうですね。何かご用があったのですか」

渡辺は答えるより先に、質問を封じるように右手を前に出した。

「その前にこちらから聞きたいんだが、どうして私は部屋を替わらされたのかね」

「それは病院の都合です。申し訳ないけれど、渡辺さんにご無理をお願いしたんです」

「病院の都合って何かね」

元新聞記者らしく食い下がる。嘘は言いたくないが、ほんとうのことも言いにくい。

「同じ部屋の患者さんの療養に関わることです。内容はご説明しかねます。個人情報ですから」

そう言えばあきらめるだろうと思ったが、渡辺は納得しない。

「個人情報？　何だねそれは。そういう言葉でごまかそうとしても、意味不明の場合は理解できない。当然、簡単な要領で、何とかしてもらわないと困る」

言いながら言葉が混乱している。こういうときはさらりと受け流すにかぎる。

「わかりました。おっしゃる通りにいたします。ところで、先ほど渡辺さんは伊藤さんに何かお話しされていませんでしたか」

「伊藤ってだれです」

「渡辺さんがお話ししていた人ですよ」

「ああ、あの爺さんな。あの人はひどい目に遭ったんだ。看護師に突き飛ばされて、手の骨を折ったんだから」

それはちがうと思うが、顔には出せない。認知症の人が言っていることを否定しても、意固地になるだけだ。

「そうなんですか。でも、渡辺さんはどうしてそれをご存じなんですか」

「俺は見たんだよ。この目ではっきりと」

「それはいつのことですか」

「ついこの前さ。えっと、三日ほど前かな。看護師があの爺さんをベッドから引きずり下ろして、壁に向かってバーンと突き飛ばしたんだ。そしたらボキッて音がして、手首がブラブラになっていたよ」

時間の経過もおかしいし、話も大袈裟になっている。やはり幻覚だったのか。疑っていると、渡辺は沈黙を嫌うように続けた。

「ところがあんた、病院側は謝罪もせずに放置しているんだ。おかしいだろ。おかしいことはおかしいと言うべきじゃないか」

「そうですね」

「今の日本、おかしなことが多すぎる。政治にしても、経済にしても、それから、何だ、えーと、そう、病院にしても」

無理に話をつなごうとする。渡辺がこだわり続けるのは、自分が満足のいく状況になっていないからではないか。納得できるようにすれば、忘れてくれるかもしれない。

「たしかに病院はおかしいです。わかりました。私が責任を持って十分な対応をするようにします。ですから、この件は私にお任せいただけないでしょうか」

「そうですか。いや、先生にそう言ってもらえたら安心です。あの爺さんはおとなしいでしょう。自分から声をあげることをしないから、私が及ばずながら支援しているんですよ」

及ばずながらどころか、大いに悪影響を及ぼしている。しかし、納得が得られたらチャンスだ。次々と話題を変えれば、伊藤の骨折の件も忘れるだろう。

「ところで渡辺さんは元新聞記者だそうですね。記者時代はご活躍されたんじゃないですか」

「いや、大したことはないけどな。女子中学生の援交問題では、記者クラブ賞をもらったよ。俺ぁずっと社会部だったからね」

「すごいですね。趣味は何だったんですか」

「趣味か。それは、えーと、何だ。麻雀とゴルフかな」

「よく遊び、よく学びですね。ペットは飼っていましたか」

「いや」

「うちはマンションですけど、ペット可なんですよ。フェレットを飼ってる人もいてね。フェレット、ご存じですか」

「いや、知らん」

「イタチとハムスターを混ぜたような動物ですよ。渡辺さんのご出身はどちらですか」

「千葉だよ。館山《たてやま》」

「ああ、海がきれいなところですよね。お城もありますよね」

「館山城な」

三杉は渡辺を混乱させるために、脈絡のない質問を続けた。

「僕は横浜出身なんです。学生のころは中華街によく行きました。渡辺さんは中華料理は好きですか」

「エビチリなんか好きだな。ビールによく合う」

「ですよね。ここの食事にもたまに中華が出るでしょう。八宝菜とか。味はいかがですか」

「まあまあだよ。ところで、あんた、いったい何の話なんだ」

渡辺が怪訝そうな顔で訊ねる。かなり混乱しているようだ。

「失礼しました。ついおしゃべりがすぎてしまって。渡辺さんの治療は今のままで問題ありません。お薬だけきちんとのむようにしてくださいね」

椅子から立ち上がり、渡辺にも退出を促す。渡辺はわけがわからないという表情で、出口に向かった。つと立ち止まり、まじめな顔を三杉に向ける。

「それはそうと、さっきの爺さんの骨折の件、しっかり頼むよ」

三杉はとぼけることもできず、口元に引きつった笑いを浮かべた。いろいろ話題を繰り出したけれど無駄だったようだ。

認知症の人がこだわっている何かを忘れさせるのは、何かを覚えさせるよりむずかしいのかもしれない。

27

看護師に呼ばれてナースステーションを出て行った主任の佃が、申し訳なさそうにもどってきて頭を下げた。

「先生、すみません。503号の佐藤政次さんですが、ちょっと診ていただけますか」

佐藤は糖尿病で、以前、妻が差し入れた大福餅を巡って、梅宮とバトルを繰り広げた患者だ。何があったのかと顔を向けると、佃が深刻な声で言った。

「右足の拇趾《ぼし》と第二趾に、皮膚潰瘍《かいよう》ができてるんです」

「げっ」

三杉は思わずガマカエルのような声を発した。糖尿病で足の指に皮膚潰瘍ができれば、難治性と相場は決まっている。敗血症の予防のために下肢の切断になることも少なくない。

「少し前から歩き方がおかしいと思っていたんですが、あの人、入浴をいやがって、一昨日もその前も入らなかったんです。今日はシャワーを浴びてくれましたが、そのとき看護師が気づいたみたいです」

「かなりひどい?」

佃は無言でうなずく。

病室に行くと、湯上がりでさっぱりした顔つきの佐藤が、ベッドに腰掛けて足を投げ出していた。

「佐藤さん。右足は痛くないですか」

三杉が訊ねると、佐藤は笑顔で首を振る。大福餅を許してから、三杉をよい人間だと認識しているらしい。

「ちょっと、診察させてもらいますよ」

三杉が屈み込むと、さっと右足を引っ込めた。自分でもトラブルが発生しているのを感じているのだ。

「大丈夫。痛いことはしませんから」

相手の反応を見つつ、受け入れてくれそうだと見極めてから、そっと右足に手を伸ばした。ゆっくり持ち上げて足の裏を見ると、拇趾と第二趾の裏側に十円玉くらいの掘れ込みが二つ、8の字につながっていた。周囲は赤黒くうっ血し、潰瘍の底には黒と黄色の壊死《えし》組織がこびりついている。

傷を見た佃が、再度、頭を下げた。

「すみません。もう少し早く気づけば、こんなにひどくはならなかったんでしょうが」

「いや、見逃してたのは僕も同じだから仕方ないよ。糖尿病の皮膚潰瘍は、あっという間に広がるからな。たぶん二、三日前にできたんだろう」

鼻を近づけると、つんと腐敗臭がした。

取りあえずガーゼで覆い、三杉は内科の主治医に連絡した。すぐににんにん病棟に来てくれた内科医は、足の潰瘍を見るなり顔をしかめた。

「これはひどいな。血糖のコントロールはまあまあだったはずなのに」

まさか、あの大福餅がこの皮膚潰瘍に結びついたのか。いや、そんなピンポイントの因果関係はあり得ないと、三杉は密かに自分をなだめる。

ナースステーションにもどってから、内科の主治医が三杉に言った。

「切断しないといけないかもしれないね。整形外科に連絡してもらえますか」

「申し訳ありません」

三杉は殊勝に謝罪して、整形外科の外来に連絡した。やってきた整形外科医はやる気満々の若い医員だった。

病室に行って佐藤の患部を見せると、整形外科医も「うっ」と唸り、「これはアンプタ（切断）しかないな」と決めつけるように言った。

やはりそうかと思いながら、三杉は苦いものを感じた。内科の主治医も整形外科医も、反応が少し露骨すぎないか。いくら認知症でも、患者は雰囲気を敏感に感じ取るものだ。その証拠に、佐藤は次々診察に来る医師を警戒して、しかめ面になっている。

「もうすぐ奥さんが見舞いに来ると思うので、改めて状況を説明してもらえますか」

他科の二人をいったん帰し、三杉は医局で糖尿病の皮膚潰瘍の治療を調べた。壊死組織の除去と抗生剤でようすを見る方法もあるが、敗血症の危険を考えると、切断が望ましいと書いてある。

ナースステーションで待っていると、佐藤の妻芳恵《よしえ》が見舞いに来た。病室へ行く前に呼び止めて、夫の状況を説明する。

「糖尿病でときどき起こる合併症なのですが、ふつうの傷とはちがって、治療がむずかしいんです。皮膚が掘れ込んでいて、かなりグロテスクですけど、驚かないでください」

念を押してから、病室で実際の患部を見せる。いくら事前に説明しても、足の裏に血のにじむ赤と黄と黒のクレーターがあれば、驚くなと言うほうが無理だろう。

「糖尿病の神経障害があるので、ご本人はあまり痛みを感じていません」

慌ててつけ加えるが、芳恵のおぞましげな表情は緩まない。

「これ、治るんですか」

「内科の先生と整形外科の先生にも来てもらって、治療の方法をご説明しますので、面談室に来ていただけますか」

看護師に指示して、佐藤と妻の両方を面談室に案内するよう手配した。

他科の二人を呼んで、妻に患部を見せたことを伝えると、それなら話は早いとばかりに内科の主治医が言った。

「驚かれたと思いますが、ご心配いりません。治療の方法はありますが、内科的にはむずかしいので、整形外科の先生に来てもらっています。つまり、外科的治療ですね」

そこまで言って、整形外科医にバトンを渡す。整形外科医も端的に説明した。

「糖尿病でこの状態になると、治療としては下肢の切断になります。炎症の程度にもよりますが、壊死は指だけなので、足の甲の真ん中からの切断で大丈夫だと思いますよ」

足首からの切断でなくてよかったですねと、そんなニュアンスだった。しかし、芳恵は切断と聞いた瞬間、身体を震わせ、小さな目で瞬きを繰り返した。

内科の主治医は補足が必要だと感じたのか、説得の口調で続けた。

「切断は命を救うためなのです。このまま潰瘍が悪化すると、菌が血液中に入って、敗血症という危険な状態になりかねません。糖尿病の人は抗生剤が効きにくいので、敗血症が命取りになることも多いのです」

芳恵は内科と整形外科の医者などいないかのように、三杉のほうに身を乗り出した。

「三杉先生。この歳になって足を切るなんて、主人がかわいそうすぎます。考えただけでもぞっとするわ」

三杉は返事に窮する。整形外科医がドライな調子で言った。

「お気持はわかりますが、内科の先生が言われた通り、切断は命を救うためです。手術は安全ですし、それほど時間もかかりません。術後の痛みも心配されるほどではありません。放っておくほうがよっぽど痛みますよ。それに今なら足の甲からの切断ですみますが、ぐずぐずしていると、足首とか、下手をすると膝から下を切り落とすことになります。どうせ切るなら早いほうがいいです。そのほうがご主人のためなんです」

まるで訪問販売員のような口調に、芳恵はますます困惑の色を深める。整形外科医は患者のためを思って勧めているのだろうが、どうも言葉が軽い。足の切断というショッキングな話を聞かされて、動揺する芳恵の気持をどう考えているのか。

「ご主人はいかがですか。足を切るのはつらいでしょうが、命には代えられないでしょう」

佐藤の認知症がどの程度か知らない整形外科医が、本人に話を向けた。佐藤は車椅子の肘掛けを握ったまま、険しい表情で目を逸らしている。何の話かはわからないが、妻に無理難題を吹っかけるような相手に答える義理はないとばかりに、口を閉じている。

「ご本人の同意はちょっと」

内科の主治医が整形外科医に首を振ると、芳恵が反射的に言い返した。

「主人も足を切るなんて受け入れるはずありません。いくら認知症でも、いやなものはいやなんです。三杉先生。なんとか足を切らずに治してもらえませんか。お願いします。この通りです」

最後は三杉に向けて、拝むように両手を合わせた。

「困りましたね」

三杉としては芳恵の気持を尊重したい。治療の意味もわからないのに、佐藤の足を切断するのも忍びない。病気を理解しなければ、佐藤本人はひどい虐待と感じるだろう。だが、切断しなければ、敗血症になる危険性が高いのも事実だ。そうなってからでは手遅れだし、敗血症にならなくても、潰瘍が広がれば切断の範囲も広がってしまう。

やはりここは心を鬼にして、と思いかけたとき、ふとあるアイデアが浮かんだ。

「マゴットセラピーを試してみたらどうでしょう」

内科の主治医と整形外科医は、思わぬ変化球を投げられたように戸惑いを浮かべた。

マゴットとはハエのウジ虫のことで、マゴットセラピーはウジ虫が壊死した部分を餌にして、健康な組織は食べないことを利用する治療法だ。元々は第一次世界大戦などで、負傷兵の傷にウジ虫がわいたほうが傷の治りがよいことに、従軍医らが気づいたことがきっかけである。ウジ虫が出す特殊な酵素が細菌感染を抑え、敗血症を予防する効果もある。具体的には、医療用に滅菌したウジ虫を十数匹から百匹前後、潰瘍部分に放ち、通気性のあるメッシュカバーを貼って、数日後にウジ虫を取り除いて洗浄する。必要に応じてこれを繰り返すが、早ければ一、二回で潰瘍は治癒に向かうとされる。

「うちの病院でできるのか」

不審そうに聞く内科の主治医に、三杉は皮膚科の医師の名前を挙げた。少し前、興味があると言っていたのを思い出したのだ。

「切断する前に、少し時間をいただけないでしょうか。マゴットセラピーが無効なら、すぐに切り替えますから」

「その間に潰瘍が広がると、膝下の切断になるかもしれませんよ」

「承知の上です」

整形外科医の念押しに即答して、三杉は芳恵に言った。

「足を切断せずに治す方法がひとつだけあります。マゴットセラピーと言って、驚かれるかもしれませんが、ハエのウジ虫を使う治療法です」

説明を聞いて、芳恵は信じられないという顔をしたが、それでも足を切るよりましと思ったのか、受け入れそうな気配だった。

その場で皮膚科の医師に連絡すると、ちょうど大学病院でマゴットセラピーの研修を受けたところなので、ぜひやらせてほしいとの返事だった。

三杉は改めて説明した。

「マゴットセラピーは皮膚科の先生にやってもらいますが、この病院でははじめての症例になります。潰瘍が治るかどうかはやってみなければわかりません。治らなければ潰瘍が広がって、膝から下を切断しなければならなくなるかもしれません。そうなってから後悔しても遅いですが、よろしいですか」

できればこの病院で何例もやっています、この療法でぜったいに治りますと、言ってあげたい。だがそれは嘘だから言えない。

三杉の説明に、芳恵は表情を曇らせた。切断かウジ虫か。ほかに方法がないことは、これまでの説明でわかっているだろう。

「わかりました。あんたもそのほうがいいよね」

芳恵は苦渋の決断をして、夫に念を押した。佐藤は不機嫌な顔で、首を縦にも横にも振らない。妻は無理に確認せず三杉に言った。

「先生にお任せしますから、そのなんとかセラピってのをよろしくお願いします」

他科の二人も了承せざるを得ないようだった。あとはウジ虫の活躍に賭けるしかない。しかし、ほんとうに難治性の潰瘍が治るのか。三杉自身も半信半疑だった。

28

三杉が病院を出て駅に向かって歩きだすと、後ろから人の近づく気配がした。

「三杉先生」

振り返ると、前回と同じくたびれたレインコートを羽織った川尻が、ショルダーバッグを抱えて立っていた。無視して歩きはじめると、川尻も同じ歩調でついてくる。

「先日の話の続きですが、看護師に暴力を受けた患者さんは大怪我をしたのでしょう。そのまま放置していいんですか」

前を向いたまま早足に歩き続けると、川尻も小走りについてきてしつこく問いかける。

「ご本人やご家族には謝罪したんですか。ご家族は納得しているんですか。ねえ、答えてくださいよ」

後ろから聞こえるのはただの雑音だ、気にすることはないと、自分に言い聞かせて歩き続ける。しかし、雑音は止まらない。

「もしも病院側に落ち度がないなら、状況を説明してくれたっていいでしょう。取材を無視するのは、疚しいことがあるからじゃないですか。どうなんです。何とか言ってくださいよ。それでも先生は医者ですか」

最後のひとことが気に障り、つい立ち止まってしまう。

「いったい何のことを言ってるんです。うちの病棟で怪我をした患者さんなんかいませんよ。いい加減なことを言わないでください」

「怪我をした患者さんはいない？　嘘でしょう。左の手首に大怪我をした人がいるじゃないですか」

川尻は切り札を一枚出すように、むさくるしい顔をニヤリと歪めた。やはり伊藤俊文の骨折を知っているのだ。

三杉は動揺を抑えて毅然と答えた。

「たしかに怪我をした人はいます。でも、その患者さんは自分で転倒したんです。単なる事故です」

「でも、何かまずい事情があるんでしょう。虐待を疑われても仕方がないような」

薄笑いの挑発に、三杉は思わずカッとなって言い放った。

「いったいあんたはどこでそんな話を聞きつけたんだ。情報源は坂崎か」

「坂崎？　だれですそれは」

川尻は大仰に驚いて見せ、急き込むように訊ねた。そのあとで、今気づいたようにつぶやく。

「そういえば、元医者の作家でそんな名前のがいたな。坂崎甲志郎？　そうだ、医療小説を書いていたけど、すぐに消えちゃった人ですね。その彼が先生と何の関係があるんです」

「あなたが知らないならそれでいいです」

それだけ言って駅へ向かおうとしたが、川尻は当然のように追いすがる。

「そうはいきませんよ。先生はどうして坂崎甲志郎が情報源だと思ったんです。何か心当たりがあるんでしょう」

「何もありません。帰ってください。これ以上、しつこくつきまとうなら警察を呼びますよ」

三杉はほかの通行人が振り返るほどの声で怒鳴った。川尻が何か言う前に、決然と背を向けて早足で歩きだす。さすがにそれ以上追いかけてくる気配はなかった。

それにしても、川尻はいったいどこから伊藤の骨折を知ったのか。やはり坂崎か。しかし、彼には伊藤の骨折の話はしていないはずだ。坂崎は佃と梅宮の連絡先を聞いていた。佃は不用意なことは言わないとしても、梅宮から聞き出したのか。しかし、川尻は看護師が突き飛ばしたとまでは言ってなかった。今のところ、それを口にしているのは渡辺だけだ。渡辺は入院しているから、川尻と接触することはないだろう。

いずれにせよ、二回も川尻が取材攻勢をかけてきたからには警戒を強めなければならない。

三杉は大野江に事情を話し、また臨時のカンファレンスを頼んだ。

「もしかしたら、坂崎が伊藤さんの骨折を知って、川尻という記者に洩らしたかもしれない。確証はないけれど、この前、取材に来たとき、佃さんと梅ちゃんのメールアドレスを聞いてたでしょう」

「それなら大丈夫よ。あのあと、佃にも梅宮にも、坂崎氏から連絡があっても個人的に応対しないようにと釘を刺しておいたから」

さすがにガードが堅い。カンファレンスの前に確認すると、佃にはなかったが、梅宮には坂崎からコンタクトがあったらしい。話を聞かせてほしいと頼まれたが、梅宮は師長の指示を守り、面会を断ったとのことだった。

日勤の勤務が終わったあと、ナーステーブルの周囲に看護師たちが集まった。三杉がこれまでの経過を簡単に説明する。

「実は、写真週刊誌の記者に取材をされて困ってるんだ。にんにん病棟で患者への虐待があったんじゃないかと、しつこくつきまとってくる。はっきりとは名前は出さないが、伊藤さんの件を疑っているようだ」

「そんな取材なんか、突っぱねたらいいじゃないですか」

最近、大野江に気に入られている梅宮が、強気の発言をした。にんにん病棟の見解では、伊藤は自分で転倒したことになっているし、渡辺の目撃証言は信憑性が薄いということも周知されている。だから気にすることはないと言えばそうだが、渡辺の妄言が外部に伝わると、あらぬ疑いを抱かれかねない。それに今ひとつの気がかりもある。伊藤の骨折のあと、辻井が急に病院をやめたことだ。疚しいことがないのなら、なぜ理由も告げずに辞表を出したのか。

三杉はその疑念を封印し、敢えて声を強めた。

「虐待の事実などは断じてないが、用心はするに越したことはない。特に看護師が伊藤さんを突き飛ばしたなんて話が外部に洩れたら、たとえ事実でなくても厄介なことになる。だから、みんなも気を引き締めてほしいんだ」

三杉の言葉に全員がうなずく。そのあとで、三杉は申し訳なさそうに声を落とした。

「それから、これはちょっと言いにくいことなんだが、僕がこの前、取材に連れてきた小説家の坂崎が、その記者に関わっている可能性もなきにしもあらずなんだ。はっきりした証拠はないが、こちらも用心したほうがいい。僕はもちろん差し障りのあることは話していないが、みんなも坂崎から連絡があっても、個別には対応せず、師長さんか僕を通すようにしてほしい」

同じく全員がうなずいたあと、三杉から離れたところに座っていた疋田康子が、無表情に発言を求めた。

「あの、わたし、先週の日曜日に日勤だったんですが、午後に坂崎さんが来て、もう一度、病棟を見せてほしいとおっしゃいました。三杉先生に許可をもらってるからと言って」

「僕はそんな許可なんか出してないぞ。坂崎は勝手に病室に入ったのか」

「いえ。病室には入らないでくださいとわたしが止めました。いくら三杉先生の許可があっても、それはまずいと思いましたから」

「で、坂崎はどうした」

「わかってるとおっしゃって、廊下から中を見るくらいならいいだろうと言いながら、ゆっくり廊下を行ったり来たりしていました」

坂崎がそんな勝手なことをしていたとは知らなかった。しかし、きっかけを作ったのは自分だ。

三杉は怒りと後悔に駆られつつ、取りあえず疋田の報告を評価した。

「疋田さん、ありがとう。君が正しい対応をしてくれたおかげで、患者さんのプライバシーが守られたよ」

以前、注意して関係がこじれたので、今回はややオーバーにほめた。それでも疋田の表情に変化はなかった。

三杉はばつの悪さを隠して大野江に言った。

「坂崎にどういうつもりか聞いてみますよ。少なくとも、僕が許可したなんて嘘を言って病棟に入ったのは許せない。もし、彼が写真週刊誌の記者に情報を流していたのなら、断固、抗議します」

「あの人が簡単に口を割るかしらね」

「大丈夫。嘘の言い訳なら見抜きますよ。せっかく協力してやったのに、恩を仇で返すとはこのことだ」

三杉はかなり興奮していたが、大野江は疑わしそうに目を逸らした。三杉は今すぐにでも、坂崎をとっちめたい気分だった。

29

カンファレンスが終わったあと、三杉はすぐにスマートフォンから坂崎にメールを送った。今日の夕方、会いたい、午後六時に二子玉川駅近くのカフェで待っていると、一方的に場所と時間を指定した。すると、坂崎から『了解!』と、簡潔な返信が来た。

気が急く三杉は病棟での仕事が手に着かず、早々に病院を出て、約束の十五分前にはカフェに到着した。奥の席で待っていると、坂崎は時間に遅れずやって来て、三杉を見つけると、「やあ」と笑顔で手を挙げた。まるで三杉が新しい小説のネタを提供してくれるとでも思っているかのような無警戒ぶりだ。

坂崎はコーヒーを注文したあとで、「三杉のほうから急な呼び出しなんて、珍しいな」と愛想よく笑った。三杉が硬い表情を崩さないのを見て、はじめて気づいたように真剣な顔つきになる。

「どうかしたか」

三杉はすぐには答えず、坂崎の目をじっと見つめた。若いころより穏やかになったとはいえ、一重まぶたの三白眼は今も何か企みを秘めているように見える。いや、それは先ほどカンファレンスで聞いた無断取材の件が影響しているのか。先入観を持つのはよくないと思いつつも、三杉は気を許さずに訊ねた。

「先週の日曜日、うちの病棟に来たらしいな」

否定はできないはずだという思いでにらみつけると、坂崎はわずかに身を引き、声に緊張を含ませて答えた。

「ああ、ちょっと気になることがあってな」

「気になることって何だ」

「病室のようすとか、ナースステーションの備品とかだよ。情景描写に必要だから、もう一度確認したかったんだ」

「どうして僕が許可したなんてことを言ったんだ」

畳みかけると、坂崎はいきなり両肘を張り、深々と頭を下げて「申し訳ない」と謝罪した。まるでテーブル越しの土下座だったが、三杉はそれに惑わされることなく冷静に訊ねた。

「謝る前に、どういうことか説明してくれ」

坂崎は顔を伏せたまま低い声で答えた。

「今のままだと、情景をうまく書く自信がなかったんだ。病棟の雰囲気というか、空気をつかむために、どうしてももう一度見てみたかったんだよ。それで日曜日なら見舞い客を装っていけばいいかなと思ったんだが、ナースステーションで看護師さんと目が合ってしまって、つい三杉の名前を出したんだ。決してはじめからそのつもりだったわけじゃない」

ほんとうだろうか。すぐには信じられなかったが、声の調子をわずかに和らげた。

「それなら僕に言ってくれれば、いくらでも説明するし、必要ならもう一度見学できるようにするのに」

「いや、そんなことでまた手を煩わせるのは申し訳なくて」

三杉は坂崎から視線をはずさず、とても納得できないと無言の意思表示をした。このままでは口を割らないだろうから、三杉は次の追及で相手の意表を衝いた。

「川尻という記者が二回、僕のところに取材に来たぞ」

「川尻？」

「バッカスの記者だよ。現栄出版から出ている写真週刊誌の」

出版社名をことさら強調した。坂崎の表情が微妙に変化する。どう答えたものか思案しているようだ。策略を巡らす前に答えを求める。

「どうなんだ。川尻という記者を知ってるのか、知らないのか」

「いや、直接には知らない」

「直接にはってどういう意味だ。間接的に知ってるってことか」

「その川尻って記者は何の取材に来たんだ」

苦し紛れのように質問で答えをはぐらかそうとする。三杉は答えてやる。坂崎も答えざるを得ないようにするためだ。

「うちの病棟で虐待の疑いがあると言ってきた。もちろん根も葉もないことだ。最初に取材に来たときは、パプアニューギニアで僕が人体実験に関わっていたかのような話も突きつけてきた」

「人体実験？」

「マラリア・リサーチセンターでやっていた実験だが、これもまったく一方的なこじつけだ。で、どうなんだ。この川尻という記者に、坂崎は関わっているのか、いないのか」

強く追及すると、坂崎の目線が三杉から逸れた。独り言のように洩らす。

「マラリア・リサーチセンターの話なんか、どこで仕入れたんだろう」

「何の話だよ」

「ちょっと待ってくれ。今、確認する」

坂崎はセカンドバッグからスマートフォンを取り出し、指先で電話をかけた。呼び出し音の途中で、「店内はまずいな」と言いながら出口に向かった。相手は途中で出たようで、坂崎はやたら低姿勢で話しながら扉の外に消えた。

いったいだれと話しているのか。少しすると、通話を終えたらしい坂崎がもどってきて、神妙な顔で姿勢を正した。

「三杉。申し訳ない。全部話すから怒らないで聞いてくれ。川尻という記者は、俺は知らないが、小田桐さんが知ってる記者らしい。小田桐さんのことは覚えてるだろ。俺の小説に期待してくれている編集者だ。その彼が俺に言ったんだ。小説をおもしろくするには、リアリティのある展開が必要だとな。俺が君のことを話すと、主人公が窮地に陥るような話はないかと聞いてきた。それで俺は手首を骨折した患者のことを話したんだよ」

「ちょっと待てよ。どうして骨折のことを知ってるんだ」

「それはこの前の取材でさ。病棟を案内してくれたとき、三杉は病室をひとつ、わざとスルーしただろ。何気ないそぶりだったが、それくらいは小説家の観察力で見抜ける。そのあと、面談室で看護師さんから話を聞いたとき、梅宮さんだっけ、患者のだれかが転倒して手首を、と言いかけたとき、師長さんが途中で遮ったよな。手首なら捻挫か骨折だろう。病院としては公表したくないことかもしれないが、遮り方が強かったから、これは何かまずいことがあったんだなとピンときたわけさ」

三杉は坂崎の観察力に改めて舌を巻いた。

「それで日曜日に確認に行ったというわけか」

「ああ。その前に梅宮さんに話を聞かせてもらおうとしたら、師長さんに止められてるからと断られた。で、ますます怪しいと思ったんだ。それで病室に確かめにいこうと思ってたわけさ」

大野江の配慮が裏目に出たようだ。坂崎が続ける。

「日直の看護師さんに病室には入るなと言われたが、廊下からのぞくと、三杉がスルーした部屋に三角巾で左腕を吊っている患者がいた。ギプスをしてたから、捻挫じゃなくて骨折だなとわかったんだ」

「それを虐待の疑いと言ったのはなんでだ」

「今も言ったが、師長さんの遮り方から推測したのさ。俺に知られたら困ることは何だろうと考えて、怪我の理由がヤバイこと、たとえば虐待と考えたんだ」

単なる坂崎の推測で、確証や根拠はないようだった。三杉はわずかに安堵の胸をなで下ろして言った。

「この際だからはっきり言うが、手首を骨折した患者はパーキンソン病で、元々歩行が覚束ない人なんだ。それで夜中に自分で歩こうとして転倒した。あくまで事故で、虐待なんてとんでもない話だぞ」

「わかった。俺の邪推というわけだな。そのことは小田桐さんにもはっきり言っとくよ。そうすれば川尻という記者も、もうまとわりつかないだろう。申し訳なかった」

坂崎はふたたび深々と頭を下げ、三杉の反応を見るようにわずかに顔を上げた。三杉としては、まだ気を許すわけにはいかない。無言で冷めかけたコーヒーを口元に運ぶと、坂崎が思いついたように付け加えた。

「それから、マラリア・リサーチセンターの件だが、それも今聞いたら、小田桐さんが調べたらしい。三杉が以前、パプアニューギニアにいた話をしたら、ネットで調べたんだと。人体実験云々の話はマラリア・リサーチセンターにいる日本人の研究者が、ブログに書いていたそうだ。三杉の知ってる人じゃないか」

ラエにいる桜田がそんなことを書いているのか。それはそれで問題だが、川尻がパプアニューギニアのことを知っていた謎はこれで解けた。

三杉の変化を読むように、坂崎はさらに言い募った。

「小田桐さんがそこまでやるとは、俺も思っていなかった。三杉に迷惑をかけたことは、ほんとうに申し訳ない。だがな、こんなことを言うとふざけるなと怒られるかもしれんが、今回のことは小田桐さんなりの俺への援護射撃だと思うんだ。つまり、ヤラセ取材で三杉にプレッシャーをかけて、どう反応するかを見ろというわけだ。小説のプロットを話したとき、俺はこう言われた。頭で書いた小説はおもしろくない、現実の人間が窮地に陥ったとき、どう考え、どう葛藤するか、それをつぶさに観察して、そこから想像力を羽ばたかせろとな。小田桐さんがそこまでやってくれるのは、俺の小説に期待してくれているからこそだと思う。前にも言ったが、俺は今度の小説にすべてを賭けている。今回の小説がだめなら、もう筆を折る覚悟なんだ」

坂崎の目は真剣だった。小田桐という編集者のやり方は不快だったが、辣腕と言われるのは、そんなことまでするからかもしれない。さらには、坂崎の小説に賭ける意気込みにも感じるところがあった。

黙ってうなずくと、坂崎はさらに熱意を込めて言った。

「俺は医師としても人間としても、完全な出来損ないだ。三杉のように勉強もせず、まじめに勤務もせず、結婚もせず、家庭も持たず、ただふらふらと生きてきた。そんな俺の唯一の支えが小説だった。医学生のころからひたすら打ち込み、すべてを小説のためだけに費やしてきた。若いころからの夢だったからだ。それが駄目なら俺という人間は無だ。優等生のおまえにはわからないかもしれないが、俺は今、必死なんだ」

三杉には何も言えなかった。ただじっと相手の目を見るしかない。坂崎が続ける。

「俺は医者の家系に生まれて、子どものときから医者になるべく育てられた。それが高校二年のとき、突然、文学に目覚めたんだ。早熟な友人の影響で、ロシアやドイツの小説を読んでいたとき、ある夜、突然に自分は小説家になるために生まれてきたという確信に打ちのめされた」

はじめて聞く話だった。大学では同級だったが、坂崎はクラスでも孤立した存在だったので、彼が医師の家系だということもまるで知らなかった。

「大学のころ、みんなは立派な医師になることを目指していたろうが、俺は小説家になることしか考えていなかった。だから、講義も実習も心ここにあらずだった。みんなからおかしなヤツと思われても平気だったよ。むしろ、嫌われ、蔑まれるほうがよかった。自分にはやるべきことがあると確信していたからな」

たしかに、学生時代の坂崎は孤高を気取っているそぶりもあった。三杉は当時を思い出し、半ば照れ隠しの苦笑を浮かべた。

「そんな調子で、よく医師免許が取れたな」

「まあ、国家試験の前だけは必死に勉強したからな。それでも、医者になったあとは苦労の連続だったよ。病院の勤務は当たり前だが激務だし、責任も重大だ。それでも頭は小説のことでいっぱいで、わずかでも空き時間があったら当直室や医局で原稿に取り組んだ。しかし、なかなか芽が出ない。賞に応募しても、いいところまではいくが受賞せず、知り合いを通じて持ち込みをやっても、ボツばかりだった。だんだん歳は食うし、焦りが高じて、小説家になれるのなら、悪魔に魂を売り渡してもいいとさえ思ったよ」

「じゃあ、川崎総合医療センターをやめてデビューしたときは、長年の夢が叶った瞬間だったんだな」

三杉は自分が外科医をやめた八年前を思い出し、感傷的な気分になった。

「だけど、そのあとも決して道は平坦じゃなかったよ。平坦どころか、今は崖っぷちに追い詰められてる。小田桐さんのやったことはほんとうに申し訳なかった。だけど、今の俺には三杉の協力が不可欠なんだ。だから、今回のことは何とか許してもらえないだろうか。頼む」

ふたたびテーブルに両手を突いて土下座に近い礼をする。三杉の胸中からは、怒りはすでに消えていた。それより、坂崎の小説に対する熱意に圧倒される思いだった。自分はたしかに優等生だったが、逆に言えばただの優等生でしかなかった。高校の成績がよかったというだけで、さしたる志もなく医学部に入り、医師になってからはまじめに仕事はしているが、そこまで医療に入れ込んでもいない。日々の業務に追いまくられ、その隙間を縫うようにありきたりな結婚をして、平凡な家庭を営んでいるだけだ。坂崎のように、すべてをかなぐり捨てて、全身全霊で打ち込めるものはない。自分の生きる道を確信している坂崎にはわからないだろうが、安定の裏にあるとてつもない空虚感に見て見ぬふりをして、漫然と生きてきただけだ。

いや、それどころか、苦い経験に打ちのめされて、病院から逃げるように外科医をやめた。思い出したくもない記憶。自分のせいで命を落とした患者。自分さえしっかりしていれば、死なずにすんだ患者……。

無理やり意識の外に追いやっていたものがよみがえる。重症になって、意識もないまま横たわった患者。その患者が手術の前に見せていたいかにも教師らしいきまじめな笑顔。

三杉は悔やんでも悔やみきれない思いに駆られながら、自分の前にひれ伏す坂崎を見ていた。

30

皮膚科の医師が佐藤政次の右足からメッシュカバーを剝がすと、鼻を刺すようなアンモニア臭が立ち上った。三杉は思わず息を止める。しかし、それはウジ虫が壊死組織を分解するときに出るもので、異常なものではないらしい。

「いいんじゃないですか」

ゆっくりとメッシュカバーを取り去った皮膚科の医師が、まんざらでもない顔でうなずいた。十円玉二個分のクレーターの中で、数十匹のウジ虫が蠢《うごめ》いている。皮膚科の医師はガーゼで受けながら、綿棒で白っぽいウジ虫を取り除いていく。あらかた取り終えたあと、生理食塩水で残ったウジ虫を洗い流すと、膿《うみ》と壊死組織でドロドロだった潰瘍が、明るいピンクの健全な組織に置き換わっていた。ウジ虫が腐った部分を食べ尽くし、その分泌液が正常組織の再生を促したようだ。

「たった三日で、こんなにきれいになるんですか」

三杉が感嘆の声をあげると、「僕も驚きですよ」と、皮膚科の医師も半信半疑のように喜んだ。

「あとは通常のガーゼ交換だけでいいですから」

「ありがとうございます。佐藤さん、よかったですね」

ベッドに腰掛けた佐藤に笑顔で言うと、意味はよくわからないものの、とにかく好ましい状況のようだと穏やかな表情で応じた。

午後に芳恵が見舞いに来たとき、三杉は待ちかねたように佐藤の右足のガーゼを取って、傷を見せた。

「前と色がぜんぜんちがうでしょう。あとは自然に治っていきます。もう足を切断しなくて大丈夫です」

「ありがとうございます。よかったねぇ、あんた」

芳恵は一瞬見るだけで十分とばかりに傷から目を逸らし、夫の手を握った。

翌日には早くも潰瘍の周辺から健康な皮膚が再生しはじめ、十円玉が一円玉くらいに縮小した。この調子なら、数日で傷はふさがるだろう。

ところが、楽観したのも束の間、今度は左足に皮膚潰瘍が見つかった。靴下を脱がすと、踵の内側に五百円玉を歪めたような掘れ込みができていた。

「佐藤さん。痛くないんですか」

神経障害で痛みがないのはいいが、その分、ふつうに歩いて傷が悪化してしまう。潰瘍を見た芳恵は眉をひそめたが、三杉は余裕の表情でなだめた。

「大丈夫ですよ。またマゴットセラピーをやってもらいますから」

すぐに皮膚科の医師に連絡して、新たなウジ虫を取り寄せてもらい、ふたたびマゴットセラピーを開始した。今度の潰瘍は掘れ込みも深いので、使ったウジ虫は百匹を超えた。

これで一安心と思ったが、二日目にメッシュカバーから血のまじった浸出液が漏れ出し、病室に耐えがたい悪臭が漂った。佐藤にはベッド上での安静を指示していたが、看護師の目を盗んでベッドから下りたため、メッシュカバーがずれ、ウジ虫が逃げ出したのだ。それを見たとなりのベッドの患者が、廊下に響き渡るような声で叫んだ。

「ウジ虫がいる！　足にウジ虫が湧いてるぞ」

「やかましい！」

佐藤が怒鳴り返した。この前日、佐藤がとなりの患者のバナナを食べたので、二人の仲が険悪になっていたのだ。となりの患者が談話エリアからもどると、バナナの皮が床に落ちていたので、「あんたが盗ったのか」と聞くと、佐藤は「知らん」と答えた。

「知らんはずはないだろう。正直に言え」

「知らんものは知らん。言いがかりをつけるな」

大声でもめだしたので、三杉が仲裁に入って二人をなだめた。佐藤はしらばっくれているのではなく、バナナを食べたことを忘れてしまったようだった。認知症の人はほんの数分前のことを完全に忘れることがある。家族が見舞いに来ても、帰った途端にだれも来なかったと言い張ったりする。

一方、となりの患者も佐藤が嘘をついているとしか思えず、それが許せなかったようだ。芳恵が見舞いに来ると、「あんたの亭主がバナナを盗んだ。弁償してもらおう」と言い、佐藤は妻に「弁償なんかせんでいい。ボケ老人の言うことなんか聞くな」と怒鳴り、ボケ老人と言われてとなりの患者はさらに怒って、「泥棒。こそ泥。卑怯者」と罵声を浴びせた。芳恵が困り果て、ナースステーションに相談に来たので、大野江が佐藤かとなりの患者を別の部屋に移そうと考えているときだった。

三杉が佐藤のメッシュカバーを剝がすと、右足のときとちがって、潰瘍のドロドロはほとんど減っておらず、逆に半分くらいのウジ虫が灰色に変色していた。

皮膚科の医師に診てもらうと、新たな感染が起こって、その毒素がウジ虫を死なせたようだと言う。

「今回はいったん中止せざるを得ないですね」

右足がうまくいったから、左足もうまくいくとはかぎらないのが医療だ。マゴットセラピーが使えないなら、やはり切断しかないのか。芳恵の悲愴な顔が浮かび、三杉はダメ元で皮膚科の医師に相談した。

「なんとか、もう一度試してもらえませんか」

「そうですね。洗浄を繰り返して感染が治まれば、またできるかもしれませんが……」

見通しは明るくなさそうだった。内科の主治医と整形外科医にも事情を伝えたが、二人とも最初に切断を反対されたので、佐藤への治療意欲を失いつつあるようだった。それならよけいに自分が頑張らねばならない。三杉は芳恵の了承を得た上で、佐藤を個室に移してもらった。

それから三杉は一日に三回、左足の皮膚潰瘍を洗浄し、滅菌ガーゼを取り替えた。抗生剤も点滴と経口の両方で投与した。しかし、感染はいっこうに軽快せず、逆に潰瘍の底が広がってきた。皮膚の下に掘れ込むと、上の皮膚も切除しなければならない。患部の安静を保つため、佐藤にはベッドから下りないように指示していたが、何度も下りて、とうとう派手に転倒してしまった。扉とまちがえて壁に激突したのだ。幸い、骨折はなかったが、その衝撃で潰瘍から出血して、ガーゼが真っ赤に染まった。

なぜ壁に激突したのか。おかしいと思って調べると、佐藤は両目の視力が落ちて、壁と扉のちがいがわからないほどになっていた。糖尿病性の網膜症が悪化していたのだ。そう言えば、食事をこぼしたり、オーバーテーブルの物を落としたりしていたが、認知症の行動障害だと思い、見逃していた。

内科の主治医に連絡しても、「仕方ないですね」のひとことですまされた。はっきり口に出すわけではないが、心のどこかで、相手は認知症だしと思っている素振りも感じられた。医者の風上にも置けない、とは思わなかった。治療がうまくいかないと、どうしても認知症の事実に突き当たってしまう。せめて自分だけはそんなふうに思わないでおこうと、気持を引き締めるのが精いっぱいだった。

佐藤自身も視力低下に苛立ちはじめた。自制が利かなくなり、ベッドから下りるだけでなく、廊下を徘徊するようになった。

「佐藤さん。歩いたら足の傷が治らないんです。傷がよくなるまで、ベッドで寝ていてください」

説得する三杉にも反抗するようになり、それまでとは別人のように険しい顔つきになった。傷の洗浄もいやがるので、看護師に押さえさせると、よけいに暴れて、傷が剝き出しのまま病室から出て行こうとした。点滴も採血も拒絶し、薬ものまないことが増えた。三杉は患者の気持を尊重する方針なので、点滴も服薬も無理強いはしなかったが、これでは当然、感染も皮膚潰瘍も悪化する一方だ。

「どうしようか」

三杉は大野江と佃に今後の方針を相談した。

「佐藤さんをベッドから下りないようにさせるには、コレしかないんじゃない」

大野江が手錠をかけられた犯人のように両手首をそろえた。拘束以外にないという意味だ。

佃が反論する。

「拘束するとよけいに暴れて、大声を出しそうですね。ヘビーセデーション（濃厚な鎮静剤投与）のほうがいいんじゃないですか」

「それもどうかな」

ヘビーセデーションは、患者を無理やり眠らせることだから、非人間的な処置だと三杉は感じている。

「じゃあ、どうすればいいのよ。点滴も洗浄もしないでは、皮膚潰瘍は広がるばかりでしょう。敗血症になっても知らないわよ」

たしかに敗血症になったら取り返しがつかない。それなら切断を急ぐべきか。整形外科の担当医には何度か連絡しているが、先方の答えは、「切断はいつでもやりますよ。ただし、術後管理はそちらでお願いします」だった。

認知症の佐藤に切断の意味を理解させ、術後の安静と、回復後のリハビリテーションを行う困難さは、考えただけでも気が滅入る。それに芳恵の嘆きも無視できない。

大野江が徐々に不機嫌になり、声に棘《とげ》がまじりだす。

「何を悩んでるの。ほかのドクターならさっさとやるべきことをやるわよ。それが医療でしょ」

師長の言う通りなのかもしれない。しかし、そういう医学的に正しいこと一辺倒が、患者の気持を無視する医療につながっているのではないか。

「三杉先生は、できるだけ患者さんがいやがることを、せずにおこうと思ってるんですよね」

佃が三杉の思いを代弁してくれる。

「ご立派ね。つまり、患者の気持を優先して、症状の悪化を放置するってわけね。だから先生は変わってるって言われるのよ。ふつうの医者なら、患者の気持より医学的に正しいことを優先するわよ」

三杉が沈黙すると、佃が困った顔でつぶやいた。

「たいていの患者さんは、病気も治してほしい、自分の気持も優先してほしいと求めるんですよね。両方は無理なのに」

「先生と話してたら、空気が吸いたくなって仕方ないわ」

そう言って、大野江は席を立ち、愛用のポシェットを持って地下のボイラー室に向かった。

結局、佐藤に対する方針は何も決まらなかった。

31

「すみません。三杉先生はいらっしゃいますか」

ナースステーションのカウンターに、コマッタ家族の一人、鈴木富子がやって来た。また夫の浩が、ワーファリンをのまないと訴えに来たのか。

窓際の席から三杉が立ち上がると、富子は「折り入ってお話ししたいことがございますので」と、殊勝そうに頭を下げた。

面談室で向き合うと、富子は姿勢を正し、一礼してから唐突に言った。

「そろそろ主人を退院させていただけないでしょうか」

鈴木は脳梗塞の後遺症でフォローしているだけなので、内科の主治医も特別な治療をしているわけではない。薬の処方も三杉に一任してくれているので、退院の判断も任せてくれるだろう。しかし、なぜ、いきなり退院なのか。

「退院はかまいませんが、そのあとご自宅にもどられるおつもりですか」

「いいえ。実は人に勧められまして、専門の治療施設に移りたいと考えておりますの。それで、先生に紹介状を書いていただけないかと思いまして」

富子はかなり緊張しているようで、声がかすかに震えていた。三杉がどういうことかと首を傾げると、慌てて弁解した。

「決してこちらの病院に不満があるわけじゃございませんの。三杉先生にはほんとうに親身になっていただいて、感謝しております。でも、今の日本の医療では、主人の症状を改善するのはむずかしいのでございましょう。わたしも半ばあきらめかけておりましたの。ところが、思いがけないところから救いの手が差し伸べられまして、新しい治療を試してみないかと勧められましたの。東大の神経内科の先生で、長らくアメリカで認知症の研究をしていた方が、江の島で専門の治療施設を開いているそうなんです。細貝文彦《ほそがいふみひこ》という先生なんですけど、ご存じありません？」

「さあ」

聞いたこともない名前だった。

「細貝先生は独自に開発した方法で、眠っている脳細胞を覚醒させて、アメリカで多くの患者さんを治したそうです。今のところ、早期の認知症なら一〇〇パーセント、進行した患者さんでも九〇パーセントの人がほぼ完全に回復したらしいです」

「何という施設ですか」

「ラザロメディカルです」

聖書に出てくる「ラザロの復活」から拝借したネーミングだろう。なんとなく怪しげだが、富子はすっかり信用しているようだった。

「細貝先生の治療は、投薬だけでなく、ワクチンやサプリメント、脳トレや認知行動療法などを取り入れた集学的なセラピーらしいです。ホームページを見ましたけれど、そこで治療を受けて回復した人の声がたくさん掲載されていました。イニシャルの人もいますが、実名の人も多いんですのよ。それって信憑性が高いということでしょう」

「はあ……」

ホームページの感想など、レストランのレビュー以上に都合のいいものしか出ないに決まっている。それに、認知症のワクチン療法は、いっときアルツハイマー病の治療で有望視されたこともあったが、今は効果なしというのが専門家の共通認識のはずだ。

「ラザロメディカルは、診察の希望者が多くて、ふつうに申し込んだら予約は半年先なんだそうです。でも、わたしがホームページに主人の症状を詳しく書き込みましたら、鈴木さんの場合は治療を急いだほうがいいというお返事をいただき、特別に優先予約を入れてくださいましたの。それが来週なんです。ですから、勝手を申し上げてほんとうに恐縮なんですが、できましたら今週末に退院のご許可をいただけないかと思いまして」

通常の予約が半年先で、ホームページに症状を書き込んだら優先予約をしてくれたなんて、ますます怪しい。しかし、富子はその特別扱いを喜び、一日も早くその施設に夫を連れて行きたいと思っているようだった。

「わかりました。内科の主治医とも相談して、早急に退院の日取りを決めましょう。紹介状もお書きしますから、どうぞご心配なく」

「ありがとうございます。これでわたしも希望が持てますわ。主人もきっと頑張ってくれると思います」

富子はブランド品らしい大ぶりな老眼鏡の奥に涙を光らせた。

ナースステーションにもどってから、三杉は大野江に富子の希望を伝えた。

「ラザロメディカルって知ってる？」

「聞いたことないわね」

内科の主治医に連絡すると、これまで三杉に任せっぱなしにしていたことを恐縮してか、すぐにんにん病棟に来てくれた。富子が夫をラザロメディカルに連れて行くようだと伝えると、内科の主治医は、「えっ」と絶句し、困ったような失笑を洩らした。

「知ってるの？　その施設」

「細貝先生でしょう。神経内科領域では有名ですよ」

決していい意味ではなさそうだった。主治医によると、細貝は東大卒、アメリカ帰りは事実だが、いわゆるはみ出し医者で、大学の医局を飛び出したあと、留学と称してアメリカの名もないプライベートカレッジに潜り込み、いくつかの研究所を転々としたあと、認知症が儲かると見るや、独自の治療法を開発して、二年前に日本でセレブ向けの診療所を開いたとのことだった。当然、自由診療で、治療の内容は、専門家が見れば根拠のない寄せ集めだった。

神経内科の主治医があきれたように言う。

「だって、下垂体ポータルの覚醒とか、時空超越療法とかいうんですよ。ほとんど新興宗教じゃないですか」

「そんなんじゃ、患者は集まらないだろう」

「それが大入り満員なんだそうです。午後の外来だけで、毎日六十人ほど診てるって噂です。一回の診察料が二万円、診察時間は五分ほどで、あとはスタッフが適当に認知行動療法なんかをやってるそうです。午前中は入院患者の診療ですが、ベッド数は十九でいつも満床らしいです」

富子が言った通常の予約は半年先というのも、あながち嘘ではないのかもしれない。それにしても、いくら自由診療とはいえ、診察時間が五分で二万円とはあまりに法外だ。

「それで、効果はあるのかい」

「あるわけないでしょう」

「じゃあ、どうしてそんなに患者が集まるんだい」

「商売がうまいんですよ。はじめに本を出して、あちこちでセミナーを開いたり、定期的に講演会をやったりして、ファンを増やしていくんです。細貝先生は話もおもしろく、自分の治療法がいかに効果的で、優れているかを立て板に水でしゃべるそうです。まともな病院で、治らないと言われた人たちが、細貝先生のところに集まるんです。大丈夫、あきらめる必要はありませんと、自信満々に言われたら、すがりつきたくなるでしょう」

横で聞いていた佃が、思わずつぶやいた。

「自由診療でやってるがんの免疫細胞療法と同じですね。治療法がないと言われた患者さんが、最後の砦みたいに集まるのと」

「治療費が高額なのも同じです。お金持ちの中には、高ければ効くと思う人も多いみたいですね」

大野江がどうも腑に落ちないというふうに神経内科の主治医に聞いた。

「だけど、効果がなければ、患者は離れていくでしょう。詐欺だと訴える人も出てくるんじゃないの」

「そこはうまくやっているみたいです。症状改善の見込みは九〇パーセントとか言って、改善しなかった人はみんな残りの一〇パーセントに入れちゃうんです。細貝先生が開発した独自の認知症スケールもあって、それを上手に操作すると、症状は改善していないのに、点数がアップしたような結果になるんです」

「念が入ってるわね」

「今は認知症を予防したい人もたくさんいますからね。そんな人たちに向けて、セミナーを開いたり、会員制のツアーを企画したりして顧客を増やすんです。我々から見たら、子どもだましもいいところですが、世の中には信用する人も多いみたいですね」

「そんなところに三杉先生は自分の患者を紹介するわけ？」

大野江が鼻眼鏡越しに皮肉な視線を向けた。

とんでもない、と言いたいところだが、三杉は無言で唸らざるを得ない。先ほどの希望にあふれた富子を失望させてもいいのか。現代医療が治せるのならいざしらず、治せないものに口出しする資格があるのか。

「やめといたほうがいいと思いますよ」

神経内科の主治医も反対のようだ。三杉は不本意ながら抵抗を試みる。

「しかし、このまま入院させていても、鈴木さんがよくなる見込みはないしな。佃さんはどう思う?」

三杉に問われて、佃は「むずかしいですね」と答える。三杉の思いをいくらか汲み取っているようだ。

「いくら患者が望むからと言って、効果がないとわかっている施設に紹介するのは、三杉先生がいつも嫌ってる欺瞞じゃないの?」

大野江がまたも痛烈な皮肉を飛ばす。やり込めたつもりだったのかもしれないが、逆に三杉はその言葉の中に突破口を見つけた。

「医学的な根拠はなくても、ラザロメディカルに多くの患者さんが来てるということは、一定の満足を与えてるってことじゃないのか。根拠がないからといって、すべてまやかしと決めつけるのは、現代医学の驕《おご》りのような気もするけど」

「先生は現代医学を否定するの? あきれた。そこまで言うならお好きなように。わたしはどうなっても知りませんからね」

また空気を吸いに行くのかと思ったが、大野江は顔を背けただけで、席を立つことはなかった。

重苦しい沈黙が流れる。内科医は若い頬を強ばらせて自問した。

「医療の目的って何なんですかね。神経内科は治らない病気が多いから、患者さんに何て言えばいいのか悩みますよ。安請け合いはできないし、絶望を突きつけるのも忍びないし」

佃は発言を控えているが、その目は暗黙のうちに三杉に賛同してくれているようだった。

三杉は意を決して三人に言った。

「やっぱり、鈴木さんには紹介状を書くことにするよ。こちらが患者側の期待に応えられない以上、次の治療先を選ぶのは、患者側の自由だからね」

「わかりました」

神経内科医が答え、佃も黙ってうなずいた。大野江は頬杖のまま顔を歪めたが、なんとか容認してくれたようだった。

32

中央福祉という出版社が出している「月刊エンジョイ・ケア」から、三杉に取材の依頼が入った。にんにん病棟の取り組みがユニークなので、現場の状況を聞かせてほしいという。ネットで調べると、介護関係者向けのまじめな雑誌のようだった。

大野江は取材に消極的だったが、院長が「病院の宣伝にもなるじゃないか」とゴーサインを出したので、病棟で取材を受けることになった。

やって来たのは大室賢治《おおむろけんじ》というライターで、知的な感じの男性だった。自分の祖母も認知症で、自宅で介護していたこともあるので、苦労は少しわかるという。病棟を案内したあと、インタビューは面談室で受けることになった。大野江の指示で佃も同席する。

大室がＩＣレコーダーを用意して三杉に質問した。

「これまで認知症の患者さんの治療は、認知症に焦点が当てられることがほとんどでしたが、認知症の人も当然、いろんな病気にかかりますよね。がんや脳血管障害など、むずかしい病気も多いでしょう。その治療をどうするかは、これまであまり議論されてこなかったと思うのですが」

「そうですね。認知症の患者さんの治療には、一般の患者さんとはちがう対応が必要です。たとえば、表情ひとつにしても、意識的に優しい笑顔を心がけています」

「理由は?」

「認知症の人は自分がどこにいるのか、どうしてここにいるのかもわからない。そんなとき、こちらがふつうの顔をしていても、怖く見えるんです」

「迷子になった子どもが、大人を怖がるのと同じですね。不安にとらわれている人には、ふつうの顔が怒っているように見えたりするんですね。ほかにも何か注意されていることはありますか」

「話をするときは、正面からきちんと相手の目を見てしゃべるようにしています。そうでないと、自分に話しかけているのかどうかわからないんです。高齢の患者さんは難聴もあるし、注意狭小と言って、意識の及ぶ範囲が狭くなっていますから、横から話しかけたり、ついでに用件を言っても、わからないことが多いんです」

「しっかり目を見て話しても、検査や治療を理解してもらえないときもあるんじゃないですか」

「それはしょっちゅうだよね」

三杉が話を振ると、佃がまじめな調子で答えた。

「内容の理解も重要ですが、それより大事なのは気分的に納得してもらうことです。意味はわからなくても、必要なことなんだと納得すれば、たいていスムーズに運びます」

「なるほど。一般の患者さんでも、検査や治療の内容をどこまで理解しているかわからないですからね。ご家族にもいろいろな方がいらっしゃるでしょうから、苦労されるのではありませんか」

「いちばん困るのは、認知症そのものを治してほしいとおっしゃる家族ですね。お気持はわかりますが、正直なところ、認知症は治りませんからね」

流れで佃が答えると、三杉があとを引き継いだ。

「それなのに、世間では認知症をあきらめる必要はないとか、早期発見すれば軽くてすむとか、嘘の情報が蔓延してるでしょう。これが困るんです」

「メディアの側にも責任がありますね」

大室は申し訳なさそうに頭を掻くが、三杉はついでとばかりに常日ごろ感じている不満を口にした。

「九十歳を超えた老親の家族に、そろそろ終末期ですと説明したら、えっと驚かれたりするんです。こっちのほうがびっくりしますよ」

「わかります。ただ、メディアは常に生命絶対尊重ですから、死を肯定するようなことはなかなか書けないんです。しかし、これからは必要かもしれませんね」

大室は三杉の問題提起を真摯に受け止め、認知症患者への対応のむずかしさを改めて認識できたと、感謝してインタビューを終えた。

「ありがとうございます。いやあ、目からウロコのお話ばかりでたいへん参考になりました」

「インタビューがお上手だから、こちらこそついしゃべりすぎてしまいました」

取材が終わって、くつろいだ雰囲気になったので、三杉は少しの間、雑談をした。話しているうちに同い年だとわかり、大室もリラックスした調子で自分の来歴を話した。

「私は元々、大手出版社の編集者だったのですが、物書きになる夢をあきらめきれず、ライターに転職したんです」

どこの出版社かと聞くと、現栄出版との答えだった。

「それなら、もしかして、小田桐さんという編集者をご存じですか」

「小田桐達哉ですか。知っているどころか、私の元の上司ですよ。三杉先生はどうして小田桐さんを?」

三杉は意外な偶然に驚きながら、話題を広げた。

「いや、実は僕の友人が小田桐さんに世話になっているんですよ。坂崎甲志郎という医師兼作家の男ですが」

「ああ、お名前は存じています。最近はあまり書いていらっしゃらないんじゃないですか」

「らしいですね。でも、今、かなりの自信作を執筆中のようですよ。その作品を小田桐さんが担当してくれているんだそうです」

大室は一瞬、意外そうな表情を浮かべ、取り繕うように言った。

「そうなんですか。小田桐さんとは今もときどき会ったりしますから、機会があれば話を聞いておきますよ」

「ぜひよろしくお伝えください。坂崎は今度の小説に自分のすべてを賭けると言ってるんです。小田桐さんも入れ込んでくれているようで、おかげで僕はとんだ被害に遭いかけましたよ」

「被害?」と聞かれて、三杉は小田桐が川尻を使って仕掛けたヤラセ取材の件を、おもしろおかしくしゃべった。

「通勤の途中でいきなり写真を撮られたりして、まるでスキャンダルに巻き込まれた芸能人みたいな気分でしたよ」

「川尻という記者は知らないな。バッカスは雑誌部で、小田桐さんは書籍第一出版部ですから、ほとんど行き来はないはずですが」

聞けば現栄出版の社員は八百人を超えており、面識のない社員のほうが多いらしかった。それでも、何かの関係でつながりがないとは言えないだろう。三杉は別段、気にも留めずに、大室との話を打ち切った。

33

週末、鈴木浩は予定通り退院した。いったん自宅にもどり、週明けにラザロメディカルを受診するという。

三杉はラザロメディカルに関するよからぬ噂を、結局、富子の耳には入れなかった。情報があるなら伝えるべきかとも思ったが、せっかく期待に胸を膨らませている富子に、水をさすようなことは言えない。

「もしも何かあったら、いつでも連絡してください。できるだけの対応をしますから」

そう言って送り出すのが精いっぱいだった。無責任なのかもしれない。まちがった優しさなのかもしれない。しかし、懸命に夫の介護に尽くしている彼女を思うと、三杉の口は石のように固まるのだった。

「三杉先生。あの爺さんの骨折の件、どうなりましたかな」

廊下ですれちがいざま、渡辺真也が声をかけてきた。これで何度目だろう。三杉はうんざりする気持を抑え、笑顔を作って答える。

「それは今、病院の上層部が対応を検討していますので、もう少しお待ちいただけますか」

「ひとつよろしくお願いしますよ。ボカァこの目で見たんだからね。小柄で色白の看護師が、あの爺さんを突き飛ばすところを」

小柄で色白。病院をやめた辻井恵美は、たしかに背も低く色白だった。三杉は不吉な想像を頭から無理やり追い出す。

「先生。しっかり頼みますよ。こういう問題は、ぜったいにうやむやにしてはいけませんからな、うん」

渡辺はひとり納得するようにうなずいて歩み去る。採血前の絶食とか、入浴日の下着の着替えとか、大事なことはしょっちゅう忘れるくせに、こっちが忘れてほしいことはしつこく忘れない。いったいどんな頭の構造になっているのか。

その一方で、骨折した当人の伊藤俊文は、左手首のギプスに慣れて、骨折のことは忘れてしまったかのようだった。あのあと、息子が二度ほど面会に来て、三杉や大野江たちは緊張したが、伊藤が不都合な話をすることはなかった。渡辺が、この件を三杉に任せたことである程度得心して、伊藤によけいな入れ知恵をしなくなったのがよかったのかもしれない。

「あれから高橋さんの娘さん、どうしてるだろうな」

三杉が窓際の席でつぶやいた。誤嚥《ごえん》性肺炎で亡くなった高橋セツ子の娘、真佐子のことをふと思い出したのだ。

自ら〝一卵性親子〟と称していたくらい仲がよかった母親が亡くなって、さぞかし寂しい思いをしているだろう。もしかすると、うつ病になっていないか。そんな心配がよぎったが、どうやら杞憂のようだった。

「この前、自由が丘の駅前で、偶然、高橋さんの娘さんに出会ったわよ」

師長席から大野江が気怠《けだる》い声を投げてきた。

「どんな感じだった。落ち込んでなかった？」

「落ち込むどころか、今は自由になりましたって、逆にサバサバしてたわよ。お母さんが生きてる間に、精いっぱいの親孝行をしたから、満足感があるみたいね。長かった看病をねぎらったら、母はこれ以上わたしに心配や苦労をかけたくないと思って、逝ってくれたのかもしれませんて、娘さんが言ってた」

そういう解釈もあるのか。いずれにせよ、真佐子が元気に暮らしてくれているなら、それに越したことはない。

「三杉先生。ちょっとよろしいでしょうか」

事務部長がにんにん病棟まで上がってきて、三杉に声をかけた。毎月恒例になっている入院日数の確認だ。

「そろそろ六十日になる患者さんが三人おられますが、退院の見通しはいかがでしょう」

にんにん病棟は「地域包括ケア病棟」に区分されるので、診療報酬は出来高払いではなく、包括払いとなる。一日の入院料は、患者によって算定が細かく分かれるが、概《おおむ》ね二万円から二万八千円ほどだ。ところが、六十日を超えると、これが一気に五千八百四十円に下げられる。だから、病院側は、入院期間をできるだけ六十日以下に抑えたいことになるのだ。

しかし、入院期間は当然のことながら患者の状況によって決まるから、容態が安定しない人や、受け入れ先の決まらない人は、無理やり退院させるわけにいかない。

「502号の中村さんは、やっぱりまだ退院はむずかしいですか」

事務部長が暗い顔で聞く。前頭側頭型の認知症で、すぐ「ドナドナ」を歌いだす中村彰子は、ときに錯乱して暴力的になるため、受け入れ先が見つからない。入院期間は百日を超えているので、病院としては大赤字だ。

「中村さんのところは高齢のご主人しかいないので、在宅にはもどせないんです。前頭側頭型の認知症は対応がむずかしいから、施設もなかなか見つからなくて」

三杉は前月と同じ言い訳を繰り返す。

「わかりました。しかし、できればなんとか退院の方向でお願いしますよ」

仏頂面で引き揚げていくが、事務部長とて、自分の利益のために患者を退院させようとしているのではない。立場上、仕方なくプレッシャーをかけにくるのだ。事務部長に指示を出す院長も同じことだ。制度がそうなっているからそうせざるを得ないだけだ。

それなら国が悪いのか。あるいは政治家、もしくは官僚のせいなのか。いや、彼らだって、それぞれの事情があるだろう。結果だけ見て批判するのはたやすいが、あちらを立てればこちらが立たずの現実で、すべてを丸く収めるのは至難の業だ。

徘徊で三杉や看護師を振りまわした田中松太郎は、尿バッグをはずしてから身軽になり、逆に徘徊が減った。四六時中、尿バッグを吊していたせいで、落ち着かなかったのかもしれない。先日、三杉に慰められて涙を流したことは、きれいさっぱり忘れたようだが、なんとなく恩義を感じているのか、三杉には従順な態度を示す。

二時間ごとに導尿カテーテルのクリップをはずすと、流れ出る尿はきれいな色で、肉眼的な血尿はなくなった。この調子なら、長男が施設を見つけ次第、退院してもらうことができるだろう。

一人くらいは順調な経過をたどっても罰は当たらないはずだ。次から次へと起こる問題に翻弄される三杉は、半ば愚痴まじりに内省する。病棟のそこここにあふれる問題の中で、今いちばんの悩みのタネは、状況が悪化の一途をたどる皮膚潰瘍の佐藤政次だ。

34

三杉が朝、ナースステーションに行くと、申し送りを終えた深夜勤務の看護師が、悔しそうな顔で言った。

「昨夜、佐藤さんが大きな声を出して止まらないので、内科の当直医に連絡したら、チラッと診に来ただけで、ドルミカム10㎎筋注って指示を出したんです。せっかく三杉先生がセデーションをできるだけしないでいこうとしていたのに、あたし残念で」

ドルミカムは強力な鎮静剤で、精神科などでも患者が暴れたときに使用される。一アンプル10㎎だが、高齢者の場合は半分の５㎎で十分なはずだ。

「一アンプル丸々使ったのか。呼吸抑制はなかった？」

「それはありませんでしたが、効果が遷延《せんえん》して、今もまだぐっすり眠っています」

病室に行くと、佐藤は完全熟睡の状態で横たわっていた。口には舌根沈下《ぜっこんちんか》で気道がふさがるのを防ぐため、エアウェイ（湾曲したプラスチックの器具）がかませてある。

「佐藤さん、佐藤さん。わかりますか」

大声で呼びかけても、まったく反応しない。

「ありがとう。君はもういいよ。あとは僕が診ておくから」

夜勤明けの看護師を帰らせて、三杉もいったん病室を出た。

ほかの患者の回診をしてから、午前十一時すぎ、佐藤の病室にもどったが、まだ熟睡のままだった。

「このまま左足の洗浄をするから、用意してくれる？」

担当看護師の梅宮に指示して、皮膚潰瘍の洗浄の準備をはじめた。

洗浄は一日三回を目標にしているが、佐藤の機嫌が悪かったりすると、一回しかできないこともある。笑顔でなだめすかして、ていねいに説明し、何度も説得を繰り返して、ようやく足に触らせてもらえる。洗浄の途中で佐藤がつむじを曲げると、中止せざるを得ないから、あの手この手で気を紛らせつつ行う。だから、下手をすると一時間以上かかってしまう。

今は熟睡中だから、毛布をめくろうが、左足を持ち上げようが、何の抵抗もない。ガーゼを剥がし、ベッドの上に防水布を敷いて、膿盆《のうぼん》で受けながら洗浄を開始した。生理食塩水をかけても足を引っ込めないいし、ピンセットで壊死組織を除去しても足を動かさない。

「今日はメチャクチャ楽ですね。いつもこうだといいのに」

梅宮が介助しながら明るく言う。洗浄を終えたあと、滅菌ガーゼで水分を取り、乾いたガーゼを当てて固定するまで、十分もかからなかった。

このやりやすさ。時間の短縮。しかし、何をやっても反応のない身体は、息はしているが、まるで死体のようだ。三杉はやはり、薬で強制的に眠らせるのは非人間的な行為だと感じてしまう。

「困った患者には安楽死もいいけど、ドルミカムもＯＫですね」

梅宮が半分、おどけながら言う。三杉は笑う気になれない。しかし、その一方でセデーションは非人間的だと、梅宮に説教することもできない。冷静にメリットとデメリットを考えれば、眠らせて処置をしたほうが、佐藤自身も楽だろうし、こちらも時間と労力が節約できて、その分、ほかの患者への対応にまわせる。非人間的云々は、現場では通用しないきれい事なのかもしれない。

切断をためらうのも同じ可能性がある。佐藤の妻の気持に寄り添い、切断を回避することにかかっているうちに、敗血症を発症したらアウトだ。敗血症は前触れもなく起こる。マゴットセラピーの再開まで、時間があるのかないのか。それは神のみぞ知るだ。

もし手遅れになったら、自分の判断ミスで佐藤を死なせてしまうことになる。かと言って、早々に切断してしまっていいのか。手術後のさまざまな対応はどうする。

ふと、またあの顔が脳裏に浮かぶ。自分の至らなさで死なせてしまった患者。元教師の穏やかな人。落ち着いた眼差し、知的で屈託のない表情、血管の浮き出た色白の腕……。

いや、今は目の前の患者に集中すべきだ。佐藤の問題は、敗血症の危険だけではなかった。糖尿病の三大合併症のうち、神経障害と網膜症の二つがあるということは、三つ目の腎症の危険性も高いということだ。腎不全になれば命に関わる。救うには人工透析しかないが、認知症の強い佐藤に、週三回、一日四時間の安静が保てるだろうか。

少しでもその危険を避けるために、三杉は心を鬼にして佐藤の間食を禁止した。ところが、妻の芳恵がこんなことを言いだした。

「ウチの人は、食べたものの味がわからんようになってるみたいです」

糖尿病では味覚障害も珍しいものではない。甘いものを食べても味がわからず、ますます甘いものをほしがったりする。佐藤本人も苛立ち、ちょっとしたことで芳恵に暴言を吐き、ついには手を上げるようになった。

「きゃあっ」

個室から悲鳴が聞こえ、佃と三杉が急いで駆けつけた。佐藤がベッドに座ったまま、白髪の目立つ芳恵の髪をつかんでいた。怒りで顔が紅潮し、意識が朦朧《もうろう》となりかけている。

「佐藤さん。暴力はいけません」

芳恵の髪の毛を放させようとしたが、恐ろしいほどの握力に三杉のほうがたじろぐ。

「佐藤さん。こちらを向いてください。ほら、これ何だかわかりますか」

佃が正面から顔をのぞき込み、目の前でペンライトを光らせた。注意を惹かれた佐藤の手がわずかに緩む。その隙に三杉は芳恵の髪を抜き、身体を引き離した。

「ああ、情けない。こんな人じゃなかったのに。もうおしまい。何もかもおしまいよ。わぁーっ」

芳恵が取り乱し、顔を覆って嗚咽した。三杉は佐藤を佃に任せて、芳恵をなだめながら廊下に連れ出した。

「三杉先生。もう耐えられません。人生の最後にこんなつらい目に遭うなんて。わたしが何をしたっていうんです。どうしてこんなことになったんです。いったいいつまで続くんですか」

答えられない。

芳恵が先のことを聞いたのには、切実な状況も隠されていた。個室に移るとき、芳恵は取りあえず了承したが、いざ月末に請求書が届くと、その金額に驚いたようだった。十日で八万六千五百円。佐藤夫婦は年金暮らしで、元理髪師では蓄えにさほどの余裕があるはずもない。三杉には言い出せず、大野江に大部屋にもどしてもらえないかと相談したらしい。しかし、今の佐藤の状態ではとても大部屋には移せない。夜中の大声、怒りの発作、物を投げたり、オーバーテーブルをバンバン叩いたりで、同室者から苦情が出るのは見えている。

面談室で芳恵を休ませ、今日はもう帰ってもらうことにした。しばらくすると、佃が佐藤の個室からもどってきた。

「なんとか落ち着いてもらいました。本人も疲れたのか、横になってウトウトしてます」

どうなだめたのかはわからないが、さすがは認知症看護の認定看護師だけのことはある。

「佐藤さん、いったいどうするつもり?」

大野江が不機嫌な声で三杉に聞いた。答えられない。内科の主治医も整形外科医も、このごろ近寄らなくなった。相談しても妙案があるとは思えない。

やはりヘビーセデーションをするしかないのか。それで敗血症を予防するために足を切断して、腎不全になれば人工透析をする。視力も落ち、味覚も失って、しょっちゅう薬で眠らされる状態で、生きていると言えるのだろうか。

三杉はこれまで幾度となく繰り返した疑問に、またも直面し頭を抱える。いい加減、ドライに割り切れないものか。そう思うアクセルと、いや、割り切ったらおしまいだというブレーキが交錯する。

家族も疲れ、病棟のスタッフも疲れ、おそらく本人も疲れ切っている状況で、命は尊いとか、生きているだけで意味があるとか、現場を離れたところで語られる美しい文言が、まるで宇宙人の言葉のように感じられる。

佃が三杉の心中を思いやるように言った。

「飲み薬で軽いセデーションをかける方法もあると思いますが、きちんとのんでくれるとはかぎりませんものね」

彼女も悲観的にならざるを得ないようだ。ここは主治医の自分が踏ん張らなければならない。三杉はなんとか自分を鼓舞して言った。

「先のことをあれこれ心配しても仕方がないよ。とにかく一日一日をこなしていくしかないだろう」

すかさず大野江が反論する。

「いったいいつまで？　よくなる見込みはあるの？」

師長がそれを言ったらおしまいじゃないか。そう思うが、ここで感情的になったらあとまでわだかまりを残す。

「とにかく、一日、一日を……」

三杉は息も絶え絶えにつぶやき、フラフラと立ち上がる。大野江が頰杖を突いて見上げている。

三杉は廊下に出て、だれもいない面談室に入り、椅子に座ると同時に、机に突っ伏した。

35

「このごろ疲れてるみたいね。早く寝たら」

亜紀に言われるまでもなく、三杉は夕食後、早々に風呂に入り、午後十時すぎには寝室で横になった。

佐藤の容態は一進一退で、ドルミカムを使うところまではいかないが、一日に何度かは佃とともに病室に駆けつける日が続いた。

その日、三杉のスマートフォンに着信があったのは、午前四時十分すぎだった。深夜勤務の看護師のひそめた声が耳元に洩れる。

「佐藤政次さんが心肺停止です」

「わかった。すぐ行く」

通常なら当直医に任せておけばいいが、佐藤に関しては何かあったら夜中でもいいから連絡をくれと、看護師に申し送っていた。

三杉は自分の車で病院に向かった。道はがら空きだったが、それでも到着までには二十分はかかる。病院の駐車場に車を入れ、医局で白衣を引っかけて、にんにん病棟に急いだ。

ナースステーションにいた内科の当直医が三杉を見て、驚いたように言った。

「三杉先生。どうしたんです、こんな時間に」

テーブルで当直医が書きかけていたのは、死亡診断書だった。落ち着いた声で状況を説明する。

「心筋梗塞のようですね。カウンターショック（除細動器）も試みましたが、蘇生は無理でした。心臓マッサージもしたんですが、ご家族がもうやめてくれとおっしゃったので」

当然ながら芳恵にも連絡が行き、三杉より先に到着していたようだ。

病室に行くと、芳恵が佐藤の傍らに佇んでいた。看護師も足元に控えている。

「三杉先生。どうもお世話になりました」

はっと気づいたように向き直り、頭を下げる。

「突然のことで驚かれたでしょう」

「いいえ。主人はもう八十ですし、いつ何が起きてもおかしくない歳でしたから」

意外に冷静な声だった。夫に髪の毛をつかまれたときのほうがよほど錯乱していた。

佐藤の柔らかそうな白髪の短髪を撫でながら、優しい声で語りかける。

「ねえ、あんた。これで楽になったんだよね。足も切られなくてすんでよかったね。向こうへ行ったら、大福餅でも羊羹でも好きなだけ食べてね」

皺の深い目に涙があふれる。しかし、その眼差しは穏やかだった。

三杉は黙って遺体に頭を下げ、静かに部屋を出た。

ナースステーションでは、死亡診断書を書き終えた当直医が引き揚げるところだった。三杉は彼にも黙礼を送った。

蛍光灯がまぶしいナースステーションは、いつもと変わらなかったが、心なしか整然としているように見えた。佐藤の死によって、山積みだった問題が一挙に霧散してしまったからかもしれない。それは決して好ましい解決ではないが、問題が消えたことには変わりない。あまりにも冷厳な現実。どんな難問も、矛盾も、不条理も、死ねばすべて解決する。苦悩も、恨みも、困窮も、痛みも、嘆きも、悲しみも。

佐藤の死に顔を思い浮かべる。それは生前の興奮が嘘のように、静かで絶対的な無だった。

36

「月刊エンジョイ・ケア」の大室から、記事の追加質問のメールが送られてきた。返信すると、お礼のメールに妙なことが書いてあった。
『話は変わりますが、先日、別件で元上司の小田桐さんに会ったので、坂崎甲志郎氏のことを聞いてみると、
小田桐さんは坂崎氏には関与していないとのことでした。
川尻という記者とも面識はないそうです。
余計なことかもしれませんが、念のため』
どういうことか。

三杉は気になって大室に電話で詳しく聞いてみることにした。大室は「差し出がましいことをしてしまいまして」と恐縮しながらも、声をひそめて語った。

「小田桐さんが言うには、坂崎氏から新作の話を持ちかけられたけれど、自分は関われないと断ったそうです。小田桐さんは売れている作家しか担当しないので、三杉先生からお話をうかがったとき、ちょっと変だなと思ったんです。川尻記者のことも知らないと言ってましたし、ヤラセ取材も当然ながら、まったく関知していないとのことでした。先生のご友人を悪く言うのは気が引けますが、坂崎氏にはいろいろとよからぬ評判もあるようなので、先生もご注意されたほうがよろしいかと」

つまり、坂崎が話していたことはデタラメだということか。三杉は動揺を抑えつつ、大室に忠告の礼を述べて電話を切った。

そんなデタラメを言って、坂崎に何の得があるというのか。川尻が小田桐と無関係なら、彼を差し向けたのは坂崎なのかもしれない。

いずれにせよ、本人に会って確かめなければと思っているところに、坂崎のほうからメールが届いた。

『今日の夕方、会いたい。午後六時にこの前のカフェで待つ』

前に三杉が送ったメールをコピペしたような一方的な文面だった。

時間通りにカフェに行くと、坂崎はこの前三杉が座っていた奥の席にいた。「やあ」と手を挙げても、坂崎は応えない。まるで前回と立場が入れ替わったような硬い表情だ。しかし、デタラメを言ったのは坂崎のほうで、三杉には何ら落ち度はないはずだ。そう思って、三杉は悪びれることなく言った。

「急な呼び出しだったが、ちょうどよかった。僕も君に聞きたいことがあるんだ」

坂崎はそれを無視して、さも不愉快そうに舌打ちをした。

「さっきな、現栄出版の小田桐さんから電話があったよ。頭ごなしに怒鳴られた。どうしておまえの小説を担当することが洩れたんだってな。その話は現栄出版の社内でも極秘事項だったんだ」

思いがけない話に、三杉は瞬きを繰り返す。

「ちょっと待ってくれ。僕は小田桐さんの元部下というライターに聞いたんだが、小田桐さんは自分は坂崎の小説は担当していないと言ったらしいぞ。それは嘘なのか」

「決まってるだろ。内密にしていたことが洩れたので、とっさにそう言ったのさ」

小田桐は大室に坂崎のことを聞かれて、実際は担当しているのに、関与していないとごまかしたというのか。

「しかし、極秘事項って、どうして」

「当然だろ。自分が期待をかけている作家のことは、どの編集者も内密にするんだよ。本が出る前に情報が洩れたら、どんな妨害やネタばらしがあるか知れんからな。小田桐さんは、俺のことを〝とっておきの隠し球〟と言ってくれてたんだ。それをおまえがよけいなことをしたせいで、隠し球でも何でもなくなった。出版界の仕来りも知らないくせに、おまえがそんな口の軽いヤツだとは思わなかったよ」

口が軽いと言われるのは不本意だが、出版界の仕来りを知らないというのは認めざるを得ない。

「しかし、それならはじめから、内密の話と言ってくれればよかったのに」

辛うじて抗弁すると、坂崎は三白眼を血走らせて言い返した。

「おまえが出版関係者にしゃべるなんて、思うわけないだろ。まったく縁もゆかりもない業界なんだからな。おまえに話した俺がバカだったよ。でもな、俺の話をまともに聞いてくれていたら、俺がどれほど今度の小説に賭けているか、わかりそうなもんじゃないか。そしたらほかで軽々しくしゃべっていいかどうかくらい、判断がつくだろう。それとも何か。おまえは俺が遊び半分で今度の小説に取り組んでいるとでも思ったのか」

「とんでもない。僕はもちろん……」

最後まで言わせず、坂崎は怒りを込めて話を進める。

「おまえは、川尻さんのヤラセ取材のことまでしゃべったそうだな。そのことでも小田桐さんはものすごく怒ってたぞ」

「だけど、元部下のライターによれば、小田桐さんは川尻なんか知らないと言ったらしいぞ」

「そりゃそう言うさ。当たり前だろ。元部下に卑劣なヤラセ取材を追及されて、はい、やりましたと認められると思うか。小田桐さんの経歴に瑕《きず》がつくだろ。そんなこともわからんのか」

そう言われれば、そうかもしれない。三杉は自分が招いた事態の重さに、徐々に気づきはじめていた。

「俺は小田桐さんに、今度の小説を担当するかどうか、考えさせてくれと言われたよ。もし、小田桐さんの支援を受けられなくなったら大打撃だ。執筆中のアドバイスだけでなく、作品の仕上げから装幀、帯のデザイン、初版の部数と定価まで、有力な編集者がついてるかどうかで、ぜんぜんちがってくるんだからな。そればかりか、出版社の広告や、営業部の力の入れよう、取次の扱いや書店での本の並び方にまで、大きな影響が出るんだぞ。どう責任を取ってくれるんだ、えっ」

「すまん。僕が軽率だった。申し訳ない」

三杉は率直に頭を下げて詫びた。顔を伏せたまま真剣に続ける。

「坂崎にそんな迷惑がかかるとは、思ってもみなかった。悪気があったわけじゃないが、出版界の事情も知らずによけいなことをしゃべったことは、ほんとうに悪かった。もう手遅れかもしれないが、もし僕が小田桐さんに詫びを入れて、それで坂崎の担当を続けてもらえるのなら、明日にでも謝りに行くよ」

精いっぱいの誠意を示したつもりだったが、坂崎は逆に身をのけぞらせて呆れた。

「はあ？　おまえ、自分を何様だと思ってるんだ。医者が謝りに行ったら、編集者ごときは言うことを聞くとでも思っているのか」

「そんなつもりはない。ただ、何とか坂崎の小説が成功してほしいと思ってるだけだ。そのためにできることがあるなら何でもするよ」

三杉はすがるような目で坂崎を見た。坂崎は拒絶するように視線をはずし、憤然と腕組みをして脚を組んだ。よほど苛立っているのだろう。頬の吹き出物が赤紫に染まり、こめかみに青筋が浮いている。

かっきり二分ほども荒い鼻息を洩らしていた坂崎が、自ら怒りを鎮めるような調子で言った。

「小田桐さんにもう一度こちらを向いてもらうには、何か新しいネタが必要だ。小田桐さんが興味を惹かれるようなオリジナリティのある話。それがあれば、編集者は必然的に本にせずにはいられなくなるからな」

「新しいネタ……」

三杉は心当たりを探るようにつぶやいた。足の切断をウジ虫の治療で免れた糖尿病の佐藤政次、怪しげなラザロメディカルに望みをかけて退院した鈴木浩、手首の骨折に看護師の虐待が疑われた伊藤俊文、家族に嫌われていると嘆く前立腺がんの田中松太郎の嘆き……。小説のネタになりそうな話はないこともないが、それが果たして小田桐の興味を惹くかどうか。また、それらを坂崎に話していいのかという不安もある。患者のプライバシーは守られるだろうか。

三杉が逡巡していると、坂崎から思いがけない質問が飛んできた。

「前から聞きたいと思ってたんだが、三杉はどうして外科医をやめたんだ。川崎総合医療センターからWHOの研究所に移った理由は何だ」

たしか、梅宮にも似たようなことを聞かれた。いやな詮索だ。自分が避けて通ろうとするから、よけいに他人の好奇心を刺激するのか。

「特別な理由はないよ。手術に疲れたから、少し現場を離れたいと思っただけだ」

「嘘だな。WHOなんかに行ったら、外科医としてのキャリアが終わってしまうことはわかっていたはずだ。つまり、おまえはあのとき外科医をやめる決断をしたんだ。その理由は何だ」

「だから、手術に疲れたからだよ。それに、僕には外科医の才能がないこともわかった。だからやめようと思ったんだよ」

「それもちがうな。おまえは外科部長にも手術のうまさを認められていた。外科部長が言ってたぞ。手術のコツを教えるのに、十を言っても一しかわからない連中が多いなかで、三杉は一を言えば十わかるとな」

「そんなこと、あるはずない」

苦しげに抗弁するが、坂崎は追及の手を緩めない。

「いや、おまえはたしかに手術がうまかったし、好きでもあったはずだ。大きな手術やむずかしい手術ほど、ヤル気を出してたじゃないか」

そうだ。三杉は元々手先が器用で、観察力も優れていた。だから、手術の助手をしながら、先輩のテクニックやコツを学び、同僚に抜きんでて手術の腕前を向上させた。手首の返し、指先の角度、鉗子《かんし》の微妙な捻りなど、わずかな気配りで操作の精度が段ちがいになる。

さらには、手術そのものの緊張と興奮にも魅了された。太陽光の何倍もありそうな無影灯《むえいとう》に照らし出される臓器の美しさ。真珠色に輝く腹膜、煌《きらめ》く漿膜《しょうまく》（臓器の表面を覆う膜）、血管の拍動、精緻に張り巡らされた神経、白銀色に輝く靭帯《じんたい》、濃密な筋肉、片時も止まることのない小腸の蠕動《ぜんどう》と大腸の蠢《うごめ》き。

その神秘の造形は、患者の地位も立場も貧富の差も、出自も性格も感情も、人格さえも超越して、尊厳に満ちた自然物として存在していた。命そのものの存在。そこにメスを入れ、癒着を剝離し、体腔の奥へ分け入っていく。病巣を露出し、健康な組織から遊離して切除する。その達成感。全能感。

三杉は病巣を切除したあとの臓器の再建もうまかった。管腔臓器の縫合は、粘膜の層を見極め、同じ深さ、同じライン、同じ間隔で糸をかける。持針器の動きは洗練され、結紮《けっさつ》は素早く、出血量は少なく、手術時間も短かった。ベテランの医師にはかなわないが、若手では突出した技量を誇っていた。

刹那の回想にふける三杉を、見透かすように坂崎が言った。

「おまえは、手術に生き甲斐さえ感じていただろ」

たしかに手術は好きだった。しかし、それだけではすまない。手術のむずかしさ、恐ろしさ。人体という自然に潜む思いがけない罠。その先に待ち受けるのは、患者の死だ。

「そのおまえが、どうしてメスを捨てたんだ。何かきっかけがあったんじゃないのか」

「そんなもの、あるわけないだろ」

声が上ずる。視線が揺れる。三杉は徐々に追い詰められるのを感じる。黒目の小さい坂崎の三白眼が、獲物を見据える蛇の執拗さで睨《ね》めつける。

この話はもうやめてくれ。そう言おうとしたタイミングを見計らうように、坂崎が低く言った。

「もしかして、きっかけはあの患者だったんじゃないのか。笹野《ささの》利《り》平《へい》。膵臓がん。たしか、中学校の元教師だったな」

37

坂崎の言葉に、三杉は周囲がふいに真空になって、息ができなくなったような衝撃を感じた。

笹野利平。もちろん覚えている。七十代後半の温厚な患者。しかし、三杉は答えられない。それが答えになってしまう。

「どうした。忘れてしまったのか。九年も前のことだからな」

なぜ坂崎は知っているのか。あの手術のことを、どこまで知っているのか。どうして今ごろそれを自分に突きつけるのか。三杉は混乱し、口が渇いて、のどを通る空気が砂漠の熱風のようにザラついた。

「忘れたんなら思い出させてやるよ。ステージⅡの膵臓がん。術式は膵頭十二指腸切除術《PD》。主治医は三杉で、執刀医もおまえ。第一助手に外科部長だった古市《ふるいち》史《し》郎《ろう》。第二助手は医長の岡林《おかばやし》治《おさむ》。三杉はヒラの医員だったから、古市先生も岡林先生も、おまえを指導する立場だった。ＰＤは腹部では最大かつ最難関の手術で、笹野利平はおまえがはじめて執刀医を任された膵臓がんの患者だった」

「覚えてる。……忘れるはずないだろ」

　水を飲もうとしたが、グラスに伸ばした手が小刻みに震えた。

「それを聞いて安心した。もしも忘れたなんて言ったら、誠意の外科医、三杉の名が泣くもんな。あのときのおまえの術後管理には、心底、頭が下がったよ。不眠不休とはあのことだ。病院に泊まり詰めで、夜中も重症室のベッドサイドを離れず、できるかぎりの処置をしては、さらに新たな治療法を考え、仮眠もナースステーションのテーブルに突っ伏してだった。それでも患者の容態は悪化する一方で、おまえの必死の努力も空しく、笹野利平は、手術後十三日目に亡くなった」

「なんで今ごろ、そんな話をするんだ」

　それには答えず、坂崎は過去を懐かしむように言う。

「あのころ、古市先生と岡林先生は仲が悪かったよな。表向きは平静を装っていたが、本心では互いに蛇《だ》蝎《かつ》のごとく嫌い合ってた。その二人が助手についたんだから、おまえもやりにくかっただろう。手術が順調に進んでいる間はいいとしても、思わぬトラブルが発生したときは――」

「何のことだ。手術中にトラブルなんか、あるわけないだろ」

三杉が声を強めると、坂崎は決定的な証拠をつかんでいる刑事のように、いやらしい余裕の笑みを浮かべた。

「俺はな、笹野利平の手術所見を持ってるんだ。電子カルテからプリントアウトして」

「まさか。おまえ、それは違法行為だぞ」

「じゃあ、こう言おう。おれはたまたま手術所見を見て、未だにそれを覚えているとな。裁判になれば、カルテは自ずと証拠として提出されるだろう。そこにはこう書いてあるはずだ。『不明血管より動脈性の出血あり。結紮止血す』と」

まちがいない。坂崎はあの手術所見を持っている。三杉が外科部長の古市に言われて書いた手術の記録だ。

「しかし、坂崎。おまえ、どうしてあの手術所見を見たんだ」

「医長の岡林先生がボヤいていたのを聞いたんだよ。医局会でおまえが笹野利平の死亡を、苦渋の表情で報告しているとき、岡林先生が古市先生のほうを見てこう言ったんだ。あんな手術をしたら、そりゃ患者は死ぬだろうってな。それで俺はピンときて、笹野利平の電子カルテをこっそり見せてもらったのさ」

あの当時、川崎総合医療センターの電子カルテは、書き込みや訂正は記録が残るようになっていたが、印刷まで記録されたかどうかわからない。仮に坂崎のＩＤで記録が残っていたとしても、何とでも言い逃れはできるだろう。

「手術所見にあった不明血管とは何だ」

「わからなかったから、不明と書いたんだ」

「バカバカしい。ベテランの古市先生と岡林先生がついていながら、不明なんてあり得ないだろう。明示するとまずい血管だったから、わざとそう書いたんじゃないのか」

動脈からの出血を結紮止血すれば、当然、そこから先への血流は遮断される。微小な血管ならまだしも、重要臓器につながる動脈だと、結紮はその臓器を壊死させ、ひいては患者の死にもつながる。そんなことは医学生でもわかることだ。

三杉の脳裏に、九年前の手術がよみがえる。

笹野利平は地元の開業医から紹介された患者で、症状の出にくい膵臓がんとしては珍しく、手術で助かる見込みのあるステージⅡ（がんは膵臓の外に進展しているが、重要血管には及んでいない）だった。三杉は十分な準備をして執刀にかかり、通常よりやや遅いペースながら、ていねいに手術操作を進めた。無事にがんとその周囲のリンパ節を含め、膵頭部、十二指腸、胃の下半分、胆のうなどをまとめて切除したあと、胆管および膵臓と空腸の吻合《ふんごう》を終え、最後の胃と空腸の吻合にかかろうとしたときだった。空腸の下に大きな血腫《けっしゅ》ができているのに、第二助手の岡林が気づいた。

――おい、これをそのままにするのか。

どことなく退廃的な雰囲気のある岡林が、マスク越しの声を低めた。出血は空腸の裏面のようだった。想定外の事態に三杉は緊張した。

――どうしましょう。

第一助手の古市に伺いを立てた。古市も驚いたようだったが、外科部長としての威厳を守るべく、余裕を装って状況を確認した。

――これは後腹膜《こうふくまく》を開かないとわからんな。三杉君には無理だろう。執刀医交替！

久々に出されたダメ出しだったが、三杉は落ち込むより、むしろほっとした。とても自分の手に負える状況ではなかったからだ。

三杉と入れ替わって執刀医の位置に立つと、古市は空腸を起こして後腹膜を切開した。いきなり赤黒い血腫があふれ出て、さらに奥から鮮血が噴き出した。動脈性の出血だ。

――吸引！　急げ。向きがちがう。もっと奥だ。第二助手、周囲を圧迫しろ。ガーゼで押さえて。

古市の声が苛立った。岡林との相性が悪いこともあるが、思った以上に激しい出血に不安を抱いたのだろう。おそらくは、重要動脈の断裂。すべき処置は、切れた動脈を露出して縫合することだ。古市は出血点を確認すべく、組織を圧迫しながら、鉗子をかけて止血を試みようとした。しかし、いくら鉗子を深く入れても、動脈の断端をつまむことができない。

――心外《しんげ》（心臓外科）の先生を呼んだほうが、いいんじゃないですか。

第二助手で気楽な立場の岡林が、冷笑するように言った。血管縫合は心臓外科医の得意とするところで、消化器外科医はめったにしない。古市は答えなかった。手術中のトラブルで、他科の医師の助けを呼ぶことは極力避けたい。それは借りを作ることでもあるし、また後々まで語り継がれる不名誉にもなる。患者のことを考えれば、そんなことにこだわっている場合ではないが、古市は頑なだった。

古市は診断力も手術の腕前も抜群で、温厚で知的な紳士と見られていた。患者のみならず、看護師や事務のスタッフにも気さくに接して人望もあった。しかし、岡林に言わせると、エリート意識が強くて、ぜったいに自分の非は認めない性格でもあるらしかった。

――俺も同じだからな。よくわかるんだ。ただし、俺はその性格を自覚しているだけ、まだましだがな。

皮肉屋の岡林が、いつか自虐的にうそぶいていた。

手強い出血と悪戦苦闘していた古市は、眼鏡を曇らせ、帽子に汗をにじませていたが、ついに器械出しの看護師に、「5・0絹糸《ゼロけんし》」と、通常より太い結紮用の糸を要求した。三杉がえっと思う間もなく、古市は湾曲の大きな針をつけた持針器を受け取り、出血点をまわり込むように針をかけた。

――外科結紮。

指示を受けた三杉が、一瞬、戸惑い、古市と岡林の両方を見た。

――早くしろ。この出血は結紮止血しかない。心外の医者を呼んでも、血管の露出はむずかしいだろうし、露出できたとしても、血管吻合には何時間もかかる。そうなると患者が手術負担に耐えられない危険性のほうが高い。

古市に言われ、三杉は確認するようにもう一人の指導医を見た。岡林は視線をはずしたまま、我関せずの面持ちだ。仕方なく、三杉は五号絹糸をほどけにくい外科結紮で結んだ。それで出血は止まった。そのまましばらく、周囲の臓器を観察する。幸い、阻血《そけつ》（血流の遮断）による変色はなかった。

――門脈《もんみゃく》（小腸から肝臓に流れる静脈）からの血流があるから、大丈夫だろう。

古市のそのひとことで、三杉は結紮した血管が、肝動脈《かんどうみゃく》ではないかと疑った。

そのまま手術を終え、笹野利平は外科病棟の重症室に運ばれた。三杉は一通りの術後管理を終え、ナースステーションで手術所見を書きはじめた。出血のエピソードはどう書くべきか。考えていると、古市が横に来て言った。

――結紮止血したのは不明血管と書けばいい。実際、何の動脈か確認したわけじゃないからな。三杉は言われた通りに書いた。手術所見に主語は入れない。途中で執刀医を交替したことも書かない。だから、だれがどの判断をして、何を実行したかは記録上、不明確のままだ。

出血の原因は何か。それもわからない。出血が判明するまで執刀していたのは三杉だ。しかし、自分が肝動脈の断裂を起こすような処置をした覚えはない。もしかして、手術助手のどちらかが、不用意な圧迫で血管を裂いたのか。いや、それも考えにくい。原因不明の出血としか言いようがなかった。

手術のあと、笹野の家族には出血のことは話さなかった。ただでさえ大きな手術で、妻も息子家族も不安と心配でヘトヘトになりながら、手術が終わるのを待っていると思ったからだ。

笹野利平は全身状態を考慮して、麻酔をさまさず人工呼吸もそのまま続けた。翌日までは順調だったが、三日目から肝臓の酵素が上昇しはじめ、腎機能も低下した。それからは出血傾向、肺炎、下血、全身の炎症反応と続き、三杉の必死の治療も空しく、笹野利平は帰らぬ人となった――。

「サマリーによれば、死因は多臓器不全とあったが、最初に発症したのは肝不全だったよな。つまり、結紮したのは肝動脈だったんじゃないのか。そんなことをすれば、患者は死ぬに決まってるじゃないか。どうしてそんな危うい処置をした」

坂崎が容疑者を追い詰める刑事のように顔を突き出し、上目遣いに見る。三杉は答えられない。

坂崎はいったん身を引き、もったいぶった調子で言った。

「なんで俺が今ごろこの話を持ち出したか、言ってやろうか」

三杉はいったん追及から解放されたように顔を上げる。

「小説のためだよ」

「小説のため？」

「そうだ。前にも言っただろう。小説をおもしろくするには、現実の人間が窮地に陥ったとき、どう考え、どう葛藤するかをつぶさに観察して、そこから想像力を羽ばたかせる必要があるんだ。俺の小説の主人公は、外科医をやめて日本から逃げ出し、帰国したあと認知症の専門病棟に勤務している。その主人公の前に、彼の過去を知る元同僚が現れる。元同僚は主人公の秘密を暴いて、亡くなった患者の遺族に医療ミスの事実を暴露すると言いだす。さて、主人公はどう反応するかな」

「おまえ、まさか、笹野さんの遺族によけいなことを言うつもりじゃないだろうな」

「おっと、なるほど。まずはそう抑えにくるわけか」

「おい、坂崎。悪い冗談はやめろ」

「冗談なもんか。おまえはついさっき、言ったじゃないか。俺の小説が成功するためなら何でもすると。だから、おまえの心情、考え、自己弁護も含めて聞かせてもらいたいのさ。たとえば、笹野利平の死は、どれほどおまえを追い詰めたのか。外科医をやめなければならないほど、自責の念が強かったのか。しかし、そんな経験をしている外科医はおまえだけじゃないだろう」

「何？」

「内科医だって同じだが、患者が死んだとき、その責任の幾ばくかは自分にあると感じる医師は少なくないはずだ。治療の選択ミス、副作用を恐れて不十分な投薬になったり、逆に徹底的に治療して副作用で寿命を縮めたり、患者が診察をすっぽかしたのを放置したため、治療が手遅れになったり。未熟ゆえのミスや不手際に頰かむりをして、次のステップに進む医師も多いだろう。はじめからベテランはいないし、ベテランでもミスは犯すからな。仮に手術の失敗の確率がごくわずかだとしても、手術はやればやるほどいつかミスをする可能性も高まる。だれがやってもむずかしい手術もあるが、自分の腕が未熟だったために助けられなかった患者もいるはずだ。一回でもそういう状況で患者を死なせた医師が、みんな外科医をやめていたら、日本から外科医はいなくなるぞ」

たしかにそうかもしれない。だれも公言はしないが、坂崎の言うことは当たっている。

「だから、多くの外科医が、言い方は悪いが、ミス、すなわち患者の死を肥やしにして、腕を上げ、そのあとで多くの患者を救っているんじゃないのか。それなのに、おまえはなぜ外科医をやめた。笹野利平の死は、ただの患者死亡以上の何かがあったのか。それを聞かせてほしいんだ」

「……聞かせろと言われても、特別な理由があるわけじゃない。ただ、痛恨の思いがあるだけだ」

「それならもうひとつ腑に落ちないことがある。おまえが病院をやめたのは、八年前の六月末だった。笹野利平の手術はその前年の十一月だったはずだ。もし笹野の手術がそれほど痛恨の思いをもたらしたのなら、なぜそのあと半年以上も手術を続けた。おまえが病院をやめると言いだしたのは、たしか五月の連休明けだっただろう。急な申し出だったから、大学の医局長も病院側も、後任をさがすのに慌てたって話だ。なぜ、五月になって急にそんなことを言いだしたんだ」

「もう、やめてくれ」

三杉が苦しげに呻《うめ》いた。

「苦しいのか。なるほど。いい表情だ。いかにも誠意の医師らしい。俺の主人公にぴったりだ。純粋に善意で医療に携わろうとしている医師。ところが、現実は簡単じゃない。何といっても神ならぬ身で、人の生死を扱うんだからな。理不尽で、残酷で、不条理な現実が待っている。その一方で、患者や家族は医者を信頼し、飽くことなき期待をかけてくる。非力な医師はどうすればいい?」

坂崎は役者から名演技を引き出そうとする演出家のように、嬉々とした目で三杉を煽り立てた。

「おまえは俺がこれまで出会った中で、いちばん誠実な医師だ。そのおまえが、自分の罪を逃れるために、九年前の医療ミスを隠蔽し続けた。事実を知る元同僚が、遺族にその秘密をバラすと言いだす。もちろん、それは正義感に駆られた行動だ。だって、隠蔽は許されないからな。誠実な医師は偽善の仮面を剝がされそうになる。その医師はどう反応する? 苦しむだろうな。迷いもするだろう。場合によったら、秘密を暴こうとする元同僚を、亡き者にしようとするかもしれないな。従うふりをして油断させ、地下鉄のホームから突き落とすか。それとも人気のない山奥にでも誘い込むか」

「いい加減にしてくれ」

三杉が悲鳴のような声で叫んだ。坂崎はここぞとばかりに観察の表情になる。三杉はその視線を避けるように顔を伏せ、一気に言い返す。

「笹野さんの件は、九年前に片がついてるんだ。思いがけない結果になったが、奥さんも息子さんも納得してくれた。辛かっただろうが、利平さんの死を致し方なかったと受け入れてくれたんだ。それを今になって医療ミスが原因だったなんて言えば、また悲しみがぶり返すだけだろう。心の平安を乱して何の意味がある。残酷なだけじゃないか」

「フハハハ。それはおまえの都合だろう?」

坂崎は鼻で嗤《わら》った。「おまえがミスを知られたら困るから、遺族が悲しむとか言って、事実を闇に葬ろうとしているだけじゃないか。そんな姑息な解釈で言い逃れをするなんて、誠意の医師としてはいただけないな。いや、誠実と思われる人間にも、心の奥底には卑劣な保身に走る性根が潜んでいるという展開もアリかな」

シナリオを練る映画監督のように自問する。さらに、思いついたように顔を上げ、自らの構想を広げる。

「それから今さらだが、もうひとつおかしいことがある。手術には古市先生と岡林先生も立ち会っていたんだよな。それで肝動脈を結紮するなんてことを、よく二人が容認したな。いくらおまえが執刀医で、手術の主導権を握っていたとしても、古市先生たちがそんな危険な処置を目の前でされて黙っているはずがない。いや、待てよ。もしかして、あの結紮は部長の古市先生がやったのか。いくら若手のエースでも、あのころのおまえに肝動脈の出血は簡単には止められなかっただろうからな。それで古市先生から執刀医交替の指示が出て、古市先生が止血をしようとした。しかし、それが不可能だったから、致し方なく肝動脈結紮という暴挙に出たわけだ。ちがうか」

図星だ。しかし、認めるわけにはいかない。坂崎は三杉の答えも聞かずに、興奮したように続けた。

「てことは、手術所見に曖昧なことを書いたのも、部長の指示というわけか。ふつうなら、不明血管なんてふざけた書き方を部長が許すはずはないからな。古市先生が肝動脈の結紮を命じたのなら、三杉の責任はゼロにはならないが、主犯格は免れるだろう。部長が家族への説明も口止めしたんだな。外科部長の肩書きで、上品に取り澄ましてエリートのふりをして、裏でそんなことをしていたなんて卑劣じゃないか。よし、陰の悪役は部長で決まりだ。おまえの責任は、部長に与《くみ》して事実を隠したことだな。小説のタイトルも決めた。ずばり、『隠蔽《いんぺい》』だ。どうだ、これは世間の注目を集めるぞ」

坂崎は小説の全体像が見えたといわんばかりに高揚し、拳を握りしめた。

三杉はふいに突きつけられた九年前の痛恨事に、なすすべもなくうろたえ、自らの前途に重苦しい暗雲が垂れ込めるのを茫然と見守る以外になかった。

38

坂崎との話に時間を取られ、三杉が帰宅したのは午後八時半すぎだった。娘二人はとっくに夕食をすませ、自分の部屋に入っていた。亜紀は、「今日は遅かったね」と声をかけ、食事の準備にキッチンに立った。しかし、食欲はまったくない。それより話を聞いてほしかった。

「今日、帰りが遅くなったのは、坂崎に呼び出されたからなんだ」

夫の沈んだ声を聞いて、亜紀は布巾で手を拭いながら食卓にもどってきた。

「君は覚えてるかな。川崎総合医療センターのとき、僕の患者で手術後に亡くなった笹野利平さんていう人。もう九年も前のことだけど」

「覚えてるわよ。あなたの重症当直の最長記録の人でしょ」

三杉が重症患者を抱えて病院に泊まり込むことは度々あったが、笹野利平のときは二週間近くも家に帰らなかったので、印象に残っているのだろう。亜紀は途中で下着の替えを持って来たり、差し入れの弁当や郵便物を届けたりしてくれたが、夫が睡眠不足と心労で日に日にやつれていくので、ずいぶん心配したようだった。

笹野利平の手術のことは、詳しく話していなかったので改めて説明した。その件で坂崎に脅されたことを打ち明けると、亜紀は大きく目を開き、突然リストラを言い渡された会社員の妻のように取り乱した。

「あなた、いったいどうするつもりなの。もしも坂崎さんが笹野さんの奥さんにミスを暴露したら、たいへんなことになるんじゃないの。医療裁判とかもあり得るんでしょ。新聞にも報道されたりして、今の病院だってやめなければならなくなるんじゃないの」

「いや、ちょっと落ち着いて聞いてくれよ。まだそこまで事態が悪化してるわけじゃないから」

「どうしてこれが落ち着いていられるのよ。だいたい坂崎さんの小説に協力するなんて、わたしは最初から危ないと思ってたんだから。今さら言っても遅いけど、あなたは人が好すぎるのよ」

返す言葉もない。意気消沈しかけるが、このままでは亜紀は不安を募らせるばかりだろう。三杉は気持を奮い立たせて、もう一度、手術の経過をていねいに説明した。亜紀は黙って聞いていたが、聞き終えると少しは冷静さを取りもどしたようだった。

「話を聞く限りでは、いちばん悪いのはあなたじゃなくて、手術中に大事な血管を結紮させた古市先生じゃないの?」

「まあ、そうなんだけど、古市先生だって致し方なかったんだと思うよ。心臓外科の先生を呼んでも、腹腔内の血管縫合なんてやったこともないだろうし、患者の体力を考えたら、そこで時間を取るより、結紮して早く手術を終えたほうが助かる見込みが高いと判断したんだと思う」

「じゃあ、必ずしも医療ミスじゃないのね。致し方ない状況で患者さんが亡くなったのなら、どうしてきちんと説明しなかったの。そのときにはっきりさせていれば、あとから脅されることもなかったのに」

亜紀の追及に、三杉はうまく答えられない。理由はいろいろある。手術前に説明していなかった状況が起こったこと、思いがけない出血があったこと、それをうまく処理できず、重要な血管を結紮したこと、そのために命の危険が生じたこと。いずれも医師の失態だ。三杉は若手だったので、率直に謝りたい気持もあったが、ベテランの古市はそれを受け入れられなかったのだろう。きっと沽券《こけん》に関わると感じたのだ。

「バカバカしい」

しどろもどろの説明を、亜紀はひとことで切り捨てた。古市の偏狭なプライドにあきれたようだ。しかし、三杉は簡単には同調できなかった。

「古市先生は、あの当時、川崎総合医療センターの看板部長だったんだ。古市先生なら安心だってみんな思ってた。それがおかしな対応をしたとなると、信頼が揺らぐだろう。患者も家族も一〇〇パーセント安全な医者を期待しているのに、一回でも失敗があったら、また次もって不安が広がるから」

「そんなのまやかしじゃない」

「たしかにそうだけど、医者はなかなか正直になれないんだよ。失敗が許されない職業と思われているからな。小さなミスなら告白できても、結果が重大な場合は、みんな自己弁護と自己正当化に走らざるを得ない。それは保身だし、かえって信頼を失いかねない行為でもあるけど、医療にはいろいろ公にできないことがあるんだよ」

そんなことを言ってもはじまらないことは、三杉にも十分わかっていた。亜紀もとにかく考えを進めようとして話を変えた。

「そもそも、その手術中の出血はどうして起こったの」

「わからない。執刀は僕がしていたけど、そんな出血を引き起こすようなヘマをした覚えはない」

「じゃあ、古市先生か岡林先生がうっかり出血させたってこと？」

「それもないと思う。二人ともベテランだから」

「つまり、まったく原因不明の出血だったってわけね。それならそう説明すればよかったんじゃないの？」

「いや、それもむずかしい。原因不明と言うのは、自分たちが無能だと認めるのと同じだから」

「また見栄？　どうして医者ってそんなに見栄ばっかり張るのよ」

亜紀の苛立ちに、三杉は沈黙をもって答えるしかない。自分はその見栄を張り続けることができなかったから、病院をやめたのだ。

亜紀は苛立ってさらに追及を続けた。

「それであなたは、古市先生がその大事な血管を結紮したとき、止めようとはしなかったの」

「僕が手出しできる状況じゃなかったし、ほかに方法もなかったから」

「でも、危険はわかってたんでしょう」

「わかってた」

「ならどうして何も言わなかったの。少なくとも手術中なら、まだ間に合ったかもしれないじゃない」

言われる通りだ。なぜあのとき自分は部長に待ったをかけなかったのか。笹野利平は自分の患者だったのに。

うつむいて唇を噛むと、さらに亜紀の言葉が降ってきた。

「患者さんの命がかかってたんでしょ」

突然、三杉は得体の知れない衝動に襲われ、胸に砂を詰められたような苦痛を感じた。呼吸が乱れ、激しい動悸に襲われる。外科手術の恐ろしさ。ほんのわずかな偶然、突発事、想定外の状況。その不安に怯えながら、破ると大出血する血管を剝離し、切れると生涯麻痺が残る神経を避け、わずかでも圧迫すると機能不全に陥る臓器をかすめて、操作を進める。ここで失敗したら、術後出血、多臓器不全は確実という状況で、ビクビクしながら鉗子をかけ、臓器の奥に指を伸ばして、絹糸がはずれないことを祈りながら、全神経を集中して結紮する。

映画やドラマでは、どんな大手術でも確実に成功するし、主人公が都合の悪い状況に直面すれば、まちがいなく予定調和的に解決される。だが実際の手術は、いつも不確定要素との闘いだ。絶壁の綱渡りも同然だ。もちろん命綱などない。それを続けられるのは、人並みはずれた自信過剰か、無神経な人間だけだ。うまくいかなかった症例など忘れて、前進あるのみのオプティミスト。

三杉にはそれができなかった。過去を引きずってしまう。だから現場から逃げ出した。

「あなた、大丈夫？」

気がつくと、食卓に突っ伏して荒い息を繰り返していた。冷や汗がこめかみを流れる。三杉が外科医時代のことを思い出して、激しい懊悩に苛まれるのを知っている亜紀は、自分が言いすぎたことに気づいたようだった。

「ごめんなさい。わたし、ちょっと言いすぎた。あなたがどんなに苦労したかも考えずに」

三杉は顔を上げ、辛うじてうなずいた。亜紀がコップに水を汲んで持ってきてくれる。一口飲んで落ち着いたのを見計らうと、亜紀は遠慮がちに言い足した。

「あなたの気持もわかるけど、あなたはいつも医者の立場で考えているでしょう。患者さんの側とは大きな溝があるように思うな。世間の人はもっと単純に、病気を治してほしいと思ってるだけじゃないかな」

「だろうね」

「でも、致し方ない状況があることは、世間の人もわかっているでしょう。だから、笹野さんのことも、正直に話せばご遺族だって納得してくれるんじゃないの」

「どうかな。坂崎が悪意をもって暴露したら、奥さんや息子さんがどう出るかわからない。もしかしたら、医療訴訟を起こすかもしれない」

「そうなったら、訴えられるのは古市先生でしょう。大事な血管を結紮したのは部長なんだから」

「いや、僕も主治医としての責任は免れないよ。医師賠償責任保険も入っているけど、川崎総合医療センター当時の契約は切れてるから、今の保険ではカバーしてもらえるかどうかわからない」

「そんなのおかしい。いったい古市先生はその手術のことはどう考えているの。その場には岡林先生もいたんでしょう。実際に手術で何があったのか、二人に確かめてみるべきじゃない。もしかしたら、新しいことがわかるかもしれないじゃない」

たしかにそうだ。自分は主治医だったが、九年前はまだ外科医としては未熟で、自分にはわからない要素があったのかもしれない。もし、正当な事情があれば、坂崎への対抗手段にもなる。

「わかった。そうするよ」

そう答えたが、すぐにかつての上司の連絡先を調べて、面会を依頼するエネルギーはとても残ってはいなかった。

39

翌日は朝から病院の業務に追われ、笹野のことも坂崎のことも、ほとんど考える余裕がなかった。

午後、にんにん病棟のナースステーションでひと息ついていると、派手なチュニックとスカーフを揺らしながら、化粧の濃い中年女性が足早に近づいてきた。カウンターの前に立つと、近くにいた看護師に遠慮のない声で名乗る。

「あたくし、田中松太郎の娘で澄子《すみこ》と申します。主治医の先生がいらっしゃいましたら、お目にかかれませんでしょうか」

三杉が顔を上げると、その目線をしっかりと捉えられ、これは逃げられないなと不吉な予感が走った。カウンターに出向いて主治医であることを告げると、澄子は早口に、それでも意外に礼儀をわきまえた口調で言った。

「お忙しいところ、突然に伺いまして誠に申し訳ございません。父がいつもお世話になり、ありがとうございます。少しお願いしたいことがございますので、恐縮ですが、お時間をいただけませんでしょうか」

「わかりました。では面談室へどうぞ」

ナースステーションから面談室に案内すると、澄子はパイプ椅子に座るやいなや、テーブルに両肘を押しつけて話しだした。

「父のことですが、前立腺がんの疑いがあるというのはほんとうなんでしょうか。あたしは大阪暮らしなんですが、昨日、世田谷の実家にもどりましたら、母がそんなことを言うもので、びっくりして兄に問い質したら、検査も治療も断ったと言うじゃありませんか。あたし、もう信じられなくて、こうして面会のお約束もいただかないまま、飛んでまいりましたの。がんなら一刻も早く治療しないと、手遅れになってしまいますでしょう。もうあちこちに転移してるのだったら致し方ないですが、今はまだ転移は見つかっていないと聞いています。父はまだまだ元気ですから、きっと手術にも耐えられると思うんです」

「今はまだ転移は見つかっていません。というか、血液検査で腫瘍《しゅよう》マーカーが上昇していることしかわかっていないので、何とも言えないんです。転移の有無は、CTスキャンとか、骨シンチグラフィーという検査をしなければわかりませんから」

澄子はその答えを聞き流して、性急に自分の知りたいことに話題を移した。

「父が認知症になってるとも聞いたんですが、それは事実ですか。あたしが去年会ったときには、父は日付も自分の生年月日もしっかりと覚えていました。認知症ってそんなに急激に進むんですか。発症してから症状が出るまでに、十年以上かかるとも聞いていますが」

「田中松太郎さんは、残念ながらやや高度の認知症です。この病棟に移ってこられたときにテストをしましたが、点数は30点満点の8点でした。正常は21点以上ですから、すでに軽症とは言えない状況です」

「そのテストって、長谷川式ナントカというのでしょう。それって質問の仕方とか、緊張の具合で、必ずしも正確な結果が出ないこともあるって聞いています。脳の萎縮があっても、ふつうに生活している人もいるんでしょう。父はほんとうに認知症なんでしょうか」

長谷川式認知症スケールに、ある程度のブレや恣意性があるのは事実だ。脳の萎縮についても然り。澄子は医学にある程度、詳しいようだ。

三杉は面談室のモニターに、田中松太郎の脳のＣＴスキャンを呼び出して説明した。

「脳の萎縮はさほどでもありませんが、徘徊や介護への抵抗、見当識障害もありますから、認知症の診断は正しいと思います。未だにご自分は校長だとおっしゃることもありますし」

「それくらいは自然な老化現象とも考えられますでしょう。脳の萎縮がさほどでないなら、まだ大丈夫なんじゃないですか。ご承知の通り、父は元中学校の校長で、教職員からの人望もありましたし、生徒たちにも人気で、保護者の評判もすごくよかったんです。曲がったことが大嫌いで、自分に厳しく、常に努力を怠らない人でした。退職後は生涯学習の講座に通ったり、地域のボランティア活動に参加したり、ずっと前向きに暮らしていたんです。そんな父が認知症になるなんて、ちょっと信じられません。認知症云々は元々、兄が言いだしたことじゃないですか。兄は父を嫌っていて、何かというと父を悪く言うんです。教育者の家庭に生まれながら、しがないサラリーマンになって、酒癖も悪いし、タバコも吸うし、おまけに下らない女に引っかかって、それがバレて兄嫁に頭が上がらないんです。父の世話も母と兄嫁に任せっきりで、母に聞いたら、父がちょっと粗相をすると、兄は子どもみたいに叱りつけたり、怒鳴ったりして、すぐ喧嘩になるそうです。少しは高齢の父をいたわってあげたらいいのに、むかしからいがみ合っていましたから、すぐ感情的になるんです。大人げないったらありゃしない」

言葉の端々に、兄に対する嫌悪と、父に対する愛着が感じられる。父と兄の仲が悪いように言うが、澄子と兄の関係もそうとう険悪なようだ。

「でも、お兄さまは松太郎さんと同居して、面倒を見ていたのでしょう」

三杉が取りなすように言うと、澄子はいっそうトーンを上げてまくしたてた。

「そんなの当然ですわよ。兄の家は父の家を壊して、その土地に新築したものなんですよ。父と母が高齢なもんだから、二世帯住宅にせず、二人を狭い部屋に押し込めて、兄嫁に食事の世話から掃除や洗濯までさせてたんです。あたしが近くにいたら、そんなことはぜったいに許さないんですが、主人が大阪の出身なもので、いえ、大学は一橋ですのよ、弁護士なんですけど、親の近くで開業するというので、仕方なくついて行きましたの。でも、マザコンの男ってやっぱりダメですわね。母親の言いなりで、余計な口出しをされても止めることもできませんの。あたしは専業主婦ですから、家の中のことは任せてほしいんです。それを重箱の隅を突くようにネチネチ言われたら、やってられませんわ。いえ、あたしのことはどうでもいいんですけど、弟も似たようなものなんです。弟は公務員ですから、兄よりはまだマシですけど、それでも未だに狭い官舎暮らしで、嫁を働かせているものだから、強く出ることができませんの」

兄の次は夫、さらには弟まで貶《おとし》め、何気に自慢もまぜて、何の話をしていたのか、澄子自身、先を見失ったように言葉を途切れさせた。しかし、一瞬で本題に立ち返る。

「兄に聞きましたら、泌尿器科《ひにょうきか》の先生は検査と治療を勧めていらっしゃるんでしょう。でしたら、すぐにでもお願いします。がんですから、むずかしい状況があるかもしれないことは、重々覚悟しています。でも、何もしないなんて、あり得ませんでしょう」

「しかし、お兄さまはお父さまのことを考えて、検査も治療もしないほうがいいとおっしゃっていましたよ。これ以上つらい目には遭わせたくないのだと」

ほんとうは、認知症の介護の過酷さが理由で医療を望んでいないのだったが、そんなことを言えば、澄子が激昂するのは目に見えていた。取りあえず表向きの説明をしたが、それでも澄子は強烈に反発した。

「そんなの嘘に決まっています。兄は父の介護がいやなんです。それでがんで早く死ねばいいと思ってるんです。父を思いやるふりをして、必要な治療を受けさせず、手遅れになるのを待ってるんですよ。兄はそういう人なんです」

これは澄子のヨミが正しいと言わざるを得ない。しかし、はい、そうですかと要求に応じることもできない。

「ご家族で意見が割れていると、こちらも対応に困りますので、まずみなさんでよく話し合っていただけますか」

「どうしてですの。家族のうち一人でも治療を希望したら、それに応えるのが病院の務めじゃありませんか。それとも何ですか。家族の中に一人でも反対する者がいたら、病院は治療してくれないんですか」

「そういうわけではありませんが、治療には副作用もありますから、治療した結果、悲惨な状況になったり、場合によっては寿命を縮めてしまうこともあるのです。そうなったときに、あとでもめないように、しっかりと意思の統合を図っておいてほしいのです。特に高齢者の場合は、思わぬ事態になることもありますから」

「思わぬ事態というのは？」

「ですから、副作用や合併症で意識がもどらなくなったり、最悪の場合は死に至るとかですね」

「そんな危険な検査や治療はお願いしません。安全が確立している方法でお願いします」

無茶な要求だが、澄子本人はごく当然と言わんばかりに堂々と求める。まったくやりにくい相手だ。ここでそんなものはないと言っても、簡単に理解を得られそうにないので、三杉は「とにかく、ご家族で話し合いを」と言って席を立った。

澄子が父親と面会したいと言うので、三杉が病室まで案内することにした。廊下を歩きながら、澄子が言う。

「あたしは子どものときから父が好きで、思春期にも反抗期のようなものはいっさいありませんでしたの。父もあたしをかわいがってくれて、ほんとうは婿をもらいたいと言ってたくらいなんです。だから、あたしが実家にもどってくることは、喜びこそすれ、反対などぜったいにしないはずですわ」

どうやら澄子の帰郷は離婚がらみのようだった。

田中松太郎のいる大部屋に入ると、澄子はいち早く父を認めてベッドに駆け寄った。

「お父さん、澄子よ。大阪からもどってきたの、お父さんに会いたくて」

田中はベッドの背もたれを上げて座っていたが、突如現れた娘に面食らったのか、長寿眉の下の小さな目をパチクリさせて相手を見た。驚きと緊張で混乱しているようだ。澄子は父親の状況にお構いなしにしゃべりまくる。

「お父さん、ごめんね。あたしが近くにいたらすぐに検査も治療もしてもらうのに、兄さんに任せっきりにしてたせいで、ほったらかしにされて」

いや、ほったらかしにはしていないと思ったが、敢えて反論はしなかった。澄子が手を握ろうとすると、田中はビクッとして腕を引っ込める。

「かわいそうに。不安なのよね。でも、もう大丈夫よ。あたしが味方になってあげるから、何も心配はいらないわよ」

澄子が大袈裟な微笑みを送ると、田中も安心したのか、徐々に肩の力が抜けるようだった。しかし、どうもようすが不自然だ。澄子が手を伸ばすと、今度は田中も握手を受け入れ、笑顔を返した。

澄子が喜ぶと、思いがけない言葉が田中の口から洩れた。

「どなたか存じませんが、ご親切にありがとうございます」

「えっ」

澄子の顔に怯えが走り、一瞬、何が起こったかわからないという表情になった。だが、すぐに気を取り直して、引きつった笑いを浮かべる。

「お父さんたら、いやね。冗談ばっかり言って。あたしよ、澄子。ふざけてるんでしょ」

田中は澄子の馴れ馴れしい態度に不審を覚えたように、硬い表情で目を逸らす。

「お父さん、機嫌が悪いの？　兄さんのことを怒ってるんでしょ。あたしが帰ってきたら大丈夫だから」

それを無視して、田中はリモコンでベッドを倒し、澄子に背を向けて横になってしまった。

「どうしたの。疲れてるの？　ねえ、こっちを向いてよ。わかるでしょう。澄子よ。自分の娘を忘れるはずないわよね」

田中は首を捻って澄子を見上げたが、関わりたくないというようなようすでふたたび顔を背けた。澄子は今度こそ茫然となり、取り出したハンカチで口元を押さえた。きつい香水のにおいが漂う。たるんだまぶたが小刻みに上下し、やがて大粒の涙がこぼれた。

残酷な一幕だ。三杉は何も言えずに立ち尽くすばかりだった。

40

川崎総合医療センターに問い合わせると、外科部長だった古市史郎は、現在、川崎市内で開業しているとのことだった。電話で面会を申し込むと、古市は三杉を懐かしがってくれ、土曜日の午後にクリニックで会うことになった。

約束の午後二時に訪ねると、古市はジャケットスタイルのスマートな白衣で三杉を迎えた。現在、六十二歳のはずだが、病院勤務のころより若々しく見える。

「きれいなクリニックですね。建物のデザインもしゃれてますし」

三杉は無沙汰を詫びてから、取りあえずお愛想を言った。

「最近の患者は見た目も重視するからねぇ。検査機器も一通りはそろってるんだ」

古市はまんざらでもないようすで応じ、三杉を検査室に案内した。X線検査、胃カメラ、大腸カメラ、超音波診断装置などを順に説明し、さらには診察室、処置室、点滴用のベッドなども見せた。自分のクリニックを自慢したい気持がありありとうかがえた。三杉も空気を読んで、ほめ言葉を並べた。

「これだけの設備があれば、たいていの患者さんは病院に行かなくても大丈夫ですね。地元にこういうクリニックがあると、住んでいる人たちもきっと安心でしょう」

「だろうね」

「でも、先生のクリニックは外科じゃないんですか。診療科が『内科・消化器科』になっていましたけど」

「外科では患者が来ないんだよ。内科医は外科で開業できんが、外科医は内科もできるからな」

古市は多少の不本意さを滲ませて苦笑した。

「土曜の午後は看護師もおらんからお茶も出せないが、院長室でゆっくり話そう」

古市は三杉を促して、二階の院長室に上がった。両袖の重厚な机の前に、革張りの応接セットが置かれている。壁際のサイドボードには、ゴルフのトロフィーや海外旅行の土産らしい置物などが飾られ、いかにも趣味の部屋という感じだ。

「豪華な部屋ですね。さすが、開業されるとリッチな生活になるみたいですね」

ソファを勧められ、持ち上げるように言うと、古市は肘掛け椅子に座って謙遜するように笑った。

「それほどでもないがね。まあ、総合医療センターにいたころに比べたら、経済的にも精神的にも余裕はあるな。病院のときみたいに夜中に電話がかかってくることもないし、クリニックを一歩出たら、完全に解放されるからね」

古市は病院にいたころから紳士然として、患者や職員にも人望があった。当時はプライドが高そうだったが、今は開業医として、物腰の柔らかさのほうが身についているようだ。それでも、もう少し気分を明るくしたほうがいい。そう考えて三杉はさらにお世辞を言った。

「でも、古市先生ほどの手術の名手が、内科で開業なんてもったいないですね」

「手術のうまい外科医はいくらでもいるよ。私も下手なほうではなかったが、代わりはいくらでもいるからな。それより、君が外科医をやめると聞いたときのほうが、もったいない気がしたがね」

「ありがとうございます。だけど、僕は元々外科医に向いてなかったんですよ。あれこれ考えすぎるほうですから」

「まあ、外科医は思いきりが肝心だからな。ごちゃごちゃ考えているより、切ったほうが早いってこともあるし」

三杉はその反応に意外なものを感じた。ていねいな手術をすることで有名だった古市が、こんな乱暴とも取られかねない発言をするとは。

「それにしても、君が急に病院をやめると言いだしたときは驚いたよ。今から何年前だった？　八年か。しかも、外科医をやめて、ＷＨＯの熱帯病か何かの研究所に行くというんだから、どういうつもりかさっぱりわからんかったよ。何かきっかけがあったのか」

また聞かれたくないことを聞かれる。三杉は、「はあ、まあ」とごまかして、古市に会いに来た本題に話を移した。

「古市先生は坂崎を覚えていますか。大学は僕と同期でしたが、まわり道をして、外科に入局したのは三年遅れの男です」

「覚えてるよ。たしか、彼も君といっしょに総合医療センターをやめただろ。君とちがって、ヤル気のないヤツだったな。手術もなかなか覚えんかったし、勤務中にもときどき雲隠れしとったからな。あれは当直室かどっかで小説を書いてたんだろう。本人は秘密のつもりだったのかもしれんが、バレバレだったよ。ハハハ」

　古市は軽い蔑みを交えて笑った。三杉が続ける。

「最近、その坂崎が僕に会いにきて、彼の小説に協力してほしいと言ってきたんです。はじめは、僕が今勤めている認知症患者の病棟の話を聞かせてほしいということだったんですが、今、ちょっと困ったことになっていて」

　三杉はそこで少し間を置き、できるだけさりげない調子で訊ねた。

「古市先生は僕の患者で、笹野利平さんという人を覚えていますか。膵臓《すいぞう》がんで膵頭十二指腸切除《PD》術をした患者です」

「笹野利平？　さあ、どうだったかな」

　とぼけているのか、ほんとうに忘れているのか、どちらとも取れる返事だった。記憶をたどる時間を作るつもりで黙っていると、古市のほうから聞いてきた。

「その患者さんがどうかしたのか」

「手術の執刀は僕がさせていただきましたが、途中で原因不明の動脈性の出血があって、先生と執刀医を交替した人です。出血は十二指腸の断端内で、先生が出血点を調べたけれどはっきりせず、結局、出血している動脈を中枢（根本）で結紮止血したんです」

　そこまで言えば思い出すだろう。ところが、古市は表情を緩めたまま、笑みさえ浮かべて首を傾げた。

「そんなことがあったかねぇ」

「古市先生は覚えていらっしゃらないんですか。あのときの手術には岡林先生も第二助手で入っていて、動脈が切断されているようだから、心臓外科の先生を呼んだほうがいいんじゃないかと言ったんです。先生はそれを無視して、5・0絹糸で針をかけて、僕に外科結紮を命じたでしょう。笹野さんは術後に多臓器不全になって、十三日目に亡くなりました。多臓器不全の発端は肝不全です」

思わず前のめりになって、早口にまくしたてた。古市は黙って聞いていたが、表情は能面のように固まっていた。

「だから、何だと言うんだね」

「先生、ほんとうに何も覚えていないんですか。先生が結紮したのは肝動脈の可能性が高かったんじゃないですか」

三杉は古市の対応が信じられなかった。自らの手術行為に知らん顔を決め込もうとしているのなら、外科医にあるまじき背信だ。しかし、そこにあるのは防衛本能を剝き出しにしたどす黒い怒りの顔だった。

古市は荒い口調で冷ややかに言った。

「そのせいで、その笹野という患者が亡くなったとでも言うのかね。私が肝動脈を結紮したせいで。三杉君、君は今日、そんなことを私に言いに来たのか。妙な言いがかりはやめてもらいたい」

「言いがかりじゃありません。僕ははっきりと覚えています」

「私は知らんよ。第一、それはいつのことだ。君が総合医療センターにいたときなら、少なくとも八年以上前だろう。そんなむかしのことを、どうして今ごろ持ち出すんだ」

古市は警戒しつつも、疑念を抱いたようだった。

「そこに坂崎が関係しているんです。彼は笹野さんの手術所見を持っているそうなんです。あれは医療ミスだから、そのことを笹野さんのご遺族にバラすと言って、僕を脅してきたんです」

「君を脅して、彼に何の得があるんだ。口止め料でも要求してるのか」

「そうではなくて、小説の題材にすると言ってるんです」

「そんなもの、勝手にさせりゃいいじゃないか」

「でも、笹野さんのご遺族がショックを受けるじゃないですか。彼の伝え方によっては、新たな怒りや悲しみで苦しむかもしれません。だから、あのときは致し方なかったということを納得してもらうために、何かいい説明ができないかと思って、先生にうかがいに来たんです」

古市は刹那、どう答えるべきか考えたようだった。しかし、名案は浮かばなかったのだろう。態度をもどして断言した。

「君がどの手術のことを言っているのか、私にはまったくわからん。笹野なんて患者は記憶にないし、動脈を結紮した覚えもない」

「でも、坂崎は手術所見を持っているんですよ。そこには先生の名前も出ています」

「私の名前がある手術所見はごまんとあるさ。しかも、助手として出ているだけだろう。手術の責任者はあくまで執刀医だ。それとも何か。その手術所見には私が肝動脈を結紮したとでも書いてあるのか」

そのひとことで三杉は確信した。古市は笹野利平の手術を覚えている。それどころか、自分が指示をして、結紮した動脈を「不明血管」と書かせ、手術所見に執刀医を交替した記録がないことも、あのとき抜かりなく確認している。だから、ここまで強気に断言できるのだ。

善意の協力が得られないと覚った三杉は、致し方なく最後の切り札を使うことにした。

「古市先生がご記憶にないとおっしゃるなら仕方ありません。でも、あの手術には岡林先生も入ってらっしゃいました。僕は岡林先生にも話を聞くつもりでいます。岡林先生なら、きっと覚えていらっしゃるでしょう。古市先生が途中で執刀医を交替したことも、心臓外科の先生を呼ばずに、強引に肝動脈を結紮したことも」

古市が岡林のことを失念していたなら、このひとことで態度を変えてくれるかもしれない。今、思い出したとか何とか取り繕って。

しかし、甘い期待は古市の次の言葉で打ち砕かれた。

「岡林君のところに行くなら勝手にすればいい。だが、もう金輪際、私には連絡してきてくれるなよ。出口はそっちだ」

扉を指さす古市の顔は、怒りと屈辱で古びたなめし革のように強ばっていた。

41

元医長の岡林治とは、翌週の木曜の午後に会えることになった。三杉は半日の有給休暇を取って、車で横浜市中区の横浜湾岸医療センターに向かった。岡林は現在、そこの副院長を務めている。

総合案内で岡林に連絡してもらうと、中央棟八階の副院長室で待っているとのことだった。岡林は三杉の十五年先輩で、若いころから口髭を生やし、どことなく投げ遣りな感じの冷笑家だった。岡林は近代的な病院の副院長は似合いそうもなかったが、大学医局での評価は古市より高かったのだろう。

手術はうまく、古市が教科書通りのきっちりした手術をするのに対し、岡林はある種、天才的なメスさばきで大胆な手術をした。

中央棟の八階は管理職のフロアで、人気のない廊下に部長クラス以上の個室が並んでいた。岡林の部屋は四つある副院長室の奥から二番目だった。

「今日はお忙しいところ、お時間をいただきありがとうございます」

「堅苦しいことは言わんでいい。見ての通りヒマだよ。まあ、座れ」

岡林は以前と変わらないシニカルな物腰で三杉を迎え、応接ソファを勧めてくれた。

「この前の土曜日、古市先生から電話があったぞ。あの狸親父、焦ってたみたいだな。君が俺に会いに来る前に話さんといかんと思ったらしく、自宅の電話だったから何事かと思ったよ。ハハハ」

岡林のところに行くなら勝手にすればいいと言いながら、その舌の根も乾かぬうちに電話をするなんて、それこそ疚しいところがある証拠だ。

「古市先生は何とおっしゃったんですか」

「君がむかしの手術のことをほじくり返してるから、俺も気をつけたほうがいいってな。お為ごかしに言ってたが、あれは遠まわしの口止めだな」

「やっぱり言われたらまずいことがあるんですね」

三杉は古市の不誠実に怒りを感じ、唇を噛んだ。しかし、岡林は悠然と構えたまま、否定も肯定もしない。三杉が改めて問う。

「笹野利平さんという患者の手術ですが、岡林先生は覚えてらっしゃいますか」

「ああ、覚えてるよ。肝動脈の出血を結紮止血したヤツだろう。あれはヤバイなと思ったんだ。案の定、二週間ほどで亡くなっただろ」

「あのときの出血の原因は何だったんでしょう。僕は執刀医でしたが、動脈出血を引き起こすような処置は覚えがないんですが」

「それは俺もわからんよ。気がついたら十二指腸の断端がパンパンになってたんだからな。大方、縫合のときに動脈に針でも引っかけたんじゃないか」

「だったら、やっぱり僕のミスですか」

三杉は全身に冷水を浴びたように感じ、絶望的な気分で聞き返した。

「まあ、ミスと言えばミスだし、事故と言えば事故だろう。俺が見ていても、おまえの操作に特に危ないところもなかったしな」

「でも、知らないうちに動脈を引っかけたのなら、僕の不注意でしょう」

「そうとも言えるが、ふつうは距離が離れてるもんだ。アノマリー（例外的な異常）があったのなら、予測は不可能だろう。だいたい、手術は人間のやることだから、うまくいかないときもあるさ。患者側に原因がある場合だってある。易出血性《いしゅっけつせい》、組織の脆弱性《ぜいじゃくせい》、粘膜の厚い薄い、吻合部が処理しにくい場所にあることもあるし、動脈の内膜欠損とかあれば、術前には把握できないだろう」

たしかにそうだが、患者側はとても容認できないだろう。手術は安全でなければ困ると思っている人が大半のはずだ。

「それに出血させたのはおまえかもしらんが、結紮止血を指示したのは古市先生じゃないか。俺はあのとき、心外《しんげ》の先生を呼んだほうがいいんじゃないかと提案したが、古市先生は無視しただろ。あの人は心外の連中と仲がよくなかったから、わざと嫌がらせで言ったんだが、心外を呼んでも吻合はむずかしかっただろうな。心臓と腹の中は条件がちがうから」

「でも、やっぱり肝動脈の結紮止血は無謀だったんでしょう」

「いや、そうともかぎらん。俺もあとで知ったんだが、文献的には、外傷性の肝動脈の出血などは結紮もあり得るようだ。だから、危険なことにはちがいないが、肝動脈の結紮が必ずしも致死的とはかぎらない。それに膵頭十二指腸切除術《PD》は大手術だし、患者は七十代後半だったろう。それなら血管縫合で時間を食うより、結紮したほうが助かる見込みは高かったのかもしれん」

「だったら、どうして古市先生はそうおっしゃらないんですか。明らかに覚えているはずなのに、僕にさえ知らぬ存ぜぬで押し通したんですよ」

「そりゃ、患者が亡くなってるからさ。あの人はな、ほめられるのは大好きだが、自分の非を認めるとか、人に頭を下げるとかはできない性格なんだ。俺は付き合いが長いから、そんな場面をいやというほど見たよ。明らかな判断ミスでも、なんだかんだと理由をつけて不可抗力にしてしまう。まあ、外科医というのはだいたいそうだから、俺も人のことは言えんがね。ハハハ」

　本気か冗談かわからないような皮肉で嗤う。古市は温厚で知的な紳士だと思っていたが、それは診療がうまくいっているときだけだったのか。三杉はかつての上司の本性を知り、自分の見る目のなさに失望した。

「それにしても、三杉はなんで今ごろそんなむかしの手術のことを、あれこれ言いだしたんだ」

　岡林に聞かれて、三杉は坂崎との一件を話した。

「坂崎か。覚えてるよ。ヤル気のないヤツだったな。小説家になるとか、夢みたいなことを言ってたが、未だに目が覚めんのか。幸せなヤツだな」

またも皮肉を言う。

「それであいつは正義の味方気取りで、笹野さんの遺族に手術のことを暴露するっていうのか。まったく下らないことを考えるな。あいつは外科医としても医者としても、中途半端だったから、医療ってものがわかってないんだ」

岡林は長年、現場で苦労してきた者ならではの苦渋を滲ませて言った。

「で、笹野さんの遺族に、その手術所見を見せるとでも言ってるのか」

「わかりません。でも、もし何か致し方ない理由があるのならと思って、古市先生に話を聞きに行ったんです。だけど、知らない、記憶にないの一点張りで」

「ヤバイということがわかってるからだろ」

「それだったら、知らぬ存ぜぬで通すのはまずいでしょう。僕だけでなく、岡林先生もあの手術の現場にいて、すべてを見ているんだから」

「古市先生はな、俺がよけいなことを言えないとわかってるから、そうやってとぼけたんだ」

「どうして岡林先生は言えないんです？」

「古市先生に弱みを握られてるからだよ。ちょっと人には言えない過去のまずい症例があってな。古市先生はその一部始終を知ってるんだ。俺があの人に不利な証言をしようもんなら、その症例を蒸し返すつもりなんだろう。この前の電話でも、ちらっとその話を仄めかしてた。まったく汚い野郎だ」

「そんな卑怯なことをするんですか」

あきれてものも言えない心境だった。だが、その失望にさらに追い打ちをかけるように、岡林は薄笑いを浮かべて言った。

「でもな、俺だって古市先生の思い出したくない過去を知ってるんだ。あの先生は都合よく忘れてるみたいだが、川崎総合医療センターで俺がまだペイペイだったころ、あの人は自分の高校の同級生を死なせてるんだ。食道静脈瘤の破裂でな。入院させときゃよかったものを、大丈夫だって帰らせた晩に大出血を起こして、救急車で運ばれたが手遅れだった。明らかに判断ミスだよ。だけど遺族にはひとことも謝罪してなかったな。俺だったら寝覚めが悪いところだが、あの人は専門知識を総動員して、自分を正当化して、致し方なかったですませてるんだ」

「ひどいじゃないですか。信じられない」

「ほかにも、若いころには何人か吻合不全や腹膜炎で患者を死なせてるし、術後出血や術後肺炎でも何人か死なせてるという話だ。自分で言ってたんだからまちがいない。外科医というのは、そうやって腕を上げていくんだ」

「だったら、まさか、岡林先生も……？」

「ああ、そうだよ。だから言ってるだろ。人間のすることなんだから、うまくいかないこともあるって」

　何を青臭いことを言うのかという顔を向けられ、三杉は思わず目を伏せた。いったい患者の命を何だと思ってるのか。

「外科医は、いや内科医だって、多かれ少なかれそういう症例は抱えているもんさ。まあ、その笹野という患者の件も、おまえが外科医を続けてれば、そんなこともあったなですんでしまう症例だろうよ。早々に外科医をやめちまったから、いつまでも印象が強いだけなのさ」

そうなのか。わからない。

横浜湾岸医療センターからの帰り道、三杉の頭を占めていたのは、あの出血が自分のミスで引き起こされた可能性が高いということだった。もし、坂崎がそれを笹野利平の遺族に暴露したら、どんな対応を取られるかわからない。何としても坂崎の口を封じる必要がある。しかし、どうやって。懇願、宥和、脅し、弱みの詮索。いずれにせよ、自分が動けばそれだけ、坂崎は小説のネタが増えると喜ぶだろう。

これからどうすればいいのか。首都高湾岸線を走りながら、三杉は四方からナイフを突きつけられ、身動きが取れないような気分に陥った。

42

亜紀に二人の元上司の話を告げると、その反応は当然ながら医療者でない側の感覚に大きく偏り、かつ圧倒的に夫寄りのものだった。

「古市先生は笹野さんのことは記憶にないって言うの？　何それ、信じられない。まるで悪徳政治家じゃない」

「覚えていないはずはないんだ。岡林先生が言うには、ヤバイことがわかってるから、忘れたふりをしてるんだろうって」

「じゃあ、やっぱり悪いのは古市先生で、あなたに責任はないんじゃないの」

「いや、そうもいかない。手術中に出血の原因を作ったのは、僕しか考えられないみたいだからな」

三杉が苦渋の表情で言うと、亜紀は勢い込むように早口にまくしたてた。

「でも、それってわざとじゃないし、原因もはっきりしないんでしょう。出血させたのはあなたかもしれないけど、それをカバーするのが外科部長の役目なんじゃないの。現に執刀医を交替するように言われたんでしょう。なのに血管を括って患者を死なせたんだから、やっぱり古市先生の責任じゃない」

「まあね」

反論は控えたが、外科部長でもカバーできないようなミスを犯したのは自分だという気持が、三杉の心を重くしていた。

「それにしても、岡林先生の話もひどいわね。古市先生を告発できない理由が、過去のまずい秘密を握られているからっていうんでしょ。よくもそんな自己保身で開き直れるものね。で、岡林先生も、古市先生の思い出したくない過去を知ってるっていうの。外科医ってそんなにたくさん患者さんを死なせてるわけ?」

「外科医にかぎらず、内科でもほかの科でも、患者さんが亡くなったときは、いくらか医師の判断ミスや、読みちがいが関係していることもあるんだよ。懸命に治療をしても、患者さんが亡くなった後から考えると、あのとき、別の治療をしていればとか、もう少し早く検査をしてればとか、逆によけいなことをしなければ、死ななかったかもしれないって、密かに悔やむことはなきにしもあらずなんだよ。岡林先生が言うように、人間のやることだからね」

「そんな説明、聞きたくないわ。患者や家族はみんな、お医者さんは常に正しい治療をしてくれてると思ってるのよ。だから、身内が亡くなっても、仕方がないとあきらめられるんじゃない。それを、実はこうしていれば助かってたかもしれないなんて、あとで聞かされたらたまんないわよ」

「だから、言わないよ。そうしてたら助かったという保証もないからね。でも、医者自身にはわかってる。しまったなと思いつつ、次は失敗しないようにしようと気を引き締めて、医者はベテランになっていくのさ。それに、ベテランだって判断に迷うこともあれば、見通しが狂うこともあるさ」

三杉がふて腐れたように目を逸らすと、亜紀はしばらく夫を見つめ、歩み寄ろうと努力したようだが、結局、首を振ってつぶやいた。

「実際はそうなのかもしれないけど、やっぱりそんな話、聞きたくないな」

三杉も沈黙で応えるしかない。亜紀がこんなことを言い合っていても埒は明かないとばかりに、話をもどした。

「悪いのは古市先生なんだから、それを証明して、古市先生に笹野さんの遺族に謝罪してもらうわけにはいかないの」

「いや、古市先生は徹底的に責任逃れをするつもりみたいだし、主治医も執刀医も僕だったたし、そもそもの原因を作ったのは僕だから、古市先生に謝罪してもらうなんてことはまず考えられない」

「でも、今のまま坂崎さんが笹野さんのご遺族に状況を暴露したら、あなたが全責任を負わされちゃうんじゃないの」

「たぶん」

「だったら何とかして、坂崎さんがよけいなことを言わないようにするしかないじゃない」

話はまたそこにもどるのかと、三杉は嘆息した。考えている間にも、時間はどんどんすぎる。坂崎が動く前に手を打たなければならないが、相変わらず妙案は浮かばない。

黙り込んでいると、亜紀が焦《じ》れったそうに言った。

「何か坂崎さんの弱みはないの。脅されっぱなしじゃ悔しいじゃない」

たしかにそうだ。しかし、病院で大した仕事もしていなかった坂崎に、触れられたくない過去などあっただろうか。川崎総合医療センター時代の坂崎を思い出しても、これといった記憶は見つからなかった。

43

月曜日の朝、病棟に田中澄子から電話がかかってきた。家族の意見がまとまったのかと思うと、そうではなくて、逆に意見がまとまらないので、もう一度、詳しい状況を説明してほしいとの依頼だった。午後から家族で病院に行くから、時間を取ってもらえないかと言う。

「兄も弟も、仕事を休んで行くと言ってるんです。先生もお忙しいでしょうし、いろいろご予定もおありなのは重々承知していますが、父の治療のことなのでぜひともよろしくお願いします」

気遣うように見せながら、強引に頼んでくる。三杉は古市の件が気になっていたが、病棟にいる間は診療に集中しなければならない。幸い、時間は調整できそうだったので、澄子には午後四時に来てもらうよう伝えた。前立腺がんの説明には、泌尿器科の主治医も同席してもらったほうがいいと考え、連絡すると、部長の下で主治医になっている若い医員が来てくれることになった。

午後の仕事を早めに片づけて待っていると、時間の前に田中の家族がやってきた。澄子が先頭に立ち、仏頂面の長男が母親の手を引いて続き、その後ろに次男らしい男性がついてくる。次男ははじめて見る顔だが、四十代後半の若さを残しながら、眉間の開いた小さな目と膨《ふく》れた頬は、長男と同じく父親にそっくりだった。

「お話をうかがうのは、この前の部屋でよろしいんでしょうか」

カウンターで来意を告げたあと、澄子は勝手知ったる他人の家とばかりに、家族を引き連れて面談室に向かった。主任看護師の佃が慌てて後を追う。三杉は一波乱ありそうな予感に重い腰を上げ、泌尿器科の主治医に連絡して、面談室に向かった。

四人と向き合って座ると、ほどなく泌尿器科の主治医がやってきた。三十代はじめの血気盛んな感じで、どちらかというと三杉の苦手なタイプだ。佃は説明内容の記録のために同席している。

「今日はわざわざお出でいただき、ありがとうございました。田中松太郎さんの現在のいちばんの問題は、前立腺がんの可能性があるということです」

三杉が説明をはじめると、泌尿器科の主治医が即座に後を引き継いだ。ＰＳＡという前立腺がんの腫瘍マーカーが高値であること、治療をはじめる前には、組織の一部を取って調べる生検をして、確定診断をつける必要があることなどを話すと、澄子が途中で割って入った。

「兄から聞きましたが、その生検というのは、お尻から器械を入れて針で刺すという検査でしょう。それなしにいきなり手術をしていただくわけにはいきませんの。どうせ、がんの可能性が高いのでしょう」

突拍子もない申し入れに、主治医は一瞬、啞然とする。

「いやあ、それはどうかな」

「だって、父にはもう前立腺なんかいらないじゃないですか。前立腺肥大とかになっても困るし、どっちかと言うと、がんでなくても切ってもらったほうがいいと思うんですけど」

なるほど、それは斬新なアイデアだと三杉は妙に感心する。しかし泌尿器科の主治医は、これだから素人は困るとばかり、半ば苦笑しつつ否定した。

「そんな乱暴なことはできませんよ。いくら不要な臓器でも、いらないから摘出するというわけにはいかないんです」

三杉が主治医に提案するように言った。

「医学的には乱暴かもしれませんが、一考の余地はあるんじゃないですか。田中松太郎さんは認知症もあるので、本人の協力が得にくいんです。その意味でも検査を最小限にすることは有意義ではないですか」

「しかし、がんの診断が確定していないまま手術をして、万一、患者さんが亡くなったらどうするんですか。説明がつかないでしょう。やはり確定診断はすべきです」

どうも主治医は杓子定規のようだ。その応答に澄子が声をあげた。

「手術で死ぬこともあるんですか。そんな危険な手術なんですか」

「いえ、万一の場合です。手術は九九パーセント安全です」

この主治医は手術をやりたがっているなと、三杉は密かにため息を洩らした。病院の実績や自分の経験のためには、症例数が多いほうがいいのはわかる。だが、そんな理由で、認知症のある高齢の患者を危険にさらしていいのか。しかし、一方で、がんの可能性が高いのも事実だ。

三杉が考えていると、泌尿器科の主治医が次の説明に移った。

「がんの確定診断がついたら、次は転移の有無を調べます。検査は胸部X線撮影、CTスキャン、骨シンチグラフィなどです。それで転移がなければ前立腺の全摘手術、転移があれば、抗がん剤やホルモン療法、放射線治療などを行います」

「その検査や手術は、父を苦しめることにならないんですか」

長男がいかにもネガティブな調子で訊ねた。

「大丈夫です。生検には局所麻酔をしますし、必要に応じて鎮痛剤や鎮静剤も使いますから」

「でもな、お尻の穴から器械を入れて検査をするんでしょう。父が素直に受けるとは思えないんですが」

長男はどうしても生検が気になるようだった。澄子がそれに反発する。

「必要な検査はやってもらわないと仕方ないじゃない。すべてはお父さんの病気を治すためでしょう」

「しかしなあ、お尻の穴はいやがるだろ。母さんはどう思う?」

母親は長男に言い含められているのか、低い声で即答した。

「あたしはもう、このままそっとしておいてやりたいよ。そのほうがお父さんも楽だろうし」

「僕もどっちかと言うと、無理な治療とかはしないほうがいいような気がするけど」

次男が言うと、澄子がいきり立って言い返した。

「あんたたち、お父さんに長生きしてほしくないの。このまま見捨てるつもり?　もう死んでもいいと思ってるの?　ひどいじゃない」

「何もそうは言ってないだろ。つらい検査や治療で苦しめるより、このままようすを見るというのも悪くないと思うだけだよ。親父ももう八十四なんだし」

「まだ八十四よ。今は人生百年時代と言われてるのよ。お父さんはまだまだ長生きできるわ。兄さんがお父さんくらいの歳になって、息子たちがもう治療しなくていいと言ったら、どんな気がする？　悲しいでしょ」

長男は形勢不利と見たのか、妹には答えず、泌尿器科の主治医に訊ねた。

「手術せずこのままようすを見ていたら、父はどうなるんでしょうか」

「すぐにどうこうということはありませんが、骨に転移すると痛みが強いので、医療用の麻薬を使うことになるでしょうね。あと、肺に転移すると命に関わります。がんの悪性度にもよりますが、余命は一年から五、六年だと思います。手術でがんを取れば、天寿をまっとうされるでしょう」

三杉はふと、天寿とは何かと考える。現在八十四歳の田中松太郎は、このまま手術をせずに八十五歳で亡くなっても、それは天寿と言えるのではないか。ましてや九十歳近くまで生きるのなら、言わずもがなだ。検査や手術の苦痛、手術の合併症や日常の不如意を考えたら、積極的な医療にどれだけの意味があるのか。

泌尿器科の主治医は、三杉の考えなど思いもつかないという顔で続けた。

「このままようすを見るという選択肢もないではないですが、手術をされるのでしたら早いほうがいいです。年齢的なことをご心配でしたら、今は九十歳の患者さんでも前立腺がんの手術を受けておられます。一〇〇パーセント安全というわけにはいきませんが、手術の危険性はきわめて低いと考えていただいてけっこうです」

「ほらね。先生もこうおっしゃってるんだから、やっぱり手術を受けるべきよ。そうですよね」

澄子が三杉にも同意を求める。

「はあ、まあ」

曖昧に答えると、長男が気むずかしい顔で腕組みをしながら、母親と弟を見た。

「でもな、手術のあとで暴れたり、無事に終わっても、認知症がひどくなったりしても困るしな」

「また元気になってもねえ」

母親のため息に、澄子が嚙みついた。

「お母さんまで何よ。お父さんに元気になってほしくないの。ははあ、わかった。兄さんたちは、お父さんが認知症だから元気になってほしくないのね。世話がたいへんだから長生きしてほしくないんでしょう。あきれた。なんて薄情なの」

「おまえな、そう言うけど、親父の介護は並大抵じゃないんだぞ。畳の上でオシッコしたり、夜中に大声で怒鳴ったり、パンツ一丁で外に飛び出そうとしたりしてな」

「そうだよ。お父さんは夜も寝ないで部屋の中を歩きまわるから、あたしは睡眠不足で耳鳴りがひどくなったんだ。ごはんだって、食べたあとにすぐまた催促するし、袋物のお菓子は全部食べちゃうし、物は投げるし、ゴミ箱は漁るし、同じ話を何度も聞かされるし、もうノイローゼになりそうだったんだから」

「俺だって兄さんたちに親父を任せっぱなしだから、これ以上、迷惑をかけるのはどうかと思うんだ」

三人が続けざまに言うと、澄子の顔が怒りと嘆きに歪んだ。

「わかったわよ。じゃあ、お父さんの面倒はあたしが全部見ます。それなら文句ないでしょう」

身内三人に宣言するように言ったが、効果は今ひとつのようだった。まず母親が反論する。

「澄子はいつも口ばっかりじゃない。自分の都合のいいときだけ出てくるけど、こっちが困っていても知らん顔だったじゃない」

弟と兄も続く。

「姉さんはいつも言うことは立派だけど、長続きしないからな」

「おまえは親父の世話のたいへんさがわかってないんだ。実際にやってみろ。三日で音を上げるぞ」

「どうしてみんなであたしをイジメるのよ。あたしはお父さんに長生きしてほしいだけじゃない。みんな冷たいわよ。あたしを悲しませて楽しいの？　それでも家族？　ひどい、ひどすぎる」

澄子は病院関係者がいるのも忘れたように、ハンカチを取り出して号泣した。三杉は困ったことになったと思ったが、家族は慣れているのか、白けた表情で目を逸らしている。それまで記録に専念していた佃が、取りなすように言った。

「ここは患者さん本人の気持も聞かれたらどうですか。田中さんはある程度は意思表示もできますから」

「そうだね」

三杉が助け船とばかりにうなずくと、佃が立って患者を呼びに行った。

やがて、田中松太郎が歩いて面談室に入ってきた。大勢の人間がいることにたじろいだようだったが、四方に目礼しながら、空いたパイプ椅子に腰を下ろした。

「今日はご家族のみなさんに集まっていただいて、田中さんの治療について相談をしているんです」

三杉は前立腺がんの可能性があることを説明して、詳しい検査をして、手術を受けるかどうか訊ねた。

「そうですな。それはやっぱり、したほうがいいんじゃないですかな」

他人事のように答える。澄子が口を開く前に、長男が詰問調で迫った。

「父さん。検査とか手術のとき、じっとしていられるのか。痛いときも我慢しないといけないんだよ。できるのか」

「何だ、おまえ。今、何と言った。言いたいことがあるならはっきり言え」

「これだ。こんなんでまともに検査とか手術が受けられるはずありませんよ」

長男が吐き捨てるように言うと、澄子がハンカチから顔を上げて反撃した。

「それは兄さんの言い方が悪いからよ。ねえ、お父さん。大丈夫よ。あたしがちゃんと介護してあげるからね」

「ああ、これはまた、どなたか存じませんが、ご親切にどうも」

「もう、いや。みんなでお父さんを混乱させるから、あたしのことまでわからなくなっちゃったじゃないの。わーっ」

ふたたび号泣。家族は知らん顔。これでは収拾がつかないと、三杉が困り果てたようすでため息を洩らすと、泌尿器科の主治医が、これ以上は時間の無駄とばかりに愛想笑いをしながら言った。

「ご本人が治療したほうがいいとおっしゃっているようなので、取りあえずはその方針で進めさせていただきます。途中でむずかしいと判断した場合は、無理はいたしません」

澄子以外の三人が不安顔を浮かべると、若い主治医が彼らに向けて言った。

「認知症のことをご心配されているようでしたら、大丈夫です。にんにん病棟は認知症の患者さんを専門に診ていますから、十分に対応できます。ねえ、三杉先生」

「はあ、まあ」

ずるいヤツだ。できないとは言えないし、できるとも言えない。

「そうですか。では、まあこちらにお任せするということで」

長男も時間を気にしているようだったので、これで話し合いはお開きとなった。

44

翌日、ふたたび坂崎から会いたいというメールが届いた。

前と同じカフェで、同じ時間に待っているという。亜紀は会わないほうがいいのじゃないかと言ったが、三杉は無視すれば坂崎が次はどんな手で迫ってくるのかわからないので、取りあえず会うことを承諾した。毅然とした態度で向き合い、用件によっては断固、拒絶する。そう心に決めて時間ちょうどにカフェに行くと、坂崎は前とは反対側、すなわち、前々回に三杉が坂崎を追及したときの席に座っていた。

そのことに何か意味があるのかと訝りながら奥に着席すると、坂崎はいきなり両手をテーブルにつき、「申し訳なかった」と、頭を下げた。

「どうしたんだ、急に」

「いや、この前はおまえを問い詰めるようなことをして悪かった。俺の小説に協力してくれているのに、それを忘れて恩知らずなことを言ってしまって、ほんとうにすまなかった。この通りだ」

ふたたび深々と頭《こうべ》を垂れる。戸惑っていると、坂崎は視線を落としたまま、うなだれたようすで弁解した。

「あのとき、俺は小田桐さんから最後通牒みたいな電話を受けて、ショックで頭に血が上ってたんだ。だから、とっさに笹野利平さんのことなんかを持ち出して、おまえに不愉快な思いをさせてしまった。決して、はじめからそんなつもりじゃなかったんだ。だから、この前のことはどうか許してくれ」

予想外の展開に、三杉はどう応えたものかしばらく判断がつかなかった。いずれにせよ、新たな無理難題を吹きかけられるよりは好ましい状況だ。

「じゃあ、笹野さんのご遺族に、手術のことを話しに行くというのもなしなんだな」

「もちろんだ。そんなことをしても何の意味もないどころか、前に三杉が言った通り、ご遺族の心の平安を乱すだけだからな」

なおも信用することができず、三杉が沈黙で応じると、坂崎は弁解口調で続けた。

「同じ身内の死でも、医者が精いっぱい治療をしてくれたけれど亡くなったと思うのと、医療ミスで殺されたと思うのとでは、納得も悲しみもぜんぜんちがうからな。俺に笹野さんのご遺族を徒《いたずら》に悲しませる権利はないよ」

「じゃあ、信用していいんだな。それにしても、いったいどういう心境の変化があったんだ」

「冷静に考えれば、当然のことだよ。俺は自分の小説のことで頭がいっぱいで、頼りにしていた小田桐さんから担当の件を考えさせてくれと言われて、絶望的になっていたんだ。だから、怒りに任せておまえを追い詰めるようなことをしてしまった。ほんとうに申し訳ない」

眉を八の字に寄せ、怯えるようなそぶりさえ見せて謝る。三杉はまだ十分に警戒心を解いていなかったが、これだけ熱心に謝罪する相手を無下に扱うこともためらわれた。

三杉が打ち明けるように言った。

「実は、あれから僕は古市先生と岡林先生に話を聞きに行ったんだ。笹野さんの手術について詳しく聞こうと思ってな。そしたら、二人ともあの処置は致し方なかったと言ってた。出血の原因は不明だったし、笹野さんの体力と出血の部位を考えると、心臓外科の先生を呼んで血管縫合をしてもらうより、結紮止血をしたほうが助かる見込みが高かったということだ。だから、あれは医療ミスでもないし、医療事故にも入らない。予測不能の事態だったんだ」

「そうなのか」

坂崎が納得したようにうなずく。古市が手術のことは記憶にないと言い、責任逃れをしたことは言わずにおいた。

「俺も気になってるから、また時期を見て古市先生と岡林先生に話を聞きに行こうかと思ってるんだ」

そう言われて三杉は焦った。古市に話を聞かれたら、今言った嘘がバレてしまう。訂正すべきか、それともこのまま黙っているべきか。迷っていると、坂崎が「どうかしたか」と聞いてきた。

「いや、何でもない。ただ、坂崎が二人に話を聞きに行くのは、どうかと思ってな」

「なぜだ」

「怒らずに聞いてくれよ。君のことを話したら、古市先生も岡林先生も、坂崎のことをあまりよく思っていないみたいだったからな」

なんとか取り繕うと、坂崎は刹那、考え込むような表情になったが、すぐに自嘲的な笑みを浮かべた。

「たしかに俺はお荷物医員だったからな。仕事も熱心にしなかったし、ひまを見つけては当直室で原稿を書いたり、構想をメモしたりしていたし」

そのまま話を逸らしたほうがいいと思った三杉は、坂崎に原稿の進捗具合を訊ねた。

「ところで、小説の執筆は進んでいるのか」

話題を変えるためだけの問いかけだったが、坂崎は急に神妙な顔つきになり、小さなため息を洩らして言った。

「それがうまくないんだ。行き詰まってる。だから、おまえの助けが必要なんだ」

「どういうことさ」

「笹野利平のことはそのままは書かない。しかし、主人公が抱える心の闇として、どうしても過去のつらい医療ミスを隠しているという設定にしたいんだ。もちろん、おまえにそんな過去があったなんて思われないように書く。笹野の遺族が読んでもわからないようにするよ。俺はただ、主人公のリアルな心情を知りたいんだ。おまえは笹野利平のことをどう思ってるのか、聞かせてくれないか」

「どう思ってるって、それは申し訳ないと思っているよ。笹野さんだけじゃない。助けられなかった患者さんには、多かれ少なかれ申し訳ない気持があるよ」

「しかし、笹野利平は特別じゃないのか。手術中にヤバイ状況になって、だれがやったかは別として、肝動脈の結紮は明らかに危険だとわかっていただろう」

坂崎は前にも古市が結紮したことを推測していた。古市に確認をしに行かれたら、困ったことになりかねない。それを止めるためにも何か答えなければならない。

三杉は半ば喘《あえ》ぎながら言った。

「苦しかったよ。というか、あのときはとにかく、術後管理で何とか乗り切ろうと必死だった。だから、ずっと病院に泊まり込み、病棟の看護師に白い目で見られながらも、透析と血漿交換までやったんだ」

透析は腎不全の治療、血漿交換は肝不全の治療で、いずれも大がかりな器械を使う。看護師が白い目で見たのは、助かる見込みがほぼゼロなのに、多大な準備と手間がかかるからだ。

「たしかに、あのときのおまえは必死だった。だけど、患者を救うことはできなかった。それでもベストは尽くしたんだから、仕方がないと思ったのか」

「そんなこと、思うわけがない」

「だろうな。だって、自分がやった手術で患者を死に追いやったんだからな。そのときの気持はどうだった」

「……」

「患者側からすれば、手術で殺されたも同然だろう。主治医を信頼して、病気を治してもらえると信じて、手術を受け入れた患者を死なせてしまったとき、おまえはどんなふうに思った？」

答えられない。答えようがない。知らず歯を食いしばっていると、坂崎がのぞき込むように首を突き出して言った。

「自分が悪いんじゃない。自分はやるだけのことをやった。それで救えなかったんだから、致し方ないと開き直る気持はなかったか」

「そんなこと、あるわけが……」

答えかけると、坂崎が遮った。

「いや。もっと自分を凝視してみろ。どこかで自分を免罪する気持があったんじゃないか。笹野利平のことなど忘れて、すぐに日常にもどったんじゃなかったか。加害者は得てしてそういうもんだ。被害者はずっと忘れないが、同じ重さで受け止め続ける加害者はまずいないからな」

「……そうかもしれない」

三杉は記憶の奥の闇へ下っていく。あのとき、自分はどうだったのか。手術が原因で笹野利平が亡くなったことは事実だ。遺族は手術で殺されたと思っただろう。それをどれだけ自覚していたのか。

「わかってはいるが、どうしようもなかったんだ。僕は非力で未熟だった。外科医になって七年目で、そろそろ大丈夫だろうということで膵頭十二指腸切除術《PD》の執刀を任された。手術は順調だったが、後半に思いがけない出血が見つかった。そこで執刀医を交替したが、ベテランの古市先生でも対処できず、危険はわかっていたが、肝動脈の結紮をせざるを得なかったんだ」

「ほんとうにそうか。心臓外科の部長を呼べば何とかなったんじゃないのか。古市先生は心臓外科に借りを作りたくなかったんだろう。だから、強引に結紮したんじゃないのか」

「わからない。あのときの状況は、もう僕の手に負えないレベルだった。どうしようもなかったんだ」

「だけど、笹野利平はおまえの患者だろう。いくら相手が外科部長でも、患者を守れるのは主治医のおまえしかいなかったはずだ。どうして身を挺してでも古市先生を止めようとしなかった」

「それは、……勇気がなかったからかもしれない」

「勇気？　人の命がかかってるんだぞ。そんなひとことで片づけられるのか」

坂崎から謝罪の雰囲気は消え、糾弾の口調に変わっていた。三杉は追い詰められ、声を抑えて悲鳴をあげた。

「僕にはどうすることもできなかったんだ。これ以上、追及しないでくれ」

坂崎は三杉を見つめ、かすかにうなずく。なるほど、そういう反応になるのかと、小説の主人公の心の動きに重ねているようだ。三杉の動揺を見透かし、ここらで一息入れようとするかのように、坂崎は声の調子を変えた。

「三杉。聞いてくれ。俺はおまえが羨ましい。おまえには家族もいるし、生活も安定していて、大病院の医長という肩書きもある。俺には何もない。四十二にもなって、収入も不安定で、家族もおらず、ちんけなアパート暮らしだ。この惨めな気持がわかるか。小説という愚にもつかない夢を追って、道を誤り、世間からバカにされる存在なんだ。だがな、おまえの協力さえあれば俺は立ち直れる。次の小説はぜったいに当たる。大きな賞を獲るかもしれん。そうなれば一発逆転だ。俺を蔑み、憐れんだ連中に、一泡ふかせてやれるのさ。だから、力を貸してくれ」

そう言われても、三杉に答える余力はない。坂崎が励ますように言う。

「俺の小説の主人公は、若手のエースと言われるくらい手術がうまいんだ。おまえと同じだ。川崎総合医療センターでは、三杉はヒラの医員の中ではピカイチに手術がうまかったよな。だからこそ、PDの手術も任されたんだろう。あの出血は不運だった。ちがうか。必ずしもおまえの責任じゃない。その証拠に古市先生も岡林先生も、おまえを責めなかっただろう」

たしかに、笹野利平の死は、病院でも大きな問題にはならなかった。医局会で岡林が愚痴まじりに古市の処置を揶揄《やゆ》した程度だ。三杉は徐々に元気を取りもどす。そのようすを坂崎がじっと観察している。

「だけど、問題はそのあとだ。おまえは笹野利平が死んだあと、半年以上もそのまま手術を継続した。なぜだ。なぜすぐに外科医をやめようとは思わなかった？　後悔はしなかったのか」

ふたたび坂崎の追及がはじまる。まるで先ほどの甘言は、フラフラのボクサーをもう一度マットに沈めるために立たせたかのように。

「後悔はしたさ。もうやめてくれ」

「いや、やめない。おまえには答える責任がある。それとも何か。笹野利平のことはなかったことにして、ノホホンと毎日すごしていたいのか」

「ちがう。そんなことは許されない」

「だよな。だったら、しっかり思い出して、事実から逃げることなく、心の重荷を背負っていくべきじゃないのか。笹野利平の遺族が事実を知れば、きっとそう思うだろう。おまえは何の償いもしていないんだから」

三杉はたまりかねて声を振り絞った。

「どうして君に、そこまで言われなけりゃいけないんだ」

坂崎はその反応を楽しむように言い返す。

「俺も医者の端くれとして、元同僚のおまえがそんなふうにして、過去に頬かむりをしているのを見すごせないんだよ。おまえが自分から過去を総括しないというなら、せざるを得ない状況を作るしかないな」

「どういうことだ」

「笹野利平の遺族に事実を知ってもらうのさ」

三杉はその言葉に総毛立った。

「さっき坂崎は、笹野さんのご遺族を徒に悲しませる権利はないと言ったじゃないか」

「徒にはしない。事実を知ることは、笹野の遺族にも有意義なことだろう。俺は医療現場で起きた不用意な患者の死を、放置するわけにはいかないんだ。おまえを追い詰めることが目的じゃない。これは俺の作家的良心の問題なんだ」

そう言いながら、坂崎の目は三杉のほんのわずかな変化も見逃さないかのごとく、すべてを吸い込むような光を放っていた。三杉は坂崎に追い詰められ、生かすも殺すも彼次第という状況で、ただ喘ぐしかなかった。

このまま坂崎に責められ、苦しい立場に追い込まれて、取り返しのつかない悔いと遺恨に悩み続けるのか。まるでなぶり殺しの犬じゃないか。そんな思いをするくらいなら、いっそ自分が最重度の認知症になって、何もわからない状況になったほうがよっぽどましだ。

内心で呻いたが、それさえも坂崎に見透かされているような気がした。

45

坂崎はほんとうに笹野利平の遺族に、手術の秘密を暴露しに行くつもりだろうか。

三杉は気が気でなかったが、朝、病院に出勤すれば、いつも通りの業務に取りかからざるを得ない。何しろ二十五人以上の患者を受け持っているのだから、どこでだれが調子を乱すかわからない。前夜の申し送りを聞き、処方をチェックし、検査の指示、他科との連絡など、ルーチンの仕事に加え、突発事や想定外のトラブルも頻発し、看護師サイドで処理してくれることもあるが、三杉が対応しなければならないことも多い。

忙しさにまぎれていると、坂崎のことは忘れているが、ふと不安が脳裏をよぎる。坂崎が悪意に満ちた暴露をしたら、笹野の遺族はどう反応するだろうか。妻の佐知子《さちこ》はたしか専業主婦で、心配性ではあったが、特別厄介なタイプではなかったように思う。息子の慎平《しんぺい》は父親と同じ中学校の教師で、常識的な人物のようだった。どちらもことを荒立てるようには思えないが、そんなことを口にすれば、また亜紀から「あなたは人が好すぎる」と言われるだろう。

九年前に三杉がした説明は、手術には特に大きな問題はなかったが、手術後に多臓器不全が発生して、治療には全力を尽くしたけれど、命を救うことはできなかったというものだった。佐知子たちは、利平が体力的に大きな手術に耐えられなかったと理解したようだった。それが、実は手術中の出血で、大事な動脈を結紮したことが原因だったと知らされたら、当然、衝撃を受けるだろう。隠蔽、ごまかし、虚偽の説明。自分たちはだまされた、夫は手術の失敗で殺されたと思うかもしれない。そうなれば、医療訴訟、最悪の場合は警察に訴えられて、過失致死容疑で逮捕されるかもしれない。何としても坂崎の口を封じなければならない。だが、そのための方法がわからない。亜紀は坂崎に弱みはないのかと言っていたが、今のところ思いつかない。堂々巡りだ。

ナースステーションの奥で考え込んでいると、カウンターにいた佃から声がかかった。

「三杉先生。田中さんが検査から帰ってきました」

エレベーターホールから田中松太郎を乗せたストレッチャーが到着し、病室へ向かう。三杉は現実に引きもどされ、そのあとを追った。

「どうだった。生検はうまくいった？」

検査に付き添った看護師に聞くと、ストレッチャーを力任せに押すようにして憤然と答えた。

「もう、たいへんでしたよ。大声で、わしは聞いてない、やめろ、バカ者、校長の言うことが聞けんのかとか怒鳴って」

ストレッチャーの田中は顎まで毛布で覆われ、軽いいびきをかいている。

「で、やっぱり眠らせたのか」

「当然ですよ。だって、検査台で暴れて、砕石位《さいせきい》にしかけたら泌尿器科の先生の顔を蹴ったんですから」

前立腺がんの生検は、砕石位といって仰向けで股を開いた体位でする。そのことは事前に説明して、当人も納得してくれたが、いざというときに忘れたのだろう。看護師によると、田中は手術室に入ったところからソワソワしはじめたらしい。生検は検査だが、突発事に備えて手術室を使う。そのことも説明しておいたが、実際に行くと不安になったようだ。

「車椅子の後ろで自動扉が閉まると、ビクッと身体を動かして、わしは帰る、用事を思い出した、すぐ家に帰らなきゃならんと言いだして、自分で車椅子をUターンしようとしたんです。わたしが、このままご自宅までお送りしますよと言ったら、嘘をつくな、出口は反対だろって大声をあげて。それでも検査の部屋についたら、泌尿器科の先生が、お待ちしていましたって笑顔で言って、うまくごまかしながら検査台に載せたんです。田中さんはドクターはわかるんですね。言われるまま仰向けになって、先生が足台を取りつけて、片脚を載せて、もう片方を開こうとしたら、何をするって怒鳴って、先生の横面を蹴ったんです」

「あー」

三杉は絶望にも似たため息を洩らす。しかし、田中の気持になってみれば、ステンレスとガラスに覆われた無機質な手術室に連れて行かれ、扉が自動的に閉まり、帽子とマスクをつけた医者が意味もなく優しげな声をかけて、奇妙な台に載せられ、下着もつけずに股を開かれそうになったのだから、恐怖に駆られるのも無理はない。

「それで、先生がドルミカムって叫んで、泌尿器科の看護師が側注（点滴ルートからの注射）したんです。あとは抵抗なしでしたけど、自分で動いてくれないんで重かったです」

言い終わったと同時に、ストレッチャーは大部屋に着いた。ベッドの横で待っていた娘の澄子が、椅子から立ち上がって父親を迎えた。

「お父さん、頑張ったのね。えらいわ。つらかったでしょう」

澄子は父親に自分のことを思い出してもらおうと、毎日のように見舞いに来ていた。そして不必要なほど「お父さん、お父さん」と呼びかけていた。田中は最初、怪訝な顔をしていたが、ときにった。


娘を思い出すようで、「澄子か……」と呼びかけることもあるようだった。そんなとき、澄子は感極まったように唇を噛み、うなずくばかりで返事も声にならないのだと、看護師から聞いていた。

看護師と三杉が田中をベッドに移し替えると、澄子は枕元に屈み込んで父親の額を撫でながら言った。

「先生。ありがとうございました。父はおとなしくしていたようですわね」

「いや、それは……」

田中の血圧や酸素飽和度などをチェックしていた看護師が、「バイタルOKです」と報告すると、
三杉は澄子に面談室に来るよう頼んだ。

澄子は検査が無事にすんだことの安堵と、いよいよがんの診断が下るのかという不安がない交ぜになったのか、落ち着かない足取りでついてきた。

面談室に入るなり、「やっぱりがんでしたか」と椅子にも座らず問いかける。

「結果はすぐには出ません。それより今後のことをお話ししますので」

三杉は自分も座りながら、澄子に着席を促して向き合った。

「今は検査のときに使った鎮静剤で休んでおられますが、検査の前はかなり興奮されたようです。生検では前立腺の組織を取っていますから、動くと出血の危険があります。特に今夜は絶対安静が必要ですが、田中さんがそれを守ってくれるかどうか、正直、不安があります。それで対処法として、身体拘束という方法があるのですが……」

澄子が敏感に反応した。

「拘束って、父をベッドに縛りつけるんですか。それとも、芋虫みたいな服を着せて動けなくする

んですか」

「落ち着いてください。私も身体拘束には反対なんです。新聞等でもよく批判されていますからね。ご本人にすれば、意味もわからずベルトでベッドに固定されたり、手足をベッド柵につながれたりするんですから、虐待も同然でしょう。拘束は人間の尊厳に関わりますし、それによって認知症が悪化する場合もあります。だから、この病棟では身体拘束ゼロを目指しています」

澄子が大きくうなずく。

「ただし」と、三杉はあらかじめ考えていたように続けた。

「身体拘束をしなければ、患者さんが危険な状況になったり、治療を続けられなくなったりすることもあります。田中さんの場合では、夜中に動きまわって、前立腺から出血が起こることです。場合によっては、緊急手術になる可能性もあります。身体拘束をしないなら、そのリスクを受け入れていただかなければなりません」

「それは困るわ。ほかに方法はありませんの？」

「もうひとつ、鎮静剤を使う方法があります。ただ、これも中途半端な量だと、ふらついたまま起きて、出血したり、転倒して骨折したりする危険があります。だから、十分な量を使う必要があるのですが、そうすると、今度は認知症が悪化したり、最悪の場合は意識がもどらなかったりもします」

「それも困ります」

「じゃあ、やっぱり安全を優先して、お父さまが暴れるようだったら拘束しますか」

「いいえ。それならあたしが付き添います。あたしが父の面倒を見ますから、拘束も鎮静剤も使わないでください」

「わかりました。でも、大部屋では付き添ってもらえないので、個室に移ってもらう必要がありますが、いいですか」

「構いませんとも。だいたい、父を大部屋に入れているケチな兄が親不孝なんです。個室料はあたしが払いますから、ぜひお願いします」

服装からして、澄子には経済的な余裕があるらしかった。弁護士の夫と離婚でもめているようだから、多額の慰謝料を見込んでいるのかもしれない。

ナースステーションにもどり、転室の件を大野江に相談すると、幸い508号が鈴木浩のあと空いているとのことだった。

「ま、あの娘さんにしちゃ親孝行なことだわね。ふだん親をほったらかしにしてる者ほど、親が死にかけるとあたふたするのよ」

「死にかけって……」

三杉が苦笑いすると、大野江は何かまちがってる？　という顔を向け、担当の看護師に転室の準備を指示した。

意識を取りもどした田中は、まだ朦朧《もうろう》としていたが、ストレッチャーに移すと暴れるかもしれなかったので、ベッドごと個室に運ぶことになった。ストッパーをはずして三杉が看護師といっしょにベッドを動かすと、田中はガバッと上半身を起こし、「どこへ連れて行く」と大きな声を出した。すかさず澄子が早口になだめる。

「大丈夫よ、お父さん。個室に移るの。今まで大部屋でごめんね。兄さんが悪いのよ。個室料はね、あたしが払ってあげる。うちの人から思い切りふんだくってやるから」

やっぱり慰謝料を当て込んでいるようだ。田中は澄子の言い分に戸惑っているようだったが、取りあえず納得したようにふたたび横になった。

「さあ、着いたわよ。どう、お父さん。ここならほかの人に気兼ねすることもないし、夜だってぐっすり眠れるわよ。今夜はあたしが付き添ってあげるから大丈夫。安心してちょうだい」

田中はまだ鎮静剤の効果の残った目で澄子を見つめ、はっと気づいたように口調を改めた。

「どなたか存じませんが……」

そう言いかけると、澄子が、「澄子よ、澄子」と遮った。

「澄子さん？」

「さんはいらないの、娘だから。澄子、す、み、こ」

赤ん坊を躾《しつ》けるように言い、三杉に向かって甲高く笑った。

「父はようやく、あたしのことがわかるようになったみたいですわ。オホホホホ」

澄子の頭の中ではそういうことになっているらしい。

その後、田中は落ち着いたようで、検査の疲れと鎮静剤の残存効果で眠りだした。澄子はずっとそばに付き添い、三杉がようすを見に行くと、枕元に顔を寄せるようにして父親を見つめていた。

「よく寝ているようです」

安心したように微笑む。

よくない徴候だなと思いながらも、三杉は疲れていたので、定時に病院を出ることにした。昼間に眠れば、夜中に寝ないことが多い。

「田中さんのところ、何かあったらいつでも連絡してくれていいから」

準夜勤の看護師に言い残して帰宅すると、電話は午後十時すぎにかかってきた。

「娘さんが、お願いだから、お父さんを拘束してくれって言ってます」

事情を聞くと、田中松太郎は午後八時すぎに取り置いてあった夕食を摂り、そのあと興奮状態に陥ったらしかった。大声で、「ここはどこだ。俺に何をする気だ」と怒鳴り、「帰る、帰る」と連呼し、挙げ句の果てに「助けてくれ、殺されるー」とまで叫んだらしい。

ベッドから下りようとするので、澄子が必死に押さえ、「寝ていて、お願いだから」と懇願し、「検査したのを忘れたの？　安静にしなきゃだめでしょ」と叱りつけ、「出血したらどうするの。緊急手術になるのよ」と脅したが、田中はいっこうに言うことを聞かず、最後は澄子を突き飛ばし、それでも澄子がむしゃぶりつくと、スカーフをつかんで澄子の首を絞めたという。

それまでも個室は騒がしかったが、看護師がようすを見に行っても、澄子は「大丈夫」と取り繕うばかりだったらしい。自分が面倒を見ると言った手前、ぎりぎりまで助けを求めなかったのだろう。

「わかった。三十分で行くから、それまで部屋でようすを見ていて」

電話口で告げ、椅子にかけておいた上着を羽織った。

「やっぱり再出動だ。夜中でないだけましだよ」

「ご苦労さま」

亜紀も心得たもので、玄関口まで送りに出て、気合いを入れるように背中をバシッと叩いてくれた。

医局で白衣を羽織って508号室に行くと、澄子は床に座り込み、髪を振り乱して、泣き疲れた子どものように茫然としていた。顔は血の気を失い、化粧もグズグズに流れて、一気に老けたように見える。田中は少し興奮が収まったと見え、ベッドに座って看護師に何やら弁解していた。

「田中さん。わかりますか、三杉です。今日はたいへんでしたね」

穏やかに話しかけると、田中は以前同様、自分がトラブルを引き起こしたのを自覚しているのか、おどおどした声で返答した。

「わしは何がどうなっとるのか、さっぱりわからんのです。この人、大丈夫ですかな」

澄子を申し訳なさそうに見る。

「ご心配なく。田中さんもお疲れでしょう。今日はゆっくりお休みください。さあ、灯りを消しますよ」

看護師が澄子を立たせて、部屋の外に連れ出す。ナースステーションに招き入れ、三杉はティッシュの箱を差し出した。澄子が焦点の合わない目で一枚抜き取り、派手な音を立てて洟《はな》をかんだ。

「今は少し落ち着かれたようですから、しばらくこのままようすを見ましょう。身体拘束をすると、よけいに暴れて大声を出しそうですから、田中さんには鎮静剤のほうがいいと思います。できるだけ使わないようにしますが、もしまた興奮したら注射します。よろしいですね」

澄子がうなずく。三杉は看護師に興奮時の鎮静剤を指示して、澄子には付き添わずに帰るよう促した。彼女は力なくうなずき、常夜灯だけの廊下を悄然と帰って行った。残酷なようにも思えるが、介護の実態を知ってもらうためにも、今夜のことは悪くなかったのではないか。

三杉は重いため息を洩らした。

46

「三杉先生」

二子玉川駅から病院に向かっていると、後ろから聞き覚えのある不快な声が聞こえた。もう用などないはずだと思いながら、刹那、躊躇して振り返る。案の定、写真週刊誌バッカスの川尻が立っていた。

「ちょっとご無沙汰でしたが、お変わりありませんか」

答えずににらみつけると、何がおもしろいのか、相手は首を傾けてニヤニヤ笑いを向けてきた。むっとしながら、詰問口調で言う。

「小田桐さんから話を聞いてないんですか」

「小田桐さんって？」

いかにもしらばっくれた調子なので、三杉は時間の無駄だとばかりに踵《きびす》を返し、先を急いだ。川尻が小走りについてくる。カニのように身体を横に向けてこちらの顔をのぞき込むので、それが癪に障り、三杉はふたたび立ち止まった。

「いい加減にしてください。この前、あなたが言ってたマラリア・リサーチセンターの件も、うちの病棟での虐待疑惑も、ヤラセ取材だということはわかっているんですよ。小田桐さんからやめるように言われてないんですか」

坂崎に川尻との関係を問い質したとき、彼は虐待疑惑は邪推だったとはっきり認めた。そのことは小田桐にも伝わっているはずだ。ヤラセ取材とバレているのに、なぜ性懲りもなくまとわりつくのか。

「実は、新しい情報を仕入れたもので」

「何なんです」

「伊藤さんでしたっけ、手首を骨折した患者さん。その人が骨折したのは、看護師に突き飛ばされたからっていうじゃないですか」

「だから、それは、根も葉もないデマだと言ってるでしょう」

言葉を区切るように言い返しながら、同時にこの前、川尻は虐待とは言ったが、看護師が突き飛ばしたとまでは言わなかったことに思い当たった。坂崎がそれを小田桐に伝えて、今また新たな取材のネタにしてこちらを揺さぶろうとしているのか。いったい、小田桐という編集者は、どこまでやれば気がすむのか。

そう考えて、三杉はふと、小田桐こそが坂崎の弱みなのではないかと気づいた。そうだ、今の彼にとって、小田桐が担当をはずれることほどつらいことはないはずだ。小田桐の言うことなら、坂崎も聞かざるを得ないだろう。小田桐に頼めば、坂崎が笹野の遺族に接触するのを止められるかもしれない。

「根も葉もないデマって、こっちには確かな証拠もあるんですがね」

「嘘をつくな。そんなものあるはずがない」

強気に返すと、川尻はまたもニヤニヤ笑いを浮かべるばかりで、手の内を明かそうとしない。三杉は、どうすれば小田桐を味方に引き入れられるのかということのほうに考えが流れた。簡単にはいかないだろう。もしかしたら、小田桐自身が笹野への暴露をそそのかしているのかもしれない。それなら、坂崎をけしかけこそすれ、止める側にまわってくれるわけがない。

「先生もいろいろ悩みが多いようですなぁ」

人を食ったような調子で川尻が言い、その言葉に三杉は虚を突かれた。まさか、小田桐は川尻にまで笹野の件を伝えているのだろうか。坂崎に暴露話をさせるだけでなく、川尻を使って、九年前の手術の件をバッカスに煽情的に書かせるつもりなのか。そんなことをされたら、ますますことが大きくなる。

「あなたが小田桐氏から頼まれて動いているのはわかっているんだ。その目的も聞いてるんだろう。あなたがいくら揺さぶりをかけてきても、僕は痛くも痒くもない。小説のネタにもならないって、小田桐氏に言っといてくれ」

「さっきから小田桐って、だれなんです？」

「ふざけるな！」

自分でも意外なほどの怒鳴り声が出た。そこまでとぼけた対応で、話を引き延ばそうとするのか。それならもう付き合わない。主導権はこちらにあるのだ。三杉は沈黙の決意を露わにして、大股で病院に向かって歩きだした。

一瞬、後れを取ったかに見えた川尻が、三杉の背中に投げつけるように言った。

「伊藤さんを突き飛ばしたという看護師さんは、そのあとすぐに病院をやめちゃったらしいじゃないですか。それこそ疚しいことがある証拠でしょう。ちがうんですか」

あの夜、伊藤の骨折を見つけた辻井恵美の退職を、なぜ川尻は知っているのか。三杉は見えない力に引きもどされそうになったが、辛うじて歩みを止めずに進んだ。しかし、頭の中は疑問符でいっぱいだった。辻井がやめたことは、坂崎には話していない。であれば、小田桐経由の情報でもないはずだ。まさか、にんにん病棟の内部に告発者がいるのか。

自分を嫌っている者、自分を窮地に陥れて喜ぶ者、そのことでいちばん利益を得る者はだれだ。わからない。病棟のスタッフの顔が次々浮かぶが、いずれも川尻に接触することなど考えられない。それなら、どこから情報が洩れたのか。

通い慣れたはずの道が、三杉には異次元に続く奇怪な迷路のように感じられた。

47

亜紀に川尻がまた接触してきたことを話すと、彼女も「その件は片づいたんじゃなかったの」と、厄介そうに眉をひそめた。

「坂崎が言うには、川尻の取材は小田桐という編集者が、僕を混乱させるために仕組んだヤラセのはずだったんだけど、どうもそれだけじゃないみたいなんだ」

辻井の退職という坂崎の知らない事実を、川尻が口にしたことで、三杉は新たな疑心暗鬼に陥った。

「病院の中に情報提供者がいるということ？　心当たりはあるの？」

「いや。思いつかない」

「でも、手首を骨折した患者さんは、自分でこけたんでしょう。もしかして、ほんとうは看護師さんが突き飛ばしたかもしれないの？」

「それはないと思う」

「だったら、無視してればいいじゃない」

しかし、それならなぜ辻井は病院をやめたのか。ほかにも懸念はあった。

「もしかしたら、小田桐は笹野さんの件も川尻に伝えているかもしれない。坂崎といっしょになって、笹野さんが亡くなったことを、医療ミスの隠蔽事件に仕立て上げようとしているのかも」

「だったら、早く手を打たなきゃだめじゃない」

亜紀が焦れったそうに言い放つ。

「坂崎は小田桐という編集者が担当を降りることを恐れていたから、彼に坂崎を止めてもらえないかとも考えたんだけど、小田桐自身が坂崎をそそのかしている可能性もある。あるいは、坂崎が小田桐に担当を続けてもらうために、笹野さんの件を利用している可能性も考えられる。いずれにしても、坂崎を止めるのはむずかしいようなんだ」

「でも、その小田桐という人に一度、会ってみたらどうなの」

「そうだな……」

相づちは打ったものの、そこから事態が好転するとは思えなかった。

「カネで話がつくなら、楽なんだけど」

何気なくつぶやくと、亜紀が前から気になっていたという調子で低く訊ねた。

「もしも笹野さんの件が訴訟になったら、賠償金はいくらぐらいになるの」

「さあ、相手次第だと思うけど」

「いっそのこと、笹野さんのご遺族に聞いてみたら。正直にすべてを話して、ご遺族がどんな対応をするか見てみたらどうなの。そのほうが、坂崎さんを止めるより早いんじゃない？」

思いがけない提案に、三杉は戸惑う。

「笹野さんのご遺族が会ってくれるだろうか」

「会ってくれるわよ。先方はまだ何も知らないんだから」

「それで、何て言えばいいんだ」

「ありのままを言うしかないでしょう。それに、あなただけが悪いんじゃないんだし」

亜紀は古市のことを言っているのだろう。

三杉は笹野利平の遺族に向かって、事実を告白する場面を想像しておののいた。医師の懸命な治療にもかかわらず亡くなったと思っている夫や父親が、実は医療ミスのせいで亡くなったと知ったら、どれほどの怒りに駆られるだろう。ミスで死なされたことと、それを九年間も隠し続けてきたことで、怒りは倍加されるにちがいない。罵倒もされるだろう。軽蔑もされるだろう。涙ながらに暴力を振るわれるかもしれない。自分はそれに耐えられるだろうか。

考え込む三杉を見て、亜紀が神妙に言った。

「つらいと思うけど、やっぱり正直に話したほうがいいと思う。坂崎さんが変なことを言う前に、こちらを信用してもらうほうがいいでしょう」

「事実を隠し続けてきたのに、信用してくれるのかな」

「とにかく、坂崎さんのことも含めて、洗いざらい話してみたら。誠意を尽くせばわかってくれるわよ。そのためには自己保身やごまかしはだめよ。まずはきちんと非を認めて、謝罪するのよ」

誠意を尽くせばと言うが、そんなことで許してもらえるのか。この告白も、所詮は自分の保身のためじゃないか。事実を知る知人に密告されそうになったので、先に白状します。それが誠意のある謝罪になるのか。

なおも逡巡する三杉に、亜紀の声が苛立った。

「このまま放置していたら、坂崎さんに先を越されるわよ。川尻という記者だって、いつ笹野さんのところへ行くかしれないんでしょう。だったら行くしかないでしょう」

「もしかしたら、高額の賠償金か慰謝料を要求されるかもしれないよ」

「わかってるわよ。そのことも考えて先に話しに行ったほうがいいと言ってるの。心証をよくしておいたほうが、少しでも安くすむでしょ。必要だったら、このマンションを売ってもいいわよ」

えっと、三杉は妻の顔を見た。亜紀はすでに賠償金を支払うことまで想定しているのか。

「でも、マンションを売って、そのお金を賠償金にしたら住むところがなくなるだろ」

「また賃貸にもどればいいじゃない。あなたの稼ぎがゼロになるわけじゃないでしょう」

「だけど、もうぜいたくはできないぞ。子どもたちにも不自由かけることになるし」

亜紀が小さなため息を洩らして腕組みをした。

「わかってるわよ。そんなことも考えずに、わたしがマンションの売却のことを言ってると思ったの」

「そうか。すまない」

三杉は妻の思いきりのいいことに圧倒される思いだった。そこまで言われたら、覚悟を決めざるを得ない。

「じゃあ、笹野さんに連絡してみる。僕のせいで、君や子どもにまで迷惑をかけそうでほんとうに申し訳ない」

「いいわよ。あなたが家族のために、毎日一生懸命、働いてくれてるのはわかってるから」

亜紀の顔には、あきらめと受容が複雑に絡み合っていた。

48

笹野の遺族の連絡先は104で知ることができた。木曜日の夜に電話をかけると、か細いしゃがれ声の女性が出た。妻の佐知子だろう。三杉が名乗ると、すぐに声の調子が変わった。高齢なので、跳ね上がるというほどではないが、明らかに親しみが感じられる。それが三杉には逆につらかった。

「まあ、三杉先生ですか。ご無沙汰しております。お元気でいらっしゃいますか」

佐知子はたしか利平の四、五歳下だったから、現在八十二、三歳というところだろう。九年前、利平の入院に付き添い、検査や手術の説明のときもずっといっしょに付き添っていた小柄な女性を思い出した。ショートカットの白髪頭で、目鼻立ちの濃い顔だった。きりりとした眉で、黒目が大きく、顎は細いが口元は引き締まっていた。それでいて、常に夫を立てるような控えめな雰囲気だった。

「実は、ご主人のことで、お目にかかってお話ししたいことがあるのです。できれば、息子さんにも同席していただけるとありがたいのですが」

佐知子は何のことかと訝ったようだったが、雰囲気を察してか、詳しく聞こうとはしなかった。

「息子は日曜日なら、毎週午後にようすを見に来てくれます」

そう言われて、三日後の日曜日にお邪魔させてほしいとお願いした。住所は川崎市幸区矢向《やこう》で、南武線の矢向駅から歩いて十二、三分とのことだった。

日曜日。三杉は地味なネクタイに焦げ茶色のジャケットという出で立ちで、霊前への供え物を持って、矢向に向かった。スマートフォンのナビを頼りに、言われた住所を訪ねると、笹野の家は古びた平屋建てで、木製の門扉と柱があり、門から玄関までは数歩の距離だった。板塀の内側に、狭いながら手入れの行き届いた庭がある。

約束の時間を確かめて、インターホンを押すと、玄関の引き戸が開いて、佐知子が出てきた。

「三杉先生。ようこそお出でくださいました」

灰色のカーディガンにもんぺのようなズボン姿の佐知子は、思っていたよりひとまわりも小さく見えた。脚が悪いのか、杖をついて門まで出てくる。

「突然にお邪魔しまして、申し訳ございません」

三杉は改まった調子で頭を下げ、招かれるまま屋内に入った。

「まず、御仏壇にお参りをさせていただきたいのですが」

「どうぞ、参ってやってください」

絨毯を敷いた六畳の和室に案内されると、床の間の横に仏壇が置かれていた。三杉が参ることを予測してか、利平の遺影を正面に飾り、灯明にも火が入っている。

持参した供え物を横に置き、数珠を取り出して遺影に向き合った。ふくよかな丸顔に、頭頂部の尖った薄毛の頭。おむすびのような輪郭だ。その中にきまじめそうな目鼻と口が収まっている。何かの式典のときに撮ったのか、礼服にストライプのネクタイ姿で、畏まった表情を浮かべている。

九年ぶりに見る笹野利平の顔。たしかにこの顔だ。膵臓がんの診断を告げたとき、「そうですか」と、驚きもせずに受け止めたことで、逆に三杉のほうが驚いた。手術の説明のときも、切除する臓器の多さにショックを受けるかと思いきや、夫婦そろって不思議に落ち着いていた。もちろん、重大性はよくわかっていたはずだ。それなのに、治癒の可能性をしつこく確かめようともせず、三十三歳という若い主治医に不安を抱くようすもなく、泰然と説明を聞いていた。質問はありませんかと訊ねても、ただひとこと、「お任せしますので、よろしくお願いします」と言っただけだった。

それなのに、自分は期待に応えられなかった。それどころか、二週間、意識がもどらないまま過酷な治療を続け、命を終わらせてしまった。改めて当時の感慨がよみがえり、三杉は申し訳ない気持でいっぱいになった。

「お父さん。三杉先生が来てくれましたよ。久しぶりね」

佐知子が三杉に代わるように語りかけた。三杉ははっと我に返り、経机から線香を取って火を点した。鈴《りん》を鳴らして手を合わせる。

——笹野利平さん。謝ってすむことではありませんが、どうぞ許してください。

深く頭を垂れ、胸の内で精いっぱい念じた。

「その節は、主人がたいへんお世話になり、ありがとうございました」

正座用の椅子を尻に当てて座った佐知子が、首を揺らしながら一礼した。声も同じように揺れているのは、軽いパーキンソン症状のせいだろう。

三杉は仏壇の前を離れ、佐知子と向き合うように座った。それから奥を見やるようにして訊ねた。

「息子さんはいらっしゃらないのですか」

「すみません。さっき電話がありまして、何でも、息子の中学校の女の子が、変質者に絡まれたとかで、急遽、学校へ行くことになったようです。息子は教頭をやっとりますもんで」

息子の慎平は相模原市の中学校に勤めているとのことだった。二人に話ができないのは残念だが、仕方がない。

三杉はひとつ深呼吸をして、佐知子にまず一礼した。

「今日、伺ったのは、利平さんの手術の件について、お話ししなければならないことがあるからです」

「はあ」

佐知子は何を聞かされるのかと、きょとんとした目で三杉を見ている。背中が丸いので、顎を突き出す姿勢だ。三杉はつい伏し目がちになる自分を叱咤するようにして、懸命に佐知子に視線を向けた。

「奥さんは、ご記憶かどうかわかりませんが、ご主人の手術は膵臓以外に、胃の一部と、十二指腸や胆のうなども切除する大がかりなものでした。がんを含む周囲の臓器を摘出するところまでは、順調でした。ところが、取り除いたあとを修復する処置をしているときに、思いがけず、小腸の裏側で出血していることがわかったのです」

佐知子の表情は変わらない。出血の部位は、正確には空腸の裏面の後腹膜だが、敢えてわかりやすい説明にした。ここからが本番だ。事実をごまかさないよう、保身に走らないよう、自分に言い聞かせて続ける。

「動脈からの出血で、私の技量では対応できるレベルではありませんでした。なぜその出血が起きたのかはわかりません。今回、出血の原因を確認するため、手術の第一助手だった外科部長と、第二助手の医長に話を聞きに行きました。外科部長ははっきりしたことを言わず、医長は確証があるわけではないが、もしかしたら小腸の縫合のときに、針で動脈を引っかけた可能性があると申していました。いずれにせよ、執刀していた私の責任です。手術操作のどこかで血管を傷つけたのだと思います」

佐知子は身じろぎもせずに聞いている。はじめて聞く事実に、驚きすぎて反応できないのか。しかし、これからがさらにつらい告白だ。

「私が止血できないので、外科部長は執刀医を交替するよう命じました。外科部長は出血点を確認し、止血しようとしましたが、うまくいきませんでした。血管の縫合は消化器外科医の専門ではないからです。それができるのは心臓外科医で、応援を頼むという選択肢もありましたが、手術時間が長くなって、笹野さんの体力が心配されたのと、出血の部位が腹部の奥で、心臓外科医には処置が困難だと思われたことから、外科部長は動脈を結紮することで、止血を図りました。要するに、血管を縛ったのです」

その意味がわかるだろうか。言いたくないが、言わなければならない。そのために来たのだ。三杉は歯を食いしばって自らを叱咤した。

「その動脈は、おそらく肝臓に血液を送る動脈だったと思います。それを縛ったことで、肝臓への血の流れが遮断されることになりました。肝臓にはこの動脈以外に、門脈という血管も通っていますが、これは静脈なので、十分に酸素を送れません。つまり、この思いがけない出血を止めるために、危険を承知で、肝臓への血流を遮断してしまったのです。結果的にそれが原因で、笹野利平さんは多臓器不全になりました。私は何とか命を救おうと、できるかぎりの治療をしましたが、効果を挙げることはできませんでした」

顔を上げ、佐知子の表情をちらと見た。変化はない。三杉は崖から飛び降りるような気持で一気に言った。

「笹野さんは、私が引き起こした出血のせいで、命を落とされたのです。申し訳ありませんでした」

座布団をはずし、絨毯に額をこすりつけるようにしてひれ伏す。そして、佐知子の声を待った。すぐには対応できないだろう。九年間、隠されていた事実を知らされ、夫の死が主治医のミスによるものだと聞かされたのだ。絶望的な怒りと悲嘆、激しい誹《そし》り。いずれも甘んじて受けなければならない。

観念して目を閉じていると、佐知子の咳払いが聞こえた。

「そんなことがあったんですか……」

かすかなため息。まだ状況が完全にはのみ込めないのかもしれない。すぐには怒りも悲しみも湧かないのだろう。佐知子の唇の震えが感じられる。そこから出るのは怒号か、慟哭《どうこく》か。どちらにしても、とにかく誠意を尽くすしかない。

じっとひれ伏したままでいると、静かな声が降ってきた。

「三杉先生。どうぞ、頭をお上げください」

そう言われて上げられるわけもない。なおも平身していると、佐知子は複雑な思いに踏ん切りをつけるように、むしろ清々した調子で言った。

「今のお話、わたし、わかっていましたから」

「えっ」

まさか、もう坂崎が来て先に暴露したのか。しかし、それなら電話のときや、今日、自分を迎え入れてくれたときにも、もっとちがう反応があったはずだ。坂崎から話を聞いたようなそぶりはまったくなかった。

信じられない思いで面を上げると、佐知子は諦念と慈しみを混ぜたような寂しげな笑顔で続けた。

「専門的なことはわかりませんが、手術のときに何かあって、それが原因で主人の容態が悪くなったんだということは、気がついていました」

「どうして、それを」

「先生のようすを見てればわかりますよ。手術の前と後で、お顔がぜんぜんちがっていましたもの。何かたいへんなことが起きて、それを乗り越えるために必死になってらっしゃるのは、薄々感じていましたから」

「じゃあ、どうして詳しい話を聞こうとされなかったのですか。ご主人がどうなるか、心配でたまらなかったでしょうに」

「そりゃ心配でしたよ。だけど、主人から言われていたんです。お任せしたんだから、何があってもよけいな口出しはするなと」

信じられない。あり得ない。夫から言われたとしても、日に日に容態が悪化したのに、どうして黙ってようすを見続けることができたのか。

三杉は言葉を失い、声を発することもできずに何度か首を傾げた。佐知子がかすかに微笑んで続けた。

「手術のあとがうまくいっていないのは、わたしにもわかっていました。不安だったし、毎日祈るような気持でいました。主人が亡くなったときは、それは悲しかったし、つらかったです。今も思い出したら涙が出ます」

佐知子は言いながら、指の背で目元を拭った。

「でもね、手術の前の晩、帰ろうとしたら、主人がわたしを呼び止めて言ったんです。もし、手術がうまくいかなくても、おまえは何も言わなくていい、先生はきっと全力で治療してくれるだろうからって。わたしは、はいと答えました。そしたら、あの人は、寝たまま天井を見上げて、俺はもう十分生きた、自分の人生に満足している、おまえのおかげで、いい一生だったよ、ありがとうってつぶやいたんです。だからわたしは、そんな人生の終わりみたいなことおっしゃらないでと笑ったんです。だけど、膵臓がんでしょう。主人もわたしも、ある程度は覚悟していました。むずかしい病気だってことはわかってましたから」

「しかし、手術で亡くなるとまでは、思ってらっしゃらなかったでしょう」

「それはそうです。だけど、主人は予感してたのじゃないかしら。あの人は若いときから、あるがままを受け入れる性格でしたから。中学校で生徒が問題を起こしたときも、父兄に理不尽な攻撃をされたときも、不本意な学校に転勤させられたときも、文句を言わず、ただ黙々と、目の前の仕事にベストを尽くしていました。だから、膵臓がんで手術が必要とわかったときも、言われるまま受け入れたんです」

笹野利平の穏やかな顔が思い浮かぶ。治癒がむずかしい病気、危険を伴う大がかりな手術。それを前にして、不安や心配を訴えることもなく、空しい希望や絵空事のような期待にすがることもなく、口数少なく病室でその日を待っていた。どうすれば、あんなふうに泰然としていられるのだろう。

三杉は動揺しつつ、つぶやくように訊ねた。

「僕にはとてもできない。きっと焦って、足掻《あが》いて、調べまくって、ヘトヘトになるまで抗うと思います。笹野さんは、いったいどうしてそんなふうに思えたんでしょう」

「主人は満足する力の強い人でしたからね。それと感謝する力も」

佐知子は夫の遺影に目をやりながら、穏やかに答えた。そして、少し照れたように続けた。

「わたしもそれを見習ってきたんです。だから、手術のあと、何かよくないことが起こっているなと思ったけれど、三杉先生がずっと病院に泊まり込んで、こんなに一生懸命になってくれているんだから、結果がどうあれ、それはもう受け入れようと思ったんです」

不都合なことを隠し、専門知識で説明を取り繕ったつもりだったが、すべてはお見通しだったのか。その上で受け入れてくれていたのだ。恥ずかしい。三杉はそれまで感じたことのない羞恥に赤面した。

「でも、息子さんもいらしたでしょう。息子さんは不審に思われなかったんですか」

「あの子も父親を尊敬してましたからね。主人は息子にもよけいな口出しはせず、あるがままを受け入れろと話していたようです。遺言のように。それで息子も父親の考えを尊重して、自分を抑えたんじゃないですか」

「しかし、今ご説明した事実を聞かれたら、やはりショックを受けられないでしょうか」

「それは息子次第ですけど、今日、お目にかかれなかったのは息子の都合ですから、わたしから話しておきます。もし、息子が直接お話を伺いたいと申しましたら、お手数ですがまた説明してやっていただけますでしょうか」

「もちろんです。都合のつくかぎり、いつでもまた参ります」

のどがカラカラに渇いていた。先に出されてすっかり冷めた茶を啜ると、佐知子も湯飲みに口をつけてから言った。

「ところで、三杉先生はどうして今ごろになって、主人の手術のことを打ち明けに来られたんですか。ずっと気に病んでいらっしゃったのなら、わたしのほうこそ申し訳ないです」

「いいえ。そんなんじゃないんです。実は……」

これも言いにくいことだったが、ありのままに話した。元同僚の医師が自分をモデルにした小説を書くために、笹野の遺族に過去の手術ミスを暴露して、窮地に追い込む画策をしたこと、彼を止めようとしたが、うまくいかなかったので、先に自分から告白したほうがいいと判断したことなどだ。

「まあ、そんなことがありましたの。その元同僚のお医者さんというのは?」

「坂崎という川崎総合医療センターにもいた医師です。覚えてらっしゃいませんか」

「さあ」

佐知子は記憶を探るそぶりを見せたが、思い出せないようだった。

「では、そろそろ失礼させていただきます。息子さんにはくれぐれもよろしくお伝えください。お話はいつでもさせていただきますので」

三杉は今一度、絨毯の上で深々とお辞儀をしてから、立ち上がった。これでいいのかとも思いつつも、賠償金のことや訴訟のことは、当然、口にできなかった。佐知子は杖を頼りに門まで送りに出てくれた。

「それでは失礼いたします。奥さん、どうぞお元気で」

「三杉先生もますますご活躍されますように」

か細い声を震わせて微笑む。初冬の午後は早くも明るさを失いつつあった。三杉は申し訳ないと思いつつも、安堵の気持も正直、否定できなかった。

……………

その夜、笹野慎平から電話があった。母から先生の話を聞いたが、自分もあのときの治療には感謝しているし、手術中のトラブルも、致し方ないと思っているとのことだった。

「父が生きていたら、きっと感謝して受け入れろと言うと思いますので」

佐知子が話していたように、慎平の父に対する気持もまた、揺るがないようだった。

これで一件落着だ。慎平の電話のあと、すべてが解決したことを告げると、亜紀はほっとしたように笑ったあと、「ね、わたしの言った通りにしてよかったでしょう」と胸を張った。三杉もそれは認めざるを得なかった。

翌日の午後、三杉はふと思いついて、小田桐に電話をかけることにした。笹野の件をどれくらい知っているのかわからないが、もし、それを坂崎の小説に利用しようと企んでいるなら、意味がないことを伝えようと思ったのだ。その上で、坂崎の小説を応援してやってほしいと頼むつもりだった。また亜紀に人が好すぎると言われるかもしれないが、このまま坂崎が小田桐に見捨てられるのは、かわいそうな気がした。

現栄出版の代表にかけて、「書籍第一出版部の小田桐さんをお願いします」と頼むと、「お待ちください」と応答があり、オルゴールで「ララのテーマ」が流れた。しばらく待つと、同じ声がこう言った。

「書籍第一出版部に小田桐という者はおりませんが」

そんなはずはと思い、三杉はフルネームを思い出して言った。

「小田桐達哉さんですよ、編集者の。もしかしたら、ほかの部に移られたのですか」

「少々お待ちください」

キーボードを叩く音がして、すぐに受付の声が答えた。

「名簿で検索しましたが、オダギリ・タツヤという社員は弊社にはおりません」

どういうことか。三杉は通話の切れたスマートフォンを、意味不明の器械のように見つめた。

49

『坂崎へ
現栄出版に問い合わせたら、小田桐という編集者は、書籍第一出版部どころか、社員にいないと言われた。
どういうことか。
至急、返信を頼む』

メールで問い合わせたが、返信はなかった。何度か催促のメールを送ったが、なしのつぶてだった。電話をかけても応答しない。何らかの事情で、スマートフォンが使えないのか。それにしてもおかしい。

三杉は以前、小田桐の部下だったという大室賢治に連絡してみることにした。ところが、ケータイにかけると、着信拒否のメッセージが流れた。どういうことか。三杉は大室の名刺を取り出して、彼が所属している中央福祉に電話をかけた。

「先月、取材していただいた三杉と申しますが、大室記者をお願いします」と頼むと、「大室という記者はおりませんが」と言われた。そう言えば、記事が載っているはずの「月刊エンジョイ・ケア」もまだ届いていない。

大室の名刺をよく見ると、パソコンの名刺ソフトで自作したもののようだった。

小田桐も大室も連絡がつかない。いったい坂崎の周辺はどうなっているのか。

…………

にんにん病棟では、田中松太郎が前立腺がんの手術を無事に終えて、病棟にもどってきた。生検でやはりがんが見つかり、その後の検査で他臓器への転移はなかったので、全身麻酔で手術が行われたのだった。

手術の当日は、さすがに妻、長男、澄子、次男と、家族が顔をそろえた。手術室からベッドのまま病棟にもどってくると、澄子が真っ先に駆け寄った。

「お父さん。よく頑張ったわね。がんは全部取れたそうよ。さっき部長先生が説明してくださったの。これで安心ね。長生きできるわ」

個室へ運ぶ道すがら、ベッドとともに移動しながら言う。後ろから泌尿器科の主治医が付き添ってきたのに気づくと、澄子は相手の手を取らんばかりにして頭を下げた。

「先生。ありがとうございます。先生のおかげです。手術をあきらめなくてよかった。ほんとうによかった」

「そうですね。手術後の管理はこちらの病棟にお任せしていますから、何かあったら三杉先生におっしゃってくださいね」

泌尿器科の主治医は早くも三杉に丸投げする姿勢を露わにした。

三杉が病室にようすを見に行くと、澄子はベッドサイドにパイプ椅子を寄せ、父親をのぞき込むように見つめていた。ほかの三人の家族は少し離れたところで、折りたたみのベンチ椅子に座っている。田中自身は酸素マスクをつけたまま、まだ麻酔から醒めきっていないようすだった。

長男たちはほどなく帰ったが、澄子は夜通し看病したいと言うので、個室に泊まることを大野江に許可してもらった。澄子は手術が無事に成功したことで、自分の正しさが証明されたかのように、満たされた表情をしていた。

ところが、澄子の喜びも束の間、翌日、田中は午前中から荒い呼吸をはじめ、午後には三十九度二分の高熱を発した。三杉がポータブルで胸部のX線撮影をすると、肺は左右ともボタン雪が降り積もったかのような白さだった。術後肺炎である。田中は若いころ、ヘビースモーカーだったらしく、それがわざわいしたようだった。

状況を説明しようと病室に行くと、澄子が三杉の顔を見るなり、白衣にすがりつかんばかりの勢いで懇願した。

「三杉先生。父が苦しんでるんです。こんなにつらそうな父を、見てられません。なんとか楽にしてください。お願いします」

三杉は緊張した。楽にする、の意味が、永遠に楽にする、だったらどうしよう。澄子はただでさえ感情的で、極端に走りやすい性格だ。三杉はまだ経験したことはなかったが、その踏み絵を踏まなければならない日が、いつか来るのかもしれないと前々から思っていた。

無意識に唇を嚙みしめていると、澄子が言った。

「父は息が苦しいんでしょう。人工呼吸器をつけてもらえないんですか」

「えっ」

三杉は自分の早とちりに、一瞬、思考が溶ける思いだったが、澄子の要求は、それはそれで簡単には応じられるものではなかった。

「取りあえず、鎮静剤で苦痛を抑えます。人工呼吸器のことは、ちょっとご家族と相談させてください」

澄子はすぐに電話をかけ、長男と次男を病院に呼んだ。田中の妻は昨日の疲れが出たのか、伏せっていて来られないとのことだった。

息子と娘の三人がそろったところで、三杉は佃とともに面談室で家族と向き合った。

「田中松太郎さんの状態は、現在、かなり厳しいと言わざるを得ません。元々、慢性気管支炎だったようですし、白血球も一万二千を超えていて、ＣＲＰという炎症性のタンパクも、５プラスと出ています。いずれも重症の肺炎であることを示しています」

ここまでが前振りだ。これからむずかしい説明に入る。

「考えられる方針はふたつあります。ひとつは人工呼吸器を装着して、徹底的に治療をする方法、今ひとつは、鎮静剤等で苦痛を抑えながら、自然な経過に任せるというものです」

言い終わるや否や、澄子が身を乗り出した。

「自然な経過に任せるって、自然に治る可能性もあるんですか」

「バカ。そんなわけないだろ。無駄な延命治療をしないということだ。ですよね」

確認を求める長男に、三杉がうなずく。

「無駄な延命治療って、やりもしないで無駄かどうかわからないじゃないの。あたしは徹底的な治療をお願いします」

「お気持はわかります。しかし、なぜここでこの説明をしているかと言うと、もし徹底的な治療をはじめたら、途中でやめることがむずかしいからなんです。延命治療は患者さんに尊厳のない状況を強いる危険性が高いので」

「つまり、器械につながれ、点滴やチューブをたくさんつけられて、無理やり生かされるということですね」

ある程度、知識のあるらしい長男がふたたび確認する。次男も続く。

「あちこちから出血して、身体中むくんで、土左衛門みたいになるとも聞いたな。便にも血がまじって、ひどいことになるとか」

「じゃあ、あんたたちはこのままお父さんを見殺しにするって言うの。あたしにはできない。せっかく手術で前立腺のがんを取ったのに、肺炎で死ぬなんてかわいそうすぎる。あんまりよ」

取り乱す澄子を持てあまし、三杉が応援を求めるように佃を見た。佃は主任看護師らしい落ち着いた声で、澄子に言う。

「澄子さんがご希望でしたら、三杉先生はいつでも治療に最善を尽くしてくれますよ。ただ、延命治療は、場合によっては患者さんを苦しめることもあるんです。そうなったとき、よけいにつらい気持になりませんか」

「だけど、何もしなければ、父はこのまま死ぬんでしょう。そんなの耐えられない」

澄子は両手で顔を覆って首を振った。家族の中に一人でも治療を求める者がいたら、病院である以上、治療に踏み切らなければならない。たとえ、それが悲惨な状況につながるとわかっていても。

「どうされますか」

澄子を説得するより、長男と次男の合意を得るほうが、現実的だと思った三杉が、二人に訊ねた。長男がむずかしい顔で聞く。

「延命治療でひどい状況になるのは、どれくらいの期間ですか」

「場合によりますが、短ければ数日、長ければ二、三週間というところでしょうか」

「短くすることはできないんですか」

横から次男が聞くと、また澄子がヒステリックに叫んだ。

「二人とも何よ。お父さんを死なせることばかり言って。お父さんは今も苦しんでいるのよ。三杉先生、治療が遅れればそれだけ、助かるチャンスが減るんじゃないんですか。だったら今すぐ治療をはじめてください。お願いします。この通りです」

三杉の前に身を乗り出して、拝むように両手を合わせる。これ以上、引き延ばすと、澄子がどんな挙動に出るかしれない。

「わかりました。では、徹底的に治療するということでよろしいですね」

男二人に念を押すと、互いに顔を見合わせ、あきらめたようにうなずいた。

「じゃあ、挿管の用意を。抗菌剤は多剤併用で、ステロイドも使うから」

「わかりました」

三杉の指示で佃は敏捷に準備室に向かった。三杉も田中の個室にもどる。澄子たちには処置が終わるまで、部屋の外で待ってもらうよう手配した。

田中は呼吸は荒いままだったが、喀痰《かったん》の吸引で喘鳴《ぜんめい》は減り、鎮静剤で苦痛も少し和らいだようだった。三杉は鎮静剤を追加してから、気管チューブを挿管し、人工呼吸器のコネクターにつないだ。点滴のルートは、左手首と、右鎖骨の下から中心静脈の二ルート取った。吐血に備えて鼻から胃チューブを入れ、心電図をつけ、血圧をモニターするための動脈ラインも取った。導尿カテーテルは、手術のときにすでに挿入されている。延命治療のフルセットの完成だ。

「どうぞ、お入りください」

澄子たちを病室に招き入れる。

「お父さん。頑張ってね。苦しいでしょうけど負けないで。きっとよくなるから」

例によって、澄子が枕元でささやく。男二人は不安と不審に、父親似の顔を曇らせている。あとは田中がどれだけ回復力を見せてくれるかだ。

しかし、さっきのX線写真や血液のデータを思えば、きっとよくなるなどとはとても言えない。ただ、回復しないだけでなく、身体が生きたまま腐るような状況になっていく危険性が高い。そうなっても、今の日本では治療を止められない。実際には中止することもあるが、患者のため、家族のためを思って中止しても、あとで問題視されたら、刑事訴追もないとは言えない。尊厳死は殺人罪に問われる危険を孕んでいるのだ。

三杉は暗澹たる気持で、この先を憂えずにはいられなかった。

50

抗生物質、ステロイド、去痰剤、気管支拡張剤など、使える薬はすべて使った。水分バランス、電解質の調整、血糖コントロール、不整脈の抑制、利尿の促進、循環動態（血液の流れの状態）の監視と、すべきこともすべてやった。

しかし、経過は思わしくなかった。人工呼吸器をつけた翌日、胃チューブから赤黒い血液が逆流しはじめた。ストレス性の胃潰瘍だろう。すぐに止血剤を投与するが、効くかどうかは身体の反応次第だ。

胃チューブから逆流しているということは、当然、下にも流れているだろうから、下血がはじまるのも時間の問題だ。出血量が多くなると、輸血をせざるを得なくなり、輸血が増えると、全身の出血傾向が強まって、あちこちから出血しだす。すると、また輸血量が増え、ますます出血傾向が強まる。この悪循環にはまれば、あとはお決まりのコースだ。肝不全で黄疸が出て、腎不全で尿が減り、心不全で脈は速まり血圧は下がる。それでも治療で死を拒み続けると、手足は丸太のようにむくみ、腹部は腹水で膨れ上がり、顔も腐ったスイカのように腫れ上がり、人相が変わる。

心臓や肺が早めにへたばってくれればいいが、なまじ頑強だと、悲惨な状況は進む一方になる。

病室にはひどいにおいがこもり、入れた輸血がそのまま出血するような状態になる。それを止めるには、気管チューブを抜くのがいちばん早いが、明らかな尊厳死で、簡単にはできない。澄子がそれを求めずにいられるだろうか。

――八方ふさがりだ。もう僕を追い詰めないでくれ。

そう言って、地球の裏側へでも逃げ出したい気分だった。

ナースステーションでも、三杉は針のむしろだ。

「三杉先生がはじめたことなんだから、先生が最後まで責任を持ってくださいよ」

大野江が頬杖を突いて、師長席から凄んでくる。佃は面談室で同席していたことに責任を感じているのか、どんな状況になっても最後まで付き合いますと、悲壮な覚悟を決めているようすだ。梅宮などは、家族に押し切られて無謀な延命治療をはじめたとばかり、三杉に冷ややかな視線を向け、軽口にも返事をしない。

たしかに無益な延命治療は、看護師サイドにも大きな精神的かつ肉体的負担を強いる。三杉は田中の個室とナースステーションを無意味に往復し、窓際から外を眺めては重苦しいため息を吐くばかりだった。

延命治療をはじめて三日目。突如、田中の部屋のナースコールが鳴った。佃が素早く応答する。

「はい。どうされましたか」

「父が苦しんでいるんです。すぐ来てください。早く」

澄子の悲痛な声に、三杉が弾かれたようにナースステーションを飛び出した。佃も遅れずについてくる。

スライド扉を開けると、けたたましいアラーム音が鳴り響いていた。人工呼吸器がはずれたのか。確かめる間もなく、田中が気管チューブを握りしめ、高々と持ち上げているのが目に入った。

「気管チューブが抜けてる。澄子さん、まさかあなたが」

三杉が怒鳴った。澄子が思いあまって自ら尊厳死を実行しようとしたのか。それはぜったいに許されないことだ。

三杉の声に怯えたように、澄子が叫んだ。

「ちがいます。父が今、苦しがって、自分で引っ張ったんです」

「田中さんが抜いたんですか」

想定外の答えに、三杉の思考が一時停止した。ベッドの上で、田中が身体をバウンドさせるようにして咳き込んだ。派手な音を立ててのどを鳴らす。佃が機敏に反応して、ティッシュを数枚取って、口元に差し出した。

「かぁーっ、ペェッ」

横を向いて大量の痰を吐く。三杉は空しく空気を送り続ける気管チューブを取り上げ、人工呼吸器のアラームを止めた。

佃が三杉を振り返って聞く。

「挿管しなおしますか」

「いや、ちょっと待って」

田中は肩を上下させながら、しっかりと自分で呼吸をしていた。ふと見ると、鼻の胃チューブから血液の逆流が止まっている。もしかして、止血剤が効いたのか。投薬した本人が疑うのもおかしいが、そうだとしたら奇跡としか言いようがない。

ベッドの上半身を斜めに起こし、三杉は田中の胸の聴診をした。昨日まで泥水をかき混ぜるような音がしていたのに、今は少しましになっている。抗菌剤とステロイドが効きはじめたのか。まさかそんなことがと、思ってはいけないが、ほぼ確実と思われた悪い予測がはずれて、三杉は当惑せざるを得ない。

そのとき、田中のかすれた声が聞こえた。

「食べ、たい、何か……、ご飯を」

「お父さん、お腹が空いたの。食欲があるのね。先生。父に食事をお願いします」

信じられない。いったいどうなっているのか。

佃も見てはいけないものを見たかのように戸惑っている。澄子だけが明るい表情で、父親の回復を喜んでいる。わからない。これも医療の不確定要素なのか。

「先生。急に食事を出すのが無理でしたら、あたしが何か買ってきます。父の好きな焼きそばUFOを買ってきていいですか」

「待ってください。いくら何でもそれは早すぎます。まずは流動食からはじめて、三分粥、五分粥と順に上げていかなければ」

田中には取りあえず、とろみをつけた白湯を飲んでもらい、さらに虫押さえに桃のネクターも与えた。

食事はその日の夕食から再開し、毎食ごとにランクアップして、三日後には全粥になった。発熱も治まり、身体につけたチューブ類も順にはずれていった。田中にそれだけの生命力があったということだ。それでも、さすがに高齢のためか、ベッドから下りるところまではいかず、背もたれを上げるのがせいぜいだった。だが、それが逆に興奮して暴れることを防ぎ、適当な安静を保つことができた。

三杉には信じられない回復ぶりだが、目の前の事実を否定するわけにはいかない。延命治療は悲惨になるばかりと思い込んでいたが、助かる場合もあるのだと、認識を新たにせざるを得なかった。

「澄子さんは上機嫌ですよ。最後まで治療をあきらめないでよかったって。ほんとうに思いがけないハッピーエンドですものね」

佃がほっとしたように表情を緩めた。大野江が片眉を上げて皮肉な調子で言った。

「まだエンドじゃないわよ。今はハッピーかもしれないけど、田中さんが元通りに元気になったら、知らないから」

たしかにと、三杉も思う。肺炎は治ったが、認知症が軽快したわけではない。むしろ手術と肺炎の影響で、悪化している可能性が高い。ドラマやテレビのドキュメンタリーなら、ここで終わってメデタシメデタシとなるのだろうが、現実は終わらない。〝事実は小説よりも奇なり〟ではなく、事実は小説よりキリがないのだから。

51

夕方、医局で帰り支度をしていると、机の上でスマートフォンが震えた。

ディスプレイに「中央福祉　大室記者」と表示されている。着信拒否だったはずなのに、どういうわけか。この登録も今や偽りの肩書きであるのは明らかだ。

「あんたはいったいだれなんだ」

硬い声で質すと、臆面もなく「中央福祉の大室……」と言いかけるので、三杉はさらに強い声で遮った。

「中央福祉に大室なんて記者はいないと言われたぞ。ほんとうのことを言え」

刹那、間が空き、息を詰めるような気配があったが、相手はすぐに気を取り直したように早口に告げた。

「ああ、ご存じだったんですか。それなら却って話が早いです。私、本名は小室《こむろ》と申します。明誠《めいせい》書房という出版社で編集者をしております。先日は名前も所属も偽りを申し上げてしまい、誠に申し訳ございませんでした」

せわしなく謝るが、まるで誠意は感じられない。以前は好感の持てる知的な印象だったが、今はただ急な用件ができて焦っているようすだ。しかし、まずはこちらが事実を知るのが先決だ。

「なぜ、そんな嘘をついたんです。あのときのインタビューもヤラセだったんですか」

「すみません。実はこれにはわけがありまして、あとで説明いたしますが、三杉先生は坂崎さんの連絡先をご存じありませんか」

「どうしてあなたが坂崎を知っているんです。現栄出版にいたときの関係ですか。そう言えば、現栄出版にも小田桐という編集者はいないと言われましたよ。あなたの元上司だと言ってたじゃないか。どういうことなんです」

「あ、いや、申し訳ありません。これには深い事情がございまして、実を申しますと、私が現栄出版にいたというのも嘘でして、小田桐というのは架空の人物なんです」

「はあっ？」

三杉は思わず声をあげた。小田桐は現栄出版にいないだけでなく、そもそも実在しないというのか。あれだけ坂崎が頼りにしていて、関係が切れそうになったときに本気で怒っていたというのに。

信じられない思いでいると、小室は恐縮しながらも、何かに追い詰められているように自分の用件を優先した。

「事情をお話しすればわかっていただけると思うのですが、今はとにかく坂崎さんの行方がわからないと、どうにもならなくて」

「坂崎とはしばらく連絡を取っていません。電話もメールも通じないんですよ」

「そちらもですか」

悲鳴のような声だった。どうやら三杉が把握している連絡先は、小室も知っているらしかった。

さらに声のトーンを上げて言う。

「今、坂崎さんが仕事場にしていた渋谷のマンションに行ってみたら、もぬけの殻だったんです。それでバッカスの川尻さんもまずいと思ったらしくて、とにかく三杉先生に電話してみようということになったんです」

思いがけない名前が出て、三杉は反射的に問い返した。

「そこに川尻さんもいるんですか。あなたは前に川尻さんを知らないと言ってたじゃないですか。いったいどういう関係なんです」

「それは話せば長いことなんですが、すべては坂崎さんが仕組んだ話でして」

電話の向こうで小室が汗を拭っているのが見えるようだった。

「今、どちらにいるんですか。渋谷ですか。それなら二子玉川まですぐでしょう。こちらに来て詳しい事情を説明してください」

相手もそのほうがいいと思ったらしく、川尻ともども会うことを了承した。

三杉が着替えて、前に坂崎と会った駅前のカフェに行くと、小室と川尻がすぐあとから入ってきた。三杉を見つけて、小室は小走りに、川尻は不承不承という足取りで近づいてくる。

「小室というのは本名なんでしょうね」

席に着くなり嫌味を込めて言うと、小室は焦りながら名刺入れから名刺を取り出した。こちらは社のロゴも入った正式なもののようだ。

「明誠書房？　聞いたことないな」

「ごもっともです。小さな出版社ですから。でも、文芸も扱っておりまして、小説作品も出しております」

「そんな会社なら、どうして嘘の肩書きでインタビューなんか申し込んだんです」

「それは、その……坂崎さんから頼まれまして」

小室は申し訳なさそうに顔を伏せ、ちらりと横目で川尻を見た。川尻はくたびれたジャンパー姿で、相変わらずむさくるしい髪を神経質そうに掻き上げている。だが、以前の押しつけがましさはなく、どちらかと言えば、半ば被害者、半ば共犯者というような複雑な表情だ。

川尻から視線をもどした小室は、観念したように一部始終を話しだした。

「今年の八月の末に、坂崎さんがうちの文芸部にいきなり現れたのがことのはじまりでした。出版界では坂崎さんはもう終わった作家と見られていましたが、その彼がすごい小説があるから、ぜひとも明誠書房から出したいと言ってきたんです。今年、うちで出した新人作家の本が、珍しいことに直木賞の候補に選ばれたので、たぶん二匹目のドジョウを狙うつもりだったんでしょう。坂崎さんはえらく入れ込んでいて、この小説を乾坤一擲《けんこんいってき》の作品にする、作家生命のすべてを賭けるつもりだとまで言ったんです」

三杉も同じようなことを聞かされたのを思い出した。あのとき、真に迫って聞こえたのは、一度、出版社でリハーサルをしていたからなのか。

「小説のプロットを聞くと、認知症の病棟に勤務する医師が主人公で、医療ミスの後ろ暗い過去を抱え、それがいつ露見するか恐れながら、熱心に認知症の患者に向き合うというもので、実在のモデルもいるから、きっとリアルな作品になるとおっしゃっていました」

勝手なことをと三杉はあきれたが、小室はさらに続けた。

「私は半信半疑でしたが、編集会議にかけると、意外にもゴーサインが出たので、行きがかり上、私が担当することになったのです」

「現栄出版の小田桐という辣腕《らつわん》編集者が担当するという話は、はじめから作り話だったんですか。しかし、なんでまたそんな嘘を」

三杉は未だに信じられない思いで聞いた。

「坂崎さんの作戦なんです。モデルとなる医師、すなわち三杉先生ですが、坂崎さんは小説をおもしろくするために、モデルの医師を窮地に立たせる必要があると考えたんです。後ろ暗い過去に向き合うことを余儀なくさせるために、先生を追い詰める必要があると言っていました。今から思うと、ほんとうに申し訳ないんですが、私も編集者として、本を出すからには売れなければなりませんので、少しでも効果がありそうなら、協力しなければと思ったのです」

「主人公が窮地に立たされるというのは、僕も聞きました。小田桐という編集者の意見だと言ってたけれど、坂崎の自作自演だったのですか」

「そうです。坂崎さんはまず、大手出版社の辣腕編集者が自分を担当してくれると言って先生を信用させ、次に私がその架空の編集者の元部下という設定で先生に接近し、その話は怪しいと告げる。先生が疑問を持ったことで、その架空の編集者が坂崎さんとの関係を解消しかねない状況になり、坂崎さんがその責任を追及することで、先生を追い詰めるというシナリオです」

あのときのごたごたは、はじめから仕組まれていたというのか。あまりに手の込んだ卑劣さに、三杉はげんなりする思いだった。

「そのあとで、一度、坂崎のほうから謝罪するようなことも言ってきたけれど、それもはじめから計算ずくのことだったんですね」

表面上、謝る素振りを見せながら、坂崎はじわじわとこちらを追い詰め、笹野の遺族に真実を告げるとまで言って、三杉を激しく動揺させたのだった。そのすべてが彼の小説の材料にするためだったのか。

「しかし、私が現栄出版に問い合わせたら、小田桐という編集者がいないことは簡単にバレるでしょう」

「そのときは、すべてフィクションだからとか何とかごまかすつもりだったんじゃないか、あいつのことだから」

それまで黙っていた川尻が、不機嫌そうに口をはさんだ。さらに苦々しい調子でつぶやく。

「結局、俺も三杉先生を追い詰めて、坂崎の小説作りに一役買わされていたってわけか」

だれがほんとうの素性を明かしているのかわからなくなり、三杉が訊ねた。

「川尻さんが現栄出版に所属するバッカスの記者というのは、事実なんですか」

「そうだよ」

「それならどうして坂崎に協力なんかしたんです」

川尻は自嘲するように口元を歪めて答えた。

「三杉先生に聞かれたときは空とぼけたが、坂崎とは以前、推理作家クラブのパーティで会ってるんだ。そのときのことを覚えていたらしく、坂崎が連絡してきて、バッカスに載せるのに恰好のネタがあるから取材しないかと言われたんだ」

「それが最初のマラリア・リサーチセンターの人体実験疑惑ですか」

あの話も小田桐が仕組んだと言っていたが、ネットで情報を得て川尻に伝えたのは坂崎なのだろう。

「それだけじゃない。先生の病棟で患者への虐待の疑いがあったんだろう。坂崎が言うには患者はそうとう重傷らしいから、ウラが取れれば記事になるだろうと言ってた」

なんということだ。これでは坂崎に協力していた三杉を、写真週刊誌に売るのも同然じゃないか。もし実際に記事が出たら、坂崎はどう釈明するつもりだったのか。いや、川尻の取材は、小田桐による執筆の援護射撃だと言っていたから、その架空の編集者にすべての責任をなすりつけるつもりだったのか。あるいは、それに対する三杉の怒りや動揺も小説にしようと算段していたのか。

「川尻さんには取材のときにも言いましたが、うちの病棟では看護師による虐待はいっさいありませんから」

「しかし、実際、骨折した患者はいるし、それに関わった看護師は、怪我の直後に病院をやめたんだろ」

それだ。その情報を川尻はどこで手に入れたのか。聞くと、川尻は今さらながら坂崎の唆《そそのか》しに乗ったことを自嘲するように説明した。

「坂崎が病院に話を聞きに行けと言ったんだよ。正面から取材を申し込んでも断られるから、患者の見舞いを装って、看護師の少ない日曜日に行けば、当事者に話を聞くことができるだろうと唆すように言われたんだ。たしかにいい方法だと思って、日曜の夕方に見舞い客のふりをしてお宅の病棟に行った。四時から看護師は申し送りをするから、病室には来ないと坂崎に教えられていたからな。骨折した患者に話を聞きに行くと、その伊藤という患者は、自分がどうして骨折したか覚えてなかったんだ。看護師に暴力を受けたんじゃないのかと聞いても、知らん、わからんとしか言わない。俺がだんだん苛立って、声が大きくなったとき、別の患者が入ってきた。それで、あんたの言う通りだ、この爺さんは看護師に突き飛ばされて、骨折したんだと教えてくれた。その患者が、伊藤を突き飛ばした看護師はすぐ病院をやめたと教えてくれたんだ」

元新聞記者の渡辺だ。三杉は息せき切って否定した。

「その証言をした患者さんは、レビー小体型の認知症で、幻覚もあって、言ってることは信用できないんです。日にちもずれてるし、話の内容だってころころ変わるので」

「わかってるよ。俺もちょっと怪しいとは思ったんだ。だが、坂崎に報せると、それはすぐ三杉にプレッシャーをかけるべきだと言うから、なぜだと聞くと、ゆさぶりをかけたら疚しいことがあるかどうかわかるだろうと、またけしかけるように言うんだ。すぐに返事をしないでいると、坂崎は三杉には過去の重大な医療ミスもあるから、場合によってはその情報も提供すると言ってきた。あんまり思わせぶりに言うので、取りあえず看護師がやめたというネタをあんたにぶつけてみたのさ」

いったい、坂崎はどこまで卑劣なことを企んでいたのか。

「過去の医療ミスの具体的なことは、坂崎は言わなかったんですか」

「手術中のミスだろ。許せない行為だとか、患者は殺されたのも同然だとか、なんだか大袈裟に言ってたが、どうも眉唾っぽかった。で、実際はどうなんだ」

「たしかにミスはありました。しかし、致し方ない面もあったんです。患者さんの家族にはきちんと説明をして、納得してもらっています」

三杉はここで弱みを見せるわけにはいかないと、多少、時系列を無視して、手術のすぐあとに説明したような口ぶりで強弁した。川尻はそれ以上聞こうとせず、「だろうな」とだけつぶやいた。坂崎はそれまで言を弄したことで、完全に川尻の信用を失っているようだった。それは坂崎の卑劣さ、浅はかさの当然の報いだ。

「それで、小室さんはどうしてそんなに慌てて、坂崎の連絡先を知ろうとしているんです」

「今、坂崎さんに逃げられたら困るんですよ。貸したお金が返ってきませんから」

小室は目の前にコーヒーがあるのも忘れたように説明した。

「坂崎さんはずっと、原稿は順調に進んでいると言っていました。もう半分以上書いたから、年内か、遅くとも年明けには脱稿できるという話でした。それでこの前、折り入って相談があるというので、会ってみると、印税の前借りをさせてもらえないかと言うんです。しかも百万も。坂崎さんは自信満々で、この小説はベストセラーまちがいなしで、原稿用紙千枚にはなるから定価千八百円としても、十万部は堅い。だから、印税は千八百万を下らないと言って、どうか頼むとテーブルに両手をついて頭を下げたんです」

坂崎得意のテーブル土下座だ。

「で、百万円を貸したんですか」

「とんでもない。実際、十万部売れることが確実なら融通もしますが、しばらく鳴かず飛ばずの坂崎さんの本が、そんなに簡単に売れるわけがありません。一応、会社に相談しますと言ったら、すぐにもいる金があるんだ、十万円でいいから、なんとかしてくれと頼まれて、仕方なしに私がコンビニでお金をおろして貸したんです」

「借用書はもらったのか」

どうせ抜けているだろうと言わんばかりに、川尻が聞いた。小室が弁解口調で答える。

「急な話でしたから、そんな暇はありませんよ。それに借用書があったって、はじめから返す気がないなら意味ないでしょう」

さらに三杉に説明する。

「日を置かずに、また前借りの催促をしてくるから、会社の答えはノーだと伝え、とにかく今できている分の原稿を見せてほしいと頼んだんです。そしたら、まだ第一稿で文章も粗いし、自分は大胆な推敲をするから待ってくれとか言って、逃げてばかりいるので、私は坂崎さんが仕事場に使っているというマンションを直撃したんです。担当したはじめのころに、ぜひ仕事場を見てくれと言って、打ち合わせで飲んだあとでコーヒーをご馳走してくれましたからね。突然、訪問したので、さすがに坂崎さんもムッとしたようすで、顔を見るなり露骨な舌打ちを食らいました。それでうちが印税の前借りを認めないなら、この小説は大手に持って行こうかと思ってるなんて言うんです」

「偉そうに」と川尻が鼻で嗤《わら》った。小室は苦笑いを浮かべて続ける。

「現栄出版やら文潮社の編集者が、ぜひうちで出したいと言ってきてるんだ、今ははじめに声をかけた経緯もあるから、明誠書房の顔を立てているが、対応次第では原稿を引き揚げる、契約も何も結んでないんだからなと、かなりご立腹のようでした。大手から声がかかっているというのはハッタリでしょうが、これ以上怒らせるのもよくないので、すみませんと謝りました。そしたら、坂崎さんは急に機嫌がよくなって、今、新しい展開を思いついた、主人公の上司の外科部長が卑劣な男で、保身のために若い主人公に罪を着せて、病院ぐるみで隠蔽工作をするんだ、今の日本では組織ぐるみの隠蔽ほど社会の怒りを買うネタはないだろう、ぜったいにアタるぞと、自分の言葉に煽られるみたいに興奮してました」

川尻がまた横から口をはさむ。

「その話は俺も聞いた。坂崎ってヤツは、小説のことをしゃべってるときがいちばん活き活きしているみたいだったな。で、原稿は少しでもできてたのかい」

「いえ。現物は一枚も見てません。簡単なプロットはメールで送られてきましたが、あとは打ち合わせの飲み会でも、構想がどんどん広がるばかりで、アイデアはいくらでも出てくるんです。しゃべり倒したあとで、自分の頭を指さして、すべてはここにある、あとは書くだけだと言うので、よろしくお願いしますと私が頭を下げるのが、いつものパターンでした」

「そりゃ、坂崎は書かないよ。原稿ができないうちは、そうやってタダ酒を飲ませてもらえるんだからな」

「ひどい。それじゃまるでたかりじゃないか」

三杉が呆れると、川尻は「そんなヤツはどこにでもいるさ」と、何を今さらという口ぶりだった。

それを見抜けなかった小室は、悔しそうに唇を噛んだが、ため息で自分をごまかすように続けた。

「でも、坂崎さんはけっこう話が巧みで、発想は斬新だし、現代医療の矛盾点や不条理を鋭く衝くようなことも言うんですよ。だから、私も期待していたんです。ところが、数日前から急に連絡が取れなくなって、私が個人的に用立てた十万円のことも気になったので、川尻さんに連絡したんです」

「どうして川尻さんに？」

「坂崎さんからいろいろ聞いてましたから。写真週刊誌のバッカスに、三杉先生を追い詰めるのにちょうどいい記者がいると」

「俺も坂崎から小室さんのことは聞いてた。無名の出版社だが、すごい編集者がいて、自分を担当してくれてると、まじめな顔でほめてたぜ」

揶揄するような川尻に、小室が言い返した。

「私にだって川尻さんのことは、スクープ連発の超やり手の記者だと、真剣に言ってましたよ」

「嬉しくも何ともないね。坂崎ってヤツは、自分を信用させるために他人をほめるところがあるんだ。今ごろ気づいても遅いがな。それで、小室さんから連絡を受けて、俺も坂崎の魂胆を知りたいと思ったから、今日、いっしょに渋谷のマンションに行ってみたわけだ。そしたら見事にもぬけの殻だった。気の毒に、小室さんは十万円をだまし取られて終わりというわけだ」

　そこで三杉はふと、坂崎の実家のことを思い出した。

「坂崎の親は医者のはずだから、実家に連絡すれば何とかなるんじゃないですか」

「三杉先生もだまされてるんですか。私もはじめにそう聞いて、信じていたのですが、今回、連絡が取れなくなってから調べたんですよ。高校時代の同級生が見つかって、その人に聞くと、坂崎さんの実家は長野県の松本市でクリーニング店をやっていたそうです。クリニックではなくクリーニング。本人は高校時代に作家になる啓示を受けたみたいなことを言ってましたが、同級生によると、坂崎さんは高校時代から医学部合格を公言して、勉強一本槍だったらしいです。だから、そのころに文学に目覚めたなんてことはあり得ないとのことでした」

　なんと、医師の家系に生まれたというのも、高校時代に作家を目指したというのも作り話だったのか。実家がクリーニング店だったというのも初耳だったし、長野県の出身だということも三杉は知らなかった。

「松本のご両親に電話で問い合わせたら、今は店を閉めて年金暮らしとのことでした。坂崎さんからは、ここ四、五年、音沙汰がないと言ってました。そんな状況でしたから、居場所も当然わからず、貸したお金のことも言い出せなくて」

　小室は基本的に優しい人柄のようだった。両親の現状に同情して、十万円は坂崎本人から取り返す以外にないと思ったのだろう。

「小室さんも気の毒だが、俺も結局は坂崎に振りまわされて、ずいぶん無駄足を踏まされたってわけだ。何度かメシも食わせたし、酒だって飲ませた。まあ、いずれ坂崎が犯罪者になるか、野垂れ死にでもしたら、そのとき記事にさせてもらうよ。病的な嘘つき、誇大妄想狂、カラ約束の無責任男としてな」

川尻が自嘲するように言うと、小室は十万円に未練たっぷりなようすながら、空しいため息を洩らした。

52

その夜、三杉は笹野佐知子に電話をかけた。

坂崎から連絡があったのではないかと思ったからだ。訊ねると、案の定、あったと答えた。

「三杉先生からお名前を伺っていましたので、すぐにこの先生だなとわかりました。電話で会いたいと申されるので、困るとお断りしたんです。そしたら、主人の手術のことで重大な話があるから、ぜひにとおっしゃるので、そのことなら、もう三杉先生からお話を伺いましたとお答えしました」

「坂崎はどう言ってました」

「ひどく驚かれたようで、そんな話は信用してはいけないとか、あなたの夫は三杉先生に殺されたのも同然なんだとか、大袈裟なことをあれこれ並べはじめました。だから、わたしは途中で遮って、はっきり申し上げましたの。主人もわたしも、三杉先生には感謝こそすれ、恨むような気持はいっさいありませんと」

「ありがとうございます」

スマートフォンに手を合わせたいような気持だった。佐知子は三杉の深刻な声を打ち消すように、明るく続けた。

「そしたら坂崎さんは急に怒りだして、あんたはだまされてるんだ、そんなことじゃ死んだ患者は浮かばれない、医療ミスはぜったいに許しちゃだめなんだと、まくし立てるように言って、一方的に電話を切ってしまいました。そうとう頭に来てたようですね。でも、先生とあの人のどちらがほんとうのことを言ってるかは、声を聞いただけですぐわかりましたもの」

聞く人が聞けば、坂崎の下心など容易に見抜けるのだろう。

電話があったのはいつかと聞くと、三杉が佐知子を訪ねた数日後とのことだった。坂崎が行方をくらましたのはその直後だ。笹野利平の死亡を露悪的に遺族に話して、三杉が窮地に陥るというシナリオが崩れたことで、坂崎の中で小説の構想が破綻したのだろう。それで執筆ができなくなったのか。いや、彼にはもともと書く能力がなくて、常に何かを口実にして、書くという作業から逃げていたのかもしれない。

あのとき、亜紀の勧めに従って、早めに佐知子に事実を告白してよかったことになるが、佐知子なら先に手術のミスを知らされたとしても、坂崎の思惑通りには反応しなかったのではないか。

いずれにせよ、坂崎はこれだけ周囲に迷惑をかけたのだから、もう連絡してくることはないだろう。

一抹の哀れさを感じつつも、三杉は胸の内から雲が晴れるような解放感を覚えた。

53

三杉にとっていつも通りのにんにん病棟の日々がはじまった。

「父がお世話になり、ありがとうございました」

仏頂面で不承不承、頭を下げるのは伊藤俊文の息子である。退院する伊藤を傍らに立たせて、まだ未練がましく病棟の奥をのぞき込んだりしている。

伊藤の左手首のギプスがはずれたのは、ちょうど一週間前だった。整形外科医の見立てでは、骨折の治癒は順調で、関節の拘縮《こうしゅく》はあるもののいつ退院してもいいとのことだった。それが入院二カ月の一週間前に当たっていた。

三杉は家族に連絡して、早急に退院してもらうように求めた。息子はこんな状態で退院させるのはひどいじゃないかと怒ったが、にんにん病棟は地域包括ケア病棟なので、入院は六十日以内が原則なのだと突っぱねた。

——しかし、父が入院する前からこの病棟にいる患者もいるじゃないですか。

——もちろん、医学的に入院治療が必要な患者さんは病院にいてもらいます。伊藤俊文さんは、その必要がないので退院をお願いしているのです。

三杉は穏やかな表情で答える。相手がいくらゴネても、決定権はこちらにあるのだ。そう思えば、多少、不愉快な態度を取られても我慢することができる。

——だけど、パーキンソン病も認知症もあるでしょう。

――それはいずれも入院の必要はなく、外来での投薬で十分です。それに認知症の介護は病院の役目ではなく、ご家族か施設の担当になりますので。

――この病院は患者を追い出すんですか。これじゃ無理やり出て行けと言うのと同じでしょう。

ほとんど激昂しかけている息子に、三杉は丁重な物腰で伝えた。

――医学的に入院の必要がないのに、家庭の事情などで退院を拒む患者さんは、「社会的入院」といって、今、メディア等でも問題視されています。伊藤俊文さんも、これ以上入院を続けると、その状態になりかねませんので。

専門的な事情を加えて説明すると、伊藤の息子も引き下がらざるを得ないようだった。

三杉とて、常に杓子定規に退院を求めるわけではない。家庭の事情も考慮するし、状況によっては二カ月を超える長期の入院も認めている。それならなぜ、伊藤に強く退院を迫ったのか。

父親を車椅子に乗せて、不機嫌そうに去っていく伊藤の息子を見送りながら、三杉は思う。退院のほんとうの理由は、息子さん、あなたですよ。お父さんが骨折したときの理解のない態度、高圧的な姿勢、そんな家族がいる患者さんは、申し訳ないけれど、我々にとって危なくて看ておれない。無事なうちにお引き取り願うしかないんです。


………


「先生。やっぱり今日も出てるよ。もうかゆくてたまらないよ」

元新聞記者の渡辺真也が、両腕を交互に掻きながらナースステーションに来た。一週間前から原因不明のジンマシンが出て、しょっちゅう三杉に診察を求めるようになっていた。

カウンターにいた佃が、代わりに対応する。

「薬はのんでますか。塗り薬もあるでしょう」

「あれ、効かないんだよ。もっとほかの薬はないの？　それにしてもどうしてジンマシンが出るんだろうね。この前のサバの味噌煮に当たったのかな。だけど、あれは大分前だしな。ねえ、先生。この前のアレルギーの検査、結果はどうだったの」

奥にいる三杉をのぞき込んで呼びかける。しっかりしているようでも、記憶力の低下は著しい。検査の結果はもう何度も伝えている。それでもしつこく聞いてくるので、三杉は毎回同じように答える。

「アレルギーの検査は、皮膚テストも血液検査も、全部、マイナスでした」

「じゃあ、どうしてジンマシンが出るのさ。肝臓がまた悪くなってんじゃないの。ちゃんと調べなくて大丈夫なのかね」

渡辺はジンマシンが気になって、一日中そのことばかり考えているようすだ。おかげで、伊藤の骨折のことを口にしなくなった。それまでは、病院はどう謝罪するのか、家族にはどう説明するのかと、三杉の顔を見るたびにしつこく聞いていた。

――弱い人間を見捨てるわけにはいかない。病院という強大な権力には、決して屈しないぞ。それがジャーナリストの使命だからな。

そんなふうに胸を張っていたが、ジンマシンが出ると自分の身体に気持がシフトしたようで、ジンマシンのことばかり三杉に相談してくる。なんとかしてくれ、原因は何だ、いつになったら治るのかと、口にするのは自分の心配ばかりだ。ひとつのことにこだわるのは認知症の特徴だが、同時にふたつは無理らしい。

…………

伊藤を突き飛ばしたと言われた看護師の辻井恵美が病院をやめた理由は、偶然、明らかになった。主任看護師の佃が、渋谷のショッピングモールでたまたま辻井に出会い、話を聞かせてくれたという。それによると、彼女はにんにん病棟の勤務を半年続けて、自分が認知症の看護に向いていないことを痛感し、このまま勤務を続けていたら、ほんとうに患者に手を出してしまいかねないと思ったらしい。

——あのとき、カンファレンスでみんながわたしをかばってくれたのが嬉しくて、それなのに、もしもわたしが事件を起こしたら、病棟のみんなに迷惑がかかると思って、怖かったんです。

佃が確認すると、やはり伊藤は自分で転倒して骨折したとのことだった。渡辺がそのあと、看護師に突き飛ばされたと言い続けて困ったと佃が言うと、辻井は思い当たることがあるように言った。

——伊藤さんが転倒する前、何度目かのアラームで駆けつけたとき、斜め向かいの渡辺さんも起きようとしたので、わたし、イラッとして、渡辺さんをけっこう強くベッドに押しつけたんです。そのことを根に持って、わたしが伊藤さんを突き飛ばしたように言ったんじゃないですか。

大野江に話を聞かれたとき、渡辺のことを言わなかったのは、やはり手荒な看護に後ろめたい気持があったからだろう。

現在、辻井は渋谷のクリニックに勤務しているという。

…………

妻の富子によってラザロメディカルに転院させられた鈴木浩は、予想通り、何の改善もないまま、自宅にもどったようだ。

退院の報告と、今後、容態が変化したときの依頼を兼ねて、富子が三杉に挨拶に来た。

「主人は今、細貝先生が勧めてくださった〝下垂体覚醒療法〟を自宅で続けているんです。症状はあまり変わっていませんが、わたしのほうが変わりました。細貝先生のお話を聞いて、わたしは生まれ変わったんです」

富子によれば、院長の細貝はこう説明したという。認知症は人間の業の一種であり、その人がこの世に生まれる前から決まっている試練である、それを正面から受け止めることで、現世での魂が浄化され、超時空間でのステージが向上する。

新興宗教もどきの説明だが、富子は完全に信じ込んでいるようだった。

「わたし、改めて自分の生き方を問い直された気がいたしましたの。これまで主人のことを嘆いてばかりいましたが、今はありのまま受け入れ、主人とともにいられることに幸せを感じています」

「でも、ご主人の介護はたいへんでしょう」

「介護はわたしの試練でもあるのです。いろいろトラブルもありますが、それはあったほうがいいんです。つらければつらいほど、わたしの魂も浄化されるのですから」

富子の表情には、ある種の確信と穏やかさがあふれていた。

彼女が帰ったあと、師長席で聞いていた大野江があきれたように言った。

「完全な洗脳ね。高額の治療費もひと役買ってるんだわ」

たしかに高いお金を払うと、それを無駄にしたくないというバイアスがかかるから、人は信じやすくなる。一種のプラセボ（偽薬）効果で、ブランド品を実際以上によいものに思うのと同じだ。

三杉は思う。医学的にはまったくのまやかしでも、患者や家族に癒しを与えるのなら、ラザロメディカルも医療の役割は果たしているのかもしれない。特に現代医療が治癒できない病気に関してはそうだろう。もちろん、積極的に勧めるべきではないけれど。

……………

前立腺がんの術後肺炎から復活した田中松太郎は、その後、認知症が進み切って、ほぼ無言無動となった。

食事も口から摂れなくなったため、澄子の希望で胃ろうが造設された。導尿カテーテルも入れっぱなしで、痰も自分で出せないので、看護師が適宜、吸引する。

寝たきりになったおかげで、徘徊はなくなり、暴言や怒りの発作もなくなって、穏やかな表情になっている。これ以上、治療の余地はないので、近々退院の予定だ。

退院後は、澄子が実家で介護をするらしく、看護師に褥瘡《じょくそう》の予防や、痰の吸引の仕方を教わって練習している。胃ろうと導尿カテーテルの管理は、在宅医療の医師に引き継ぐ予定だ。

「お父さん。もうすぐ家に帰れるわよ」

澄子が枕元で声をかけても、田中は反応しない。念のため脳のＭＲＩを撮ると、脳実質が萎縮して、しなびたピーマンみたいになっていた。これでは意識や感情があるはずがない。それでも澄子は嬉しそうに言う。

「温かいタオルで身体を拭いてあげると、やっぱり気持がいいんでしょうね。父がニコッと笑うんです」

54

「ところで、先生の知り合いの作家さんは、あれからどうなった」

大野江が師長席で頬杖をついて三杉に訊ねた。坂崎が姿を消したことは伝えていたが、その後の経過は報せていなかった。

「行方不明のままです。十万円を貸した編集者も取り立てをあきらめたみたいだし」

小室からも何度か連絡があったが、坂崎の居場所は依然として知れず、小室もそれ以上、手の打ちようがないようだった。

「やっぱり胡散臭いと思ったのよ。物書きなんて人種は、本が売れさえすれば、どんなことだってするでしょ。他人が困ろうが傷つこうが、お構いなしなんだから」

「そんなひどい書き手ばかりじゃないと思うけど」

「先生は人が好すぎるのよ、善良であることは認めるけど」

こと坂崎の件に関しては反論の余地はない。しかし、と、三杉は思う。この俺を善良だと認めるなんて、人が好すぎるのは大野江師長、あなたのほうだ……。

大野江は思いついたように話を変える。

「そう言えば、この前、先生は認知症の患者さんをどこまで治療すべきかって言ってたでしょう。〝生かさず、殺さず〟って言葉、知ってる?」

「江戸幕府が農民を搾取するときのことでしょう。農民が死ぬと年貢が取れないから、生きていられるギリギリの年貢を取るっていう」

「そういうふうに思っている人が多いみたいだけど、元々はちがう解釈があるのよ」

大野江は自分用のタブレットを取り出して、検索のページを開いた。

「徳川家康の家臣だった本多正信《ほんだまさのぶ》っていう人が、こう言ってるの。『百姓は、天下の根本なり。……百姓は、財の余らぬように、不足なきように治むる事、道なり』ってね。米が足りないと困るから不足のないように、余ると仕事に励まなくなるから余らないようにするのがいい。つまり、ほどよく治めるのが肝要という意味らしいの。これって、認知症の患者さんの治療にも当てはまるんじゃない？」

「ほどよい医療で、生かさず、殺さずってことか」

その言葉は、ふつうに使われる過酷な意味とはまったくちがう形で、三杉の腑に落ちた。認知症の患者を無理に生かそうとするのも、無理に死なそうとするのもよくない。その人にとって、必要なことを過不足なくするのが、ほどよい医療ということだろう。

「たしかに、それはいいかも」

現実を受け入れ、死にも抗わないことで、見えてくるものがある。今という時間の貴重さ。末期《まつご》の目で見る〝今〟の輝き。

ふと、外科医時代のことがよみがえった。あの若かったころ、ほどよい医療など考えもしなかった。とにかく患者の命を救おうと、無理な治療を強行したり、最後の最後まであきらめず、逆に悲惨な状況を招いたりしたこともあった。

さらには、悔いても悔やみ切れない症例……。

夫の死に理解を示してくれた笹野佐知子は、特異なケースだ。ふつうなら、医療ミスの告白をすんなり受け入れる家族などいるはずがない。医師はだれでも、痛恨の症例を胸に秘めて、キャリアを積んでいく。はじめからベテランはいないのだし、ベテランでも治療に失敗することはゼロではないのだから。

そのとき、三杉の脳裏にまたあの顔が思い浮かんだ。銀髪と言っていいほどの豊かな白髪。穏やかな口元の元高校の教師。三杉が外科医をやめた直接のきっかけになった患者だ。それは笹野利平ではない。笹野のときより、もっと痛恨の、もっと悲惨な、もっと悔やまれる患者。自分がもう少し慎重だったら、もう少し注意していれば、自分さえ判断を誤らなければ、あの人は死なずにすんだ。思い出したくないのに、忘れられない。

三杉は叫び出しそうな衝動を必死に抑えた。拳を握り、呻《うめ》く。

坂崎に知られたのが、笹野利平だったのは、まだしも不幸中の幸いだったのだ。もしも弁解のしようのないほうを知られていたら……。

「三杉先生。すぐ来てください！」

ナースコールから、梅宮の悲痛な声が聞こえた。反射的にナースステーションを飛び出す。転倒か、誤嚥《ごえん》か、窒息か。それまでの想念が消し飛ぶ。

現場の医師は、過去にこだわっている余裕などない。あるのは常に何が起こるかしれない本番ばかりだ。

それを痛恨の過去にしないですむよう、三杉は全神経を尖らせて、患者の元へとダッシュした。

装画　西川真以子
装幀　坂川栄治＋鳴田小夜子
（坂川事務所）

初出誌　「週刊朝日」二〇一九年四月十二日号から二〇二〇年一月三―十日号まで掲載。書籍化にあたって加筆修正しました。

久坂部羊（くさかべ　よう）
一九五五年大阪府生まれ。医師、作家。大阪大学医学部卒。二十代で同人誌「VIKING」に参加。外務省の医務官として九年間海外で勤務した後、高齢者を対象とした在宅訪問診療に従事していた。二〇〇三年、老人の麻痺した四肢を切り落とす医師が登場する『廃用身』で作家デビュー。二〇〇四年、『破裂』で大学病院の実態を克明に描き、超高齢社会の究極の解決法をさぐる医療小説で注目された。二〇一四年、『悪医』で第三回日本医療小説大賞受賞。その他の著書に『日本人の死に時』『糾弾まず石を投げよ』『医療幻想「思い込み」が患者を殺す』『嗤う名医』『芥川症』『老乱』『院長選挙』『祝葬』『介護士K』『老父よ、帰れ』『オカシナ記念病院』『怖い患者』ほか。

生《い》かさず、殺《ころ》さず

二〇二〇年六月三〇日　第一刷発行

著　者　久《く》坂《さか》部《べ》羊《よう》
発行者　三宮博信
発行所　朝日新聞出版
〒一〇四-八〇一一　東京都中央区築地五-三-二
電話　〇三-五五四一-八八三二（編集）
　　　〇三-五五四〇-七七九三（販売）
印刷製本　凸版印刷株式会社

ISBN978-4-02-251688-6
定価はカバーに表示してあります